SI TE AMARA
Hollywood Hearts, 1

Jean C. Joachim

Romance Sensual

Moonlight Books

Una Novela de Moonlight Books
Romance Sensual
Si Te Amara (Hollywood Hearts 1)
Derechos de Autor © 2012 Jean C. Joachim
ISBN del Libro Digital: 978-0-9971833-2-0
ISBN del Libro en papel: 9781543193541
Primera Publicación Digital: Enero 2012
Diseño de Cubierta por Dawne Dominique
Editado por Tabitha Bower
Corregido por Renee Waring
ISBN #: 978-0-9971833-1-3
Derechos de autor de la cubierta y logotipo © 2016 por Libros Moonlight

EDITORIAL
Moonlight Books

Dedicatoria

Les dedico este libro a mis lectores. Sin vosotros, mis libros
aún serían historias flotando en mi cabeza.

Agradecimientos

Gracias por vuestro apoyo y ánimo: Kathleen Ball, Tabitha
Bower, mi editora, Jack Drucker, Sally Gallagher, Ariana Gaynor,
Lisa Ingham, Larry Joachim, Marilyn Reisse Lee, Sandy Sullivan,
Ben Tanner y a los escritores de Historias de los Martes.

En memoria de Jack Harding

Él empacó toda una vida de cariño y cuidado en veinte años.
¡Te echamos de menos, Jack!

Otros libros de Jean C. Joachim

FIRST & TEN SERIES

GRIFF MONTGOMERY, MARISCAL DE CAMPO

BUDDY CARRUTHERS, RECIBIDOR AMPLIO

PETE SEBASTIAN, ENTRENADOR

DEVON DRAKE, DEFENSOR LATERAL

EL CLUB DE CENA DE MANHATTAN

RESCATA MI CORAZÓN

SEDUCIENDO SU CORAZÓN

BRILLA TU AMOR SOBRE MI

AMAR O NO AMAR

SERIES HOLLYWOOD HEARTS

ROMANCE EN LA ALFOMBRA ROJA

MEMORIAS DEL AMOR

AMANTES DE PELÍCULAS

LA ÚLTIMA OPORTUNIDAD DEL AMOR

AMANTES Y MENTIROSOS

Su Chica Protagonista (Serie Starter)

SERIES NOW AND FOREVER

AHORA Y PARA SIEMPRE 1, UNA HISTORIA DE AMOR

AHORA Y PARA SIEMPRE 2, EL LIBRO DE DANNY

AHORA Y PARA SIEMPRE 3, AMOR CIEGO

AHORA Y PARA SIEMPRE 4, EL CORAZÓN RENOVADO

AHORA Y PARA SIEMPRE 5, EL VIAJE DEL AMOR

AHORA Y PARA SIEMPRE, LA HISTORIA DE CALLIE (Serie Starter)

SERIES MOONLIGHT

DÍAS SOLEADOS, NOCHES DE LUNA

El BESO DE ABRIL BAJO LA LUZ DE LA LUNA

BAJO LA LUNA DE MEDIA NOCHE

HISTORIAS BREVES
DULCE AMOR RECORDADO

SI TE AMARA

Copyright © 2016
Jean C. Joachim

Capítulo Uno

Megan a duras penas podía respirar. De repente, su boca estaba tan seca como la arena del desierto. Logró darle forma a una sonrisa cuando sus ojos se encontraron con los de él. Al instante, comprendió el enorme éxito de las películas de Chaz Duncan. La presencia de Chaz llenó la habitación desde el minuto cero de haber entrado.

Chaz tenía una estatura de cinco pies y once pulgadas, con un cuerpo delgado y unos hombros que iban desde Nueva York a California. Su cabello cortado expertamente, largo, de color moreno oscuro y echado hacia un lado amenazaba con caer sobre sus ojos en cualquier momento. Sus ojos eran de un color marrón muy oscuro y estaban enmarcados por largas cejas negras. Su nariz era recta y lo suficientemente larga. Sus labios eran perfectos, con un labio inferior ligeramente más grueso que los hacían totalmente atractivos.

Vestía pantalones de color chocolate, hechos a medida y los complementaba con una camisa de seda blanca pegada al cuerpo, abierta hasta el pecho que revelaba un poco de bello en su torso.

La barba tenía la longitud correcta, no muy larga como para parecer dejada pero lo suficiente como para verse sexy como un demonio. Una corbata a rayas de color teja combinada en rojo colgaba debajo del botón superior desabrochado de su camisa. Vestía con estilo casual y llevaba la chaqueta de su traje color café, sobre su hombro, sujetada con un dedo. Dio un paso hacia adelante y extendió su mano.

Megan tomó una bocanada de aire cuando la mano tibia y seca de Chaz envolvió la suya de manera firme. "Es un placer conocerlo señor Duncan. ¿Siéntese, por favor?"

"Chaz, por favor," dijo él mientras se sentaba.

Megan regresó a su asiento. "¿Café?" Ella dirigió su mirada a su visitante.

"Me encantaría. Negro."

"Andy, un café solo y agua para mí." Ella llamó a su asistente que estaba sentado en un escritorio adyacente a su puerta. *Como un galón; una pinta para tomar y échame el resto encima antes de que me salgan llamas.*

Chaz colgó su chaqueta en el respaldo de la silla antes sonreír deslumbrantemente con sus labios. El calor de su mirada y sus ojos viajaron por todo el cuerpo de Megan, deteniéndose por un momento en cada atractiva curva, lo que a ella le aumentaba su temperatura corporal. La repentina sensación causada por la atención de Chaz la forzó a quitarse su chaqueta. Megan notó que él le miró el pecho mientras ella colocaba sus brazos hacia adelante. Megan arrimó su silla al escritorio. Se sentó tan recta y erguida como pudo con sus cinco pies y cuatro pulgadas. Chaz arrimó su silla más cerca también.

Con una mano temblorosa, Meg tomó su lista de preguntas y luego se aclaró la garganta. Cuando su mirada se encontró con la de Chaz, notó un aire divertido, como si él estuviese evitando reírse. Andy los interrumpió trayéndoles el café y el agua. Chaz cerró sus largos dedos alrededor de la taza y se inclinó hacia atrás.

Sus ojos se estrecharon ligeramente. Ella dejó el periódico en su escritorio. "Mire, sé que es famoso. Mi hermano también lo es"

"Mark Davis, mariscal de campo estrella de los Delaware Demons, ¿verdad?"

"Es mi hermano gemelo."

"No se parecen en nada. ¿Sabe chutar un balón de fútbol americano?" Una sonrisa apareció en los labios de Chaz.

"Como si no hubiese escuchado esa antes. No me importa que usted sea famoso, ¿de acuerdo? ¿Tenemos eso claro? No me impresiona, no me voy a poner a sus pies. Usted simplemente es un cliente potencial cuyo dinero es posible que gestione, ni más ni menos. No me voy a desmayar ni a pedirle un autógrafo, ni me voy a tirar encima suyo. Por supuesto, cuidaré de su dinero lo mejor posible como si fuese el mío propio, pero hasta ahí."

"Buena forma de usar su encanto conmigo para ganarme como cliente." Chaz se inclinó hacia adelante.

"No necesito encanto; tengo cerebro." Una sonrisa de superioridad cruzó los labios de Meg.

"¡Ah! Ah, sí MBA de Harvard, ¿verdad? Harvey me lo contó." Chaz se sentó nuevamente en su silla.

"Correcto." Meg se inclinó hacia atrás también, cruzando sus brazos frente a su pecho.

"Yo fui a la Escuela de Arte Dramático de Yale. Así que no sea condescendiente conmigo. No soy un actor 'tonto' enamorado de sí mismo. Y para ser asesora financiera que sólo tiene dólares y centavos en su mente, va usted vestida muy candente. No me estoy quejando. Me gusta el placer visual...y tiene buenos melones también..." Él le sonrió a ella y luego sacó su teléfono móvil.

"¿Placer para los ojos? ¿Melones? ¿Dijo *melones*? ¡Pero que atrevimiento! ¿Ese es su móvil? Apáguelo..." Ella se levantó de su asiento.

"Con el móvil es con lo que me gano la vida. No voy a perderme un casting o una oportunidad para interpretar un papel porque usted quiere que apague mi teléfono. Y *melones* es un término más bien cordial comparado a lo que algunos hombres usarían."

Megan se sentó nuevamente en su silla, pasmada, mientras Chaz contestaba un mensaje de texto.

"Creo que tal vez usted debería hablar con otra persona aquí..." Se levantó y fue hacia la puerta, pero el fuerte tirón de Chaz en su brazo la detuvo.

"Siéntese," dijo él en voz baja.

Meg regresó a su asiento.

"Ahora que hemos liberado nuestros pechos... puedo decir pechos, ¿no? Continuemos. Cuénteme como tiene planeado invertir mi dinero." Se relajó de nuevo en la silla, pasando sus dedos hacia atrás por su cabeza.

"¿Todavía quiere que gestione su dinero?" preguntó Megan.

"Usted tiene fuego...tal vez principios...y probablemente cerebro," le dijo sonriéndole. "Eso me gusta. Veamos si también tiene buenas ideas sobre la gestión económica." Él bajó su sonrisa a sólo unos quinientos vatios; su comportamiento olía a pura sinceridad.

Megan bebió un buen trago de agua de su botella antes de tomar los papeles de su escritorio. "He preparado algunas preguntas que me ayuden a entender sus necesidades, señor...eh, Chaz."

"¿Mis necesidades? No se estará refiriendo a *necesidades*, ¿o si?" Él rió mientras su mirada examinaba el cuerpo de Megan.

"Quiero decir sus necesidades financieras...eh, tal vez objetivos sea la palabra más adecuada."

"Ah, objetivos, sí. Objetivos, perfecto."

"Si pudiéramos fijar tres objetivos, prepararía una propuesta"

"¿Propuesta? ¿Qué me va a proponer? ¡Pero si nos conocemos desde hace muy poco tiempo!" Él arqueó sus cejas haciendo un gesto de sorpresa burlona.

Megan no se pudo aguantar. Estalló de risa, tapándose la boca con su mano para disminuir el sonido. Andy la miró desde su escritorio. Ella le hizo señas para que cerrara la puerta. Cuando Megan recobró la compostura, intentó hablar de nuevo. "Le daré un par de ideas sobre la mejor forma de invertir su dinero para cumplir objetivos, de forma segura y con el mínimo riesgo posible."

"A mí me encantan los grandes riesgos, señorita"

"Megan."

"Megan. Mi vida es todo un riesgo, pero no financiero. Esos no me gustan en absoluto."

"En eso estamos de acuerdo. Muy bien, Chaz, ¿De qué tiempo dispone?" Ella miró su reloj de reojo.

"De hecho, no dispongo de ninguno. Tengo que estar en la *PBS* en quince minutos. Pero, ¿por qué no escribe tres objetivos que crea que yo *debería* tener y trabajamos sobre ellos?"

"Pero necesito que me diga...yo...yo no sé nada de su vida ni nada."

"Es inteligente...adivina. La pasaré a buscar por aquí el viernes por la tarde... ¿tendrá tiempo suficiente?"

Ella asintió con su cabeza.

"Bien, el viernes por la tarde a las seis. Me podrá presentar sus ideas mientras cenamos."

"¿El viernes por la noche?" Abrió la agenda de su ordenador, sabiendo que no tenía ningún plan.

"Claro, a menos que tenga otros planes. Quiero decir, si el Príncipe Encantador ya tiene cita para hacerle el amor el viernes por la noche, podríamos cambiar de fecha. Por supuesto, yo podría ir a Cutler & Bates el viernes si no la veo"

"El viernes por la noche está bien. De hecho, está perfecto."

"Excelente. Póngase algo sugerente, le favorece." Le dijo Chaz se levantándose de su silla y acercándose al escritorio de Megan.

Megan se puso de pie. Chaz le tomó la mano, la besó y luego salió de su despacho.

Andy entró tan pronto como Chaz se marchó. Megan se mantuvo en el mismo lugar, tocándose el dorso de su propia mano distraídamente.

"¿Qué ha pasado?" Preguntó Andy.

"Cary Grant conoce a los Señores de Flatbush," murmuró ella, mientras lentamente una sonrisa se iba formando por las esquinas de su boca.

Media hora después de que Chaz se hubiera marchado, Harvey Dillon se paró en el despacho de Meg y se asomó. "¿Y? ¿Cómo te ha ido con Chaz Duncan?"

"Le veré de nuevo el viernes."

"¿Qué ha pasado?" Harvey levantó sus cejas.

"No podía quedarse. Tengo la información. Estoy confeccionando una propuesta..." Ella se detuvo, sonrió repentinamente y luego continuo, "un plan...para esta semana. Se lo presentaré el viernes."

"En la cena..." añadió Andy.

Meg lo miró con rabia y él se tapó la boca con su mano.

"No hay problema, Meg. Es normal hacer negocios durante una cena. Buen trabajo. Me esperaré para celebrarlo pero pinta bien." Harvey levantó su mano para despedirse y luego siguió su camino.

Meg lanzó un suspiro. *Gracias a Dios que no lo arruiné.*

A Meg le fastidiaba que las despachos de Dillon & Weed tuvieran paredes acristaladas, lo que brindaba a Brielle Henderson, cuyo despacho estaba situado al otro lado del de Megan, la oportunidad de ver todos los movimientos de Meg, incluyendo sus interacciones con Chaz Duncan. La elegante, rubia y ambiciosa ejecutiva de contabilidad salió de su despacho contoneándose con sus tacones de cuatro pulgadas. Se paró en la puerta de Meg, apoyándose contra el marco.

"Cena. Que agradable. Haciendo negocios, ¿a la antigua?" Brielle levantó una ceja.

La ira llenó las mejillas de Meg. "Yo no trabajo así. Es un hombre ocupado. Los famosos llevan vidas distintas. Es por su conveniencia."

"Apuesto a que sí. Tú debes saber de eso, como estás lanzando la nueva división de *inversiones para famosos* de Dillon & Weed. Estoy segura de que tomará una decisión... antes del postre."

"¿En serio?" dijo Andy mirando a su jefa boquiabierto.

Megan asintió a Andy, mirando a Brielle, quien de regreso a su despacho se contoneaba cual serpiente voluptuosa.

"¿Vas a cenar con él? ¡Oh, por Dios! ¡Y yo aquí atrapada en Delaware mientras tú vas a salir con Chaz Duncan!" Su cuñada, Penny, se quejaba al otro lado del teléfono el jueves por la noche.

Mark tomó el teléfono. "Nada de ñaca-ñaca con Dunc, Meg."

"Son negocios, Mark."

"Si claro, negocios..." Mark hizo una risita.

"¿Dunc? ¿Le llamas 'Dunc?" Le preguntó ella a su hermano.

"Lo conocí una vez. Tomamos algo después de un juego."

Algo de estática y ruido estrépito indicaba que la comunicación se había cortado. "Meg. Necesitamos hablar," dijo Penny.

Megan no sabía nada sobre vestirse a la moda y sexy a la vez. Había sido siempre una empollona. En la universidad se concentró más en pasar exámenes que en vestirse sexy. Después de la graduación, escogió trajes sencillos y conservadores que combinaba con blusas blancas para potenciar sus serias intenciones en el mundo de las finanzas. Sin embargo, como cabeza de la división de famosos, Meg tenía que replantearse su estrategia de vestuario. Así que recurrió a Penny, la *fashion* de la familia, para pedirle ayuda.

La inseguridad de Meg respecto a su apariencia se remontaba a su niñez. Para su madre, nunca fue la que se veía mejor. Megan se volvió socialmente insegura y torpe. Centró su atención en los libros, lejos de los vestidos bonitos. Mientras, el guapo y rubio Mark tomaba el puesto de ser el gemelo extrovertido, encantador y atlético. Megan, cuyo ánimo usualmente hacía juego con sus trenzas oscuras, fue etiquetada como la tímida. Ella preferiría estar de cara a un libro que salir de compras o inclusive ir a bailar. Aún, recordaba a su madre diciendo, "Él tiene apariencia... ella tiene cerebro." Sin que ella lo supiera, la voz de Mary Davis traspaso la sala de estar.

"Shhh, te va a oír." Su padre había cerrado la puerta, evitando el resto de la conversación a los ansiosos oídos de la delgada Megan de ocho años.

Unidos como son cualquier par de gemelos, asistieron juntos a la Universidad Estatal de Kensington. En el campo de fútbol americano, su querido hermano completó más pases que cualquier otro mariscal de campo de su equipo universitario. Megan mantuvo un promedio de 3.8 sin problemas. Ella ayudó a Mark con sus tareas universitarias, manteniéndolo disponible para el fútbol americano. Como compensación, él ayudó a Megan a conseguir citas con chicos. Sin embargo, los chicos con los que ella salía parecían más interesados en ser amigos de Mark que novios de ella.

Después de jugar como suplente para los Nevada Gamblers, Mark consiguió el codiciado puesto de mariscal de campo inicial en los nuevos Delaware Demons. Megan cursó su MBA en Harvard. Se convirtió en una hermosa joven y su sedoso cabello color caoba caía sobre sus hombros. Engordó un poco y desarrolló curvas sexy en los lugares correctos. Su seguridad creció junto con su éxito laboral.

Sin estar convencida de haber desarrollado todo su propio encanto conjuntamente con una bonita apariencia, Megan se sorprendió positivamente cuando se ligó a su primer novio real,

Alan Fader, un hombre joven que nunca había escuchado de Mark Davis. Después de graduarse, Alan se incorporó a un banco de inversiones de California mientras que ella obtuvo un trabajo en Nueva York. Y quedaron como amigos.

Cuando llegó el viernes, Meg se levantó temprano. Después de ponerse una sexy falda de seda color violeta, se puso un suéter color verde menta de cuello U. El suave verde conjuntaba con el verde de sus ojos. Una gargantilla de perlas de dos vueltas a juego con unos aretes de perlas completaba el atuendo. Se dejó la melena suelta, recordando la advertencia de Penny de no hacerse una cola de caballo para verse con Chaz.

Después de mirarse una vez más en el espejo, Meg tomó la chaqueta de su traje y se dirigió a la puerta, mostrando total seguridad en sí misma. Una gran victoria consolidaría su posición como cabeza de la división de famosos de Dillon & Weed. Chaz Duncan, el hombre más atractivo del mundo, bueno, ya lidiaría con él posteriormente.

Las horas pasaron volando mientras Megan se concentraba en perfilar sus tres planes para Chaz, asegurándose de que no hubiese errores. A las cinco y media lo repasó todo nuevamente y luego se cepilló sus suaves rizos. A las seis Chaz entró en su despacho. La sorprendió poniéndose labial. "No pretendo interrumpir"

"¡Ah!" Saltó sorprendida. La barra de labios se le resbaló de la mano y cayó al suelo.

Chaz se agachó para recogerlo. Mientras él se lo entregaba, sus dedos se rozaron, Meg sintió por el brazo un hormigueo explosivo. La mirada de ella bajó a los mocasines Gucci de Chaz y continuó subiendo por su cuerpo. Él llevaba puesto un pantalón tejano ajustado y una camisa de rayas azul claro de manga larga con el cuello abierto. Portaba una cazadora de cuero negra doblada en su brazo. Sus ojos de color marrón oscuro se encontraron con la mirada de ella subiendo hasta dar con los de él. Ella se congeló por unos segundos, como un ciervo cegado por los focos de un vehículo.

"Todo está listo." Introdujo su labial en el bolso, los papeles en su maletín, tomó su chaqueta del respaldo de la silla y luego se dirigió hacia él.

"Vamos a ir a *Le Chien d'Or*. ¿Le gusta la comida francesa?"

"Me encanta."

Le apoyó su mano en la parte lumbar de la espalda de Meg mientras ella le precedía hacía la puerta. El contacto con la palma de su mano le creó calor mientras él gentilmente la acompañaba hacia delante. Ella era consciente de su proximidad cuando olió de cerca el agradable olor de su colonia de pino.

Es famoso. No más famosos en mi vida. Además, él sólo es un cliente potencial, ¿recuerdas?

Su despacho en la Calle Cincuenta y Cinco Oeste estaba próximo a todos los pequeños y elegantes restaurantes franceses del lado Oeste de Manhattan. No pasó mucho tiempo antes de que salieran a la calle para que la gente empezara a reconocer a Chaz. Él tomó firmemente de la mano a Meg y la dirigió, maniobrando rápido a través de la inmensa multitud en hora punta. Ella sabía todo acerca de cómo abrirse camino a través de la multitud agarrada de una persona famosa, ya que lo había hecho un millón de veces con Mark. Meg empezó a ir más rápida, manteniendo fácilmente el ritmo a Chaz que caminaba en zig zag pasando a las persona casi antes de que estos pudieran reconocerle. Finalmente, llegaron a la puerta del restaurante. Una vez en el interior, Jean Pierre, el maître, los acompañó hasta a un pequeño salón privado.

"Aquí no les molestarán, Monsieur Duncan." Pierre señaló el oscuro y rojo banco tapizado que se encontraba al lado de la mesa. Megan se sentó en él. Chaz metió un billete en la mano del *maître* antes de sentarse, haciéndolo al lado de ella en vez de enfrente. Su acción la desconcertó por un momento hasta que recordó que eso era normal en algunos restaurantes pequeños. Aun así, su boca se secó cuando los hombros de Chaz rozaron los de ella y sus labios estaban a tan sólo unas pulgadas. Las palmas de sus manos produjeron pequeñas gotas de sudor.

El pequeño salón tenía las paredes forradas de caoba oscura. Se sentaron en una mesa rectangular cubierta con un mantel blanco inmaculado. La llama de una vela pequeña complementaba la tenue y romántica iluminación. Había dos rosas pálidas en un florero de cerámica color lavanda sobre la mesa. Los cubiertos brillaban radiantemente, reflejándose en ellos la luz de la vela. Las copas de cristal sobre la mesa brillaban. Por un momento Meg hubiese jurado que estaba en al set de una película.

"¿Te conocen aquí?" Ella se acomodó ligeramente en su lugar para ver a Chaz de frente.

Por Dios, una cena romántica...e íntima...con Chaz Duncan. Su pulso se aceleró. *No te dejes llevar, son negocios, estrictamente negocios.*

"Suelo venir aquí para reuniones. Necesito un restaurante donde el personal me conozca. Mantienen a raya las interrupciones y el servicio es mejor que para clientes normales." Su mirada subió del menú a la cara de Megan.

El camarero les preguntó que querían tomar y Megan declinó cordialmente. *Los negocios y el alcohol no se mezclan. Además, no puedo beber estando con él, ¿quién sabe que estupidez podría decir o hacer yo?*

"¿Estás segura? ¿Ni siquiera una copa de vino? Yo tengo que actuar esta noche pero voy a tomar una *pequeña copita*." Chaz hizo un ademán con sus dedos pulgar e índice un poco separados.

Ella negó con la cabeza. Su muslo casi empujaba el de ella, le produjo calor, incitándola a que se acercara más. Ella se resistió. *Mantén tu distancia. No te dejes deslumbrar. Estos son negocios. No más famosos en tu vida... ¿recuerdas?*

"Odio beber solo." La mirada suplicante en sus ojos derritió la determinación de Megan.

"Doy mi brazo a torcer. Una copa de Cabernet. Eso será todo."

"Que sean dos, Jean Pierre. *Merci.*" Con una ligera afirmación de cabeza y una sonrisa el camarero salió rápidamente.

También habla francés. Presumido. Un presumido muy atractivo pero presumido. "Tengo todo lo que acordamos." Megan empezó a buscar en su maletín.

"Bien. Cuéntemelo todo." Chaz se sentó nuevamente en el banco acolchado y la miró fijamente.

"Tengo la sensación de que usted tiene algo en común con Mark..." Ella sacó dos carpetas delgadas color verde oscuro.

"¿Además del afecto por su hermosa hermana?" Una sonrisa traviesa apareció en sus labios.

"Esto nos va a llevar toda la noche si me sigue interrumpiendo..." dijo Megan mientras fruncía el ceño.

Concéntrate. Deja de babear. Recuerda, él se pone los pantalones por las piernas como todo el mundo. ¡Deja de pensar en sus pantalones! "¿Toda la noche? ¿Es parte del servicio que ofrece Dillon & Weed?" Él alzó una ceja mientras intentaba, sin éxito, ocultar una sonrisa.

Megan no pudo reprimir una risa mientras el calor le subía desde el cuello hasta las mejillas.

"Me encanta hacerla ruborizar...que bonita." Él colocó un mechón de pelo detrás de la oreja de Megan.

Ella se ruborizó más. "¿Puedo continuar...por favor?" *¡Concéntrate Meg! Ay, tócame otra vez... ¡Cállate Meg!*

Chaz saludó con su mano.

"Bien, la carrera de Mark podría terminarse con una lesión y pienso que la suya también podría correr el mismo riesgo. Quiero decir, con una lesión o un par de malas películas"

"No me diga." Él agrandó sus ojos con terror burlón.

"Un escándalo o dos"

"Ni lo piense." Él levantó una ceja para acompañar a la sonrisa pícara que tenía en la cara.

"Lo sé. Es un pensamiento tétrico. En un minuto tiene todo este dinero entrando y al siguiente ya no. No se lo deseo, pero puede pasar. Me he dado cuenta de que le puedo crear un plan de inversión seguro, para evitar que pierda ganancias mientras lo construye tal vez sea un poco más lento que una inversión con más riesgo, entonces si algo malo ocurriera usted aún dispondría de todo lo que haya obtenido además que le proporcionará algunos de ingresos también."

"¿Usted puede gestionarlo?" Sus ojos se abrieron.

Megan sonrió. *Finalmente, algo de respeto.* "No le puedo garantizar alguna pequeña pérdida de dinero como causa de los cambios en las condiciones económicas... del mercado y demás. Pero puedo diversificar sus ahorros para minimizar pérdidas y adicionalmente recuperar cualquier pérdida cubriéndola con las ganancias de otra."

"¿Cómo hace eso?" Su expresión se volvió seria.

"Estudiando, pensando, investigando y con un poco de suerte." Meg se acompañaba de sus dedos mientras hablaba.

Él arqueó sus cejas.

"Le enseñaré. Yo animo a mis clientes a que aprendan a invertir. Mark se niega a darle importancia. Dice que mientras me tenga a mí, él no necesita saber nada."

El camarero trajo dos copas de vino.

"Y tiene razón." Chaz tomó un trago.

"Pero yo no soy *su* hermana, Chaz."

"Gracias a Dios" Su mirada fue a la línea del cuello del suéter de Meg para luego regresar a su cara.

"He organizado tres aeroplanos," Megan pausó por un segundo para cambiar las palabras antes de continuar, "planes con tres niveles diferentes de riesgo." Ella le entregó una de las carpetas verdes, ignorando el sudor que se le estaba formando en la palma de la mano.

"¿Puedo enseñárselas en un momento y luego usted se las puede llevar a casa y pensar acerca de lo que le gustaría hacer?" Ella tomó su vino y bebió un buen trago mientras de forma oculta secaba su mano temblorosa en su servilleta.

Respira profundo.

"¿Qué tal si me enseña la que más le gustaría hacer? Usted tiene un... eh... plan que piensa que tiene el mayor sentido, ¿verdad?"

"Eso depende de sus objetivos," aseguró ella.

"Otra vez con la cosa esa de los objetivos. Mire usted me comparó con Mark. Muy astuta. Yo estoy en una situación muy similar. Así que aquí debe tener un plan similar a lo que está haciendo para él y que esté funcionando."

Ella asintió con la cabeza. "El plan B."

"De acuerdo, centrémonos en ese la versión para idiotas, ¿de acuerdo?"

Ella asintió y abrió la carpeta. *Rayos. Es rápido.*

El camarero llegó. "¿Le gusta el pato?" Chaz se giró para mirar a Meg.

Ella asintió.

"Aquí preparan una pechuga de pato asada fabulosa." Se tomó un receso y miró a Megan de forma pícara. "¿Puedo decir esa palabra cuando me refiero a un pato?"

Meg se rió.

"Muy bien. *Pierre, deux Canard roti aux fruites saison, s'il vous plait.*"

"*Merci, monsieur.*" El camarero hizo una reverencia y se marchó.

Megan empezó a explicarle a Chaz su estrategia de inversión: los riesgos, los ingresos potenciales, las posibilidades de crecimiento y los impuestos obligatorios.

"Este es un plan que monté para Mark. Él tiene el apartamento donde yo vivo. Yo le pago alquiler. Obviamente le estoy pagando por él una cantidad más baja que la media de mercado y aun así, ese ingreso le ayuda a cubrir el coste. Él y su esposa Penny se alojan cuando vienen a Nueva York. Lo que les ahorra todos los costes de hotel. El apartamento es cómodo, tiene tres habitaciones y una agradable y gran cocina. Cuando tengan un bebé depositaré el dinero del alquiler en un fondo libre de impuestos para cuando su hijo vaya a la universidad."

"Así matan dos pájaros de un tiro con un apartamento mezclando mis metáforas."

"Esa es la idea. Además, el apartamento se revalorizará con el tiempo."

"Es un plan brillante, pero sólo si se lleva bien con su hermano y Penny. ¿Se quedan allí todos juntos?" Chaz bebió de su vino.

"Somos gemelos, ¿recuerda? Siempre nos hemos llevado bien. Tengo suerte con Penny. Es la hermana que nunca tuve. Nos llevamos muy bien. Me encanta cuando están aquí. ¿Usted tiene hermanos?" preguntó mientras tomaba otro sorbo de vino.

"Él negó con su cabeza. "Soy hijo único."

La comida llegó, artísticamente presentada. El pato a un lado con arroz salvaje en el otro. El plato estaba rodeado de *haricot verts*. Pequeñas y perfectas rodajas de naranja cubrían el lado del pato, añadiendo color y un suave aroma cítrico. El hambre le carcomía el estómago a Megan. Cuando comió el primer trozo de pato, este prácticamente se derritió en su boca. "¡Está increíble!" dijo Megan efusivamente.

"Sabía que le gustaría." Dijo Chaz sonriendo cálidamente a Megan.

Mientras estaban comiendo, Chaz le hizo varias preguntas. Ella tenía su pequeño cuaderno abierto y allí anotaba allí aquellas para las que no tenía una respuesta inmediata. "Le conseguiré estas respuestas en cuanto pueda. ¿Cuándo quiere que vuelva a contactarlo?"

"No hay prisa." Chaz se sentó apoyándose en el banco.

"¿Cuándo tomará una decisión?" Ella tomó otro trozo del delicioso pato con su tenedor.

"Ya la he tomado."

"¿Ya?" Sus ojos se abrieron bastante.

Él asintió. Ella esperó a que él dijera algo. Su mirada buscaba una pista en la cara de Chaz.

"Y es... ¿necesitamos redoble de tambores?" Se aventuró a regalarle una pequeña sonrisa.

"Es Dillon & Weed ¿no es obvio?

"¿Nos contrata?" Las cejas de Meg se dispararon hacia arriba.

"Correcto." Los perfectos labios de Chaz se juntaron para formar una suave línea.

"¿Puedo preguntar por qué?" El corazón de Megan empezó a latir más rápido.

"¿Quiere decir que si la escogí por su cerebro o por sus otras dotes? Por su cerebro. Aunque, me gustan sus otras dotes. También me parecen impresionantes. Pero cuando se trata de dinero, tengo que ir con el mejor cerebro, el que trabajará más duro. Sin lugar a dudas, serás tú."

"¡Gracias! ¡Muchas gracias!"

Él asintió levemente con la cabeza. Megan lanzó sus brazos alrededor del cuello de Chaz y le dio un rápido beso en su mejilla. Luego se encogió horrorizada al darse cuenta de lo que acababa de hacer. "¡Oh, por Dios! Lo siento mucho. Discúlpeme, no debí dejarme ir así es que esto significa mucho para mí, para la compañía, para mi carrera," Ella le limpió con su servilleta la pequeña mancha de labial que le había dejado en la mejilla a Chaz, pero él la agarró de la muñeca.

"Hagámoslo bien," susurró él mientras la acercó a sus brazos. Él bajó sus labios, dirigiéndolos a los de ella lentamente y ella se derretía. Él la persuadió para que su boca se abriera y pudiera recibir su lengua. Enamorada por su encanto, su resistencia se desvaneció. Cuando él se alejó, ella se había quedado sin aliento.

"Esto sella el trato. Ya sabes, ¿'sellado con un beso'?" Sus ojos oscuros bailaron. Megan levantó su dedo a su labio inferior. Su pulso se aceleró. "¿Tu besas así frente a la cámara?"

"¿Te gustaría un beso de película?" Los ojos de ambos se cruzaron.

"¿Cuál es la diferencia?"

"Te lo voy a enseñar." Chaz levantó ambas manos para sostener la cara de Megan, y se acercó para besarla. Luego se apartó.

"Eso era a duras penas lo mismo prácticamente era un beso, mientras que el primero era, eh."

"¿Era?" Preguntó él, acercándose más a ella en el banco.

"Impresionante," murmuró ella, moviendo su tenedor alrededor de su plato vacío.

Pierre apareció sigilosamente, como si alguien hubiese movido una varita mágica.

"¿Postre, *monsieur*? *¿mademoiselle*?" Meg lo miró sorprendida.

El camarero puso una pequeño carta de postres frente a ellos antes de que Chaz se acercarse más a Megan. "Por favor, danos un minuto Jean Pierre."

El camarero se marchó tan silenciosamente como había entrado. Chaz se giró a Megan. "¿Te apetece algo dulce?"

"Ya he tomado algo dulce," dijo ella, pasando su lengua sobre su labio inferior.

Él tomó la mejilla de Megan y luego bajó su mano.

Capítulo Dos

"Y que tengo que hacer ahora para cerrar el trato y dejarte que tomes control de mi dinero, lo mantengas seguro y lo hagas crecer... ¿todo lo que prometiste?"

"Tienes que firmar una serie de formularios. ¿Cuándo puedes venir?" *¿Eso es todo? ¿He ganado el negocio? No puedo creer que fuese así de simple. Sellado con un beso.*

Él sacó su teléfono para mirar el calendario."Mmm. El miércoles a las seis puede ser. ¿Te puedo llevar a una cena de celebración después?"

"Estoy segura de que estoy libre el miércoles por la noche."

"Nada de encuentros amorosos el miércoles por la noche, ¿eh?" Chaz deslizó su teléfono en su bolsillo trasero.

"No he dicho eso. He dicho que estaba libre para ir a cenar." *No te pongas patética, siempre disponible. Sé misteriosa. Siempre demasiado honesta, Meg.* Ella cuadró sus hombros y miró a Chaz de frente.

Él estalló de risa y la abrazó contra él. "Eres refrescante." Chaz besó su cabello.

"Algunos dirían que ruda." Ella subió su mentón hacia él.

"Tal vez. Pero yo no." El camarero llegó y Chaz regresó a su lugar.

"Sólo té para mí, por favor" Megan pasó sus dedos por su cabello.

"Yo quiero un expreso." Después de que el camarero desapareciera, Chaz puso su barbilla sobre la palma con su codo apoyado en la mesa, sus ojos la miraban atentamente. "Ahora, cuéntame sobre ti."

"No hay mucho que contar." Megan hizo un gesto con los hombros.

"¿Prometida? ¿Casada? No tienes anillo, así que he asumido..." Su mirada se desplazó sobre ella lentamente.

"Has asumido que no lo estaba. Correcto." Ella sonrió, sintiendo los efectos del vino. *¿O era el ganarlo como cliente? ¿O los besos. Me siento como loca... por él.*

"¿Novio?" Él levantó una ceja.

Ella negó con la cabeza.

"Campo libre... eso me gusta." Él se sentó de nuevo.

"¿Y tú? Las grandes estrellas de cine siempre tienen hordas de mujeres detrás de ellos." La mirada de Megan examinó la cara de Chaz.

"Y yo las evito como la peste."

"Te facilita las cosas, ¿no? ¿Tener a una mujer siempre que desees una?" Ella le levantó una ceja.

"Eso es insultante. ¿Tú crees que me acuesto con cualquier cosa? ¿Con cualquiera?"

"Los hombres no son tan exigentes"

"Lo soy. Dormir con la mujer equivocada podría ser en el suicidio de mi carrera."

"¿Cómo?" Ella arqueó una ceja.

"¿No te imaginas los titulares de los periódicos? "Chaz Duncan, la maravilla de los treinta segundos" según Fulana de Tal, que se acostó con él la otra noche." Y miró hacia el aire.

"¿Eres es una maravilla de treinta segundos?" Ella le lanzó una sonrisa coqueta. *¿Qué estás haciendo? ¡Deja de coquetear!*

Él se rió. "No exactamente."

"¿Entonces por qué preocuparse?"

"Las mujeres mienten. Corrección. La gente miente. Cuando se trata de celebridades, la gente miente. A veces, la gente miente porque ellos quieren asociarse contigo... con tu persona...

regodearse en el reflejo de tu fama. Nunca piensan en lo que te están haciendo, sólo en como el periódico muestra su nombre."

Megan puso su mano en el antebrazo de Chaz. Él puso su mano sobre la de ella. *Está solo. Muy solo y aislado. No puede confiar en nadie.* "¿Así que no duermes con las mujeres que te esperan fuera del teatro o que te buscan?"

"Nunca he dormido con extraños y no tengo intención de empezar a hacerlo ahora."

"¿Nunca te ha tentado?"

"Eso ya sería exagerar. Soy humano. He tenido mi ración de mujeres. Cuando tienes veintidós en tu primer musical lejos de casa, seguro, es tentador... muy tentador. Puede que haya caído algunas veces. Se aprende rápido. Es mejor encontrar a alguien en el elenco... ups. Demasiada información."

Megan vio como por primera vez el color rojo comenzó a subir por el cuello de Chaz y eso la hizo sonreír.

Él se avergonzó de sí mismo. Ella suprimió una risita.

De repente, él ya no parecía ser Chaz Duncan, astro de cine. Era simplemente un hombre buscando a una mujer, una mujer en la que él pudiese confiar. *Esa soy yo. Confiable hasta la médula*

"Yo soy confiable," ella soltó.

¿Qué estoy diciendo?

"¿Estás solicitando para el puesto?" Ella le vio un brillo de humor mezclado con un destello de deseo en sus ojos.

"¿Yo? Ah no... no. Yo no quería implicar que... no, absolutamente no. No, señor... no."

"No tienes que sentirte ofendida por eso. Me han dicho que ser mi compañera de cama no es tan malo."

"No quise implicar..." Megan dejó de hablar, dándose cuenta de que estaba metiendo aún más la pata.

"¿Abrir boca, insertar pie?" Chaz arqueó una ceja.

Ella se rió."Me declaro culpable. Podría traerme la cuenta, ¿por favor?"

"Por supuesto" Jean Pierre apareció dos minutos después y Chaz le pidió la cuenta. Megan buscó torpemente en su bolso, buscando su tarjeta American Express pero Chaz ya había sacado la suya.

"Esto son negocios. Deja que Dillon & Weed te inviten a la cena."

"Nunca dejo que una mujer pague" Chaz puso su tarjeta sobre la mesa.

"Piensa en mí como Harvey Dillon." Meg soltó una risita.

"Tú tienes dotes que el viejo Harvey no tiene. Lo confirmo"

"Tendré problemas con el Señor Dillon si pagas." Satisfecha de que finalmente le hubiera ganado la partida a Chaz, sonrió y se sentó otra vez.

Chaz se sentó pensando por un momento. "En ese caso... ¿debería llamarte Harvey?" Él guardó su tarjeta American Express.

Megan soltó una carcajada. Le echó una mirada a la billetera de Chaz antes de que él la guardara, mirando si veía un anillo soplón... la silueta de un condón... pero no vio nada. Tal vez estaba diciendo la verdad... que no duerme con fanáticas.

Después de ponerse sus chaquetas respectivamente, Megan notó que los hombros de Chaz se levantaron un poco y que su cuerpo se había puesto ligeramente rígido mientras se disponían a salir al mundo de nuevo. El precio de la fama. La pérdida de la privacidad. Siete millones de dólares no vienen sin consecuencias.

Él tomó su móvil y presionó un botón.

"Listo," dijo él, su boca cerca al teléfono. Deslizando su teléfono en su bolsillo, Chaz agarró a Megan de su codo, guiándola a la puerta principal. "El coche nos recogerá en un minuto. Te dejaré en casa. ¿Dónde vives?"

"Central Park Oeste y Calle Ochenta. ¿Dónde vives tú?"

"En casa de un amigo. Quinn Roberts."

"¿Quinn Roberts?" Ella siguió a Chaz. Ambos salieron por la puerta.

"Hicimos teatro regional juntos."

"¿No es tu rival?"

"Eso es lo que la prensa quiere que todos crean." Él miró hacia la calle, buscando el coche.

"Pero, seguramente"

"Eso parece, estoy de acuerdo. Quinn tiene contrato para dos películas más de aventuras de la Segunda Guerra Mundial. Yo estoy contratado para tres películas más de *West of the Sun*. Una no tiene nada que ver con la otra. Todo el bombo publicitario de los medios... supongo que hace vender periódicos. Mira, aquí está el coche. Las damas primero."

Chaz mantuvo la puerta abierta para Megan. La limusina llegó silenciosamente hasta la ruidosa avenida y se acercó a la acera frente a El Royal, el edificio de lujo de Meg. "Te veo el miércoles. Gracias por el trabajo y la excelente cena."

Él la besó en la mano nuevamente antes de que su mirada bajara a los labios de Megan.

Temiendo más un comportamiento inapropiado de sí misma, Meg rápidamente salió del coche, cerró la puerta tras ella y se despidió con la mano. Aguardó en la entrada de su edificio mientras el coche se alejó rápidamente. Briny, el portero, hizo un gesto con su sombrero hacia ella después de abrirle la puerta. Una vez dentro de su apartamento, Meg buscó mensajes en su móvil que había apagado durante la cena.

Había dos mensajes de Penny, que probablemente se moría para que Megan le contara. En vez de admitirle a su cuñada sus incipientes sentimientos hacia Chaz, Meg se sentó en el piano vertical Woodruff de la sala de estar e hizo ejercicios. Mientras sus dedos estaban calentando, pensó en que tocar.

¡Música de shows, por supuesto! ¿Qué musicales hizo él durante el verano? Me tengo que acordar de preguntárselo.

Después de unos diez minutos de ejercicios, se levantó y abrió la banqueta del piano. Buscando entre las partituras, encontró un libro extraño que contenía todas las canciones del musical *Carousel*.

Esto debe ser de Penny.

Megan ojeó el libro, reconociendo algunas de sus piezas favoritas, "June is Bustin" "Out All Over," "You'll Never Walk Alone," y "If I Loved You."" Intentó tocar cada pieza antes de bostezar, cerrar el piano e irse a la cama. *Nada de celebridades. No te vuelvas fanática. Aléjate de él. Sí, claro.*

Se durmió pensando en Chaz.

Megan se despertó temprano y llena de energía. Saltó de la cama y llegó a la despacho quince minutos más temprano de lo normal. No podía dejar de sonreír, recordando las palabras que Harvey Dillon dijo el día anterior: *"Ganar a Chaz Duncan como nuestro cliente sería uno de los mejores negocios que hayamos hecho. Esto podría ser una enorme victoria, Megan."*

Ella miró por la ventana mientras tomaba su café de *Starbucks*. Un toque en su puerta abierta le hizo girar en su silla. Harvey Dillon estaba de pie, con una mirada de anticipación en su rostro. "¿Y?"

Megan le hizo un gesto de pulgares arriba.

"¿Lograste que Chaz Duncan sea nuestro cliente?" Harvey subió sus cejas.

"Lo logré."

"¿Totalmente? ¿Los siete millones de dólares enteros?" Él subió sus manos, separadas la una de la otra.

Ella asintió con la cabeza.

"¡Fantástico! ¡Megan, estoy tan orgulloso de ti! Sabes que obtendrás una bonificación por esto."

"Muchas gracias señor eh, Harvey."

"Todo empleado que logre captar un cliente obtiene una bonificación. Y esta será una muy considerable, me imagino. Tenemos que celebrarlo."

Brielle pasó por el pasillo para ir a su despacho. Harvey la detuvo.

"Brielle, Megan cerró el trato con Chaz Duncan. ¿Podrías organizar una celebración para esta noche? Champagne y *Hors d'oeuvre*. Gracias.

Despidiéndose de Megan con su mano, Harvey Dillon regresó a su despacho. No vio la carota que Brielle le hizo a sus espaldas, pero Megan sí.

Brielle entró a la despacho de Meg. "¿Dormiste con él?" Brielle se apoyó contra el marco de la puerta.

"Estrictamente negocios. Le gustó mi plan de inversión."

"¿Si? Apuesto que eso no es todo lo que le gustó." Brielle miró el cuello del top de seda de Megan, causando que el calor le subiera por las mejillas de Meg.

"Los negocios entre un hombre y una mujer no tienen por qué involucrar al sexo, Brielle."

"¿Oh?" Ella subió sus cejas. "Quizás pero ayuda."

Harvey Dillon regresó para asomarse a la despacho de Megan.

"¿Cuando viene Chaz a firmar los papeles?"

"El miércoles."

"Tal vez deberíamos posponer la celebración hasta entonces. No es que no crea en ti pero hay gente que ya hemos pasado ya por la experiencia del cambio de parecer antes. Así que, Brielle programa la fiesta para el miércoles." Se giró para irse pero la voz de Megan lo detuvo.

"Señor... eh, Harvey... no puedo el miércoles." Megan mordió su labio.

Harvey alzó sus cejas mirándola.

"Se supone que Chaz y yo lo celebraremos con una cena. Yo pensé."

Harvey levantó su mano. "No hay problema. El cliente va primero. Brielle, cámbialo al jueves."

"No es personal, Harvey hablamos de eso y pensé que."

"Por supuesto, cenar con el cliente después de la firma es normal. No te preocupes. Presenta el gasto." Él desapareció tan rápido como había reaparecido.

"¿Una inocente cena de celebración? Apuesto que sí." Añadió Brielle antes de regresar a su propio despacho contoneándose.

Andy entró justo cuando se fue Brielle. "¿Has firmado con Chaz Duncan?"

Megan asintió con la cabeza antes de regresar a su despacho.

"¡Vaya! ¡Eso es increíble! Eres genial, Megan. ¿Cómo lo hiciste?" Andy la siguió.

"Nuestro brillante plan más un poco de encanto." Meg se dejó caer en su silla, con una gran sonrisa en su rostro.

"Eres mi heroína." Andy irradiaba su admiración hacia ella con una gran sonrisa.

"Hora de trabajar, Andy. Tenemos que ejecutar este plan. El miércoles necesito explicarle a Chaz eh al señor Duncan exactamente donde tenemos pensado invertir su dinero. Así que, tienes mucho que investigar. Toma tu libreta y empecemos."

Justo después de que Andy saliera, el teléfono de Megan sonó. Era Chaz. "¿Estás presumiendo? ¿Te ha dado una palmadita en la espalda el viejo Harv?"

"¿Cómo lo sabes?" Megan se sentó de nuevo en su silla.

"Soy un pez gordo. Eso es lo que esperaba."

"Lo eres. Andy y yo vamos a empezar a trabajar en tu plan de inversión tan pronto como cuelgue." Megan levantó su mano para evitar que Andy entrara a su despacho, sentándose de nuevo en su silla.

"¿Quién es Andy?" *¿Era eso una pincelada de celos en su voz?* Ella sonrió.

"Es mi asistente. Demasiado joven para mí."

"Ah. Bien. Entonces no te entretengo."

"¿Hoy dónde estás?" Meg posó sus pies sobre la papelera de reciclaje.

"Estoy en la *PBS*, filmando una serie de historia americana."

"¿A quién interpretas?" Preguntó ella mientras daba golpecitos en su escritorio con un lápiz.

"A Thomas Jefferson con peluca roja."

"¡Por Dios!" Megan estalló de risa.

"¿Qué te parece tan gracioso?"

"Tapar ese hermoso cabello moreno con una peluca roja, yo"

"Hermoso, ¿eh?" El soltó una risita al otro lado del teléfono.

La mano de Megan voló hasta su boca. *¡Cállate Meg!*

"Bueno... si... es bonito, supongo. Si te gustan las morenas."

Chaz se rió. "¿Y tú prefieres a los rubios?"

"Yo prefiero... terminar esta conversación." Meg se enderezó en su silla.

"Te veo el miércoles a las seis."

Después de que colgara el teléfono, Megan se dio aire con su mano como si ésta fuese un abanico. Andy entró al despacho. "Estás roja como una remolacha. ¿Esa fue una llamada de negocios?"

"Eso no te incumbe. Anota estas acciones. Quiero que averigües los índices de precio y ganancia, más los precios de cierre de cada semana durante los últimos dos años. Crea un gráfico. Empecemos con General Electric."

Martes por la noche. Megan mantuvo a Andy en la despacho. Trabajaron hasta las nueve de la noche perfeccionando el plan de Chaz que tenían que presentar al día siguiente. Exhausta, finalmente se arrastró hasta su casa. Después de tirar las llaves en el tazón plateado al lado de la puerta principal, Megan se quitó sus zapatos, la chaqueta y se dirigió a la cocina a por una copa de vino. Se llevó el vino hasta la sala de estar mientras controlaba su teléfono móvil. Cinco mensajes de Penny.

Para terminar con el interrogatorio y poderse relajar, Megan marcó el número de su cuñada. "¿Cómo estás?" preguntó Megan mientras se acomodaba en el sofá y dejó escapar un bostezo.

"Mañana es tu segunda cita con Chaz. Me pareció que debíamos comentar lo que te vas a poner."

"Son negocios, Penny. Me pondré uno de los trajes nuevos que compramos juntas. ¿Los recuerdas?"

"¿Y qué blusa? ¿Qué pendientes? ¿Te pondrás bufanda? No te olvides del perfume nuevo."

"¿*Lilacs*? Lo sé, compré una botella pequeña para mi escritorio."

"¡Buena chica! No me contaste como te fue tu cita este, la primera cena con Chaz. Mark está viendo el partido, así que tengo tiempo de sobra."

Megan colocó sus pies sobre la mesa de café. "No hay nada que explicar. Cerré la operación y eso es todo."

"Si claro, una cena con Chaz Duncan no tiene importancia alguna. Siempre te has cerrado a hablar sobre un hombre, yo siempre supe que era porque te gustaba y mucho. Así que confiésamelo."

"No hay nada que contar. Sólo fue una cena, hablamos sobre el proyecto y luego me dejó en casa."

"Patrañas."

"Es la verdad," Megan bebió de su vino.

"¿Ni siquiera un beso de buenas noches?"

Hubo un silencio. Megan mordió su labio.

"Me lo imaginé. Vamos, soy yo, Penny." Ella sonaba orgullosa de sí misma.

"Está bien, está bien, un beso. Cuando él dijo que sería nuestro cliente," Ella colocó sus pies encima del sofá y se sentó sobre ellos.

"¿Un beso?" Después de una mordida, Penny siguió haciendo prospección.

"Tal vez... dos. Dos... eso es todo." Dijo estirándose en el sofá.

"Mmm. ¿Dos besos? Eso me suena a algo más que 'gracias'." Penny se deshacía en risitas al otro lado del teléfono.

"¡Ah! y uno de película. Pero ese no cuenta, ya que no tiene nada que ver con un beso real."

"¿De verdad? ¿Involucra a los labios? Entonces es un beso y cuenta. Tres. Llevamos tres y seguimos contando."

"Eso es todo y no hay nada más."

Megan no pudo evitar soltar una risita desde su garganta.

"Diviértete mañana y... vive un poco Meg."

"Buenas noches, Penny." Meg se enderezó.

La conversación con Penny hizo que Megan reviviera. Al ya no sentirse dormida, llevó su copa de vino al piano y sacó el libro de música de *Carousel*. Puso la copa en un lugar seguro y se sentó a tocar. Sus dedos regresaban a la canción "Si Te Amara." El apartamento estaba vacío, Megan guardó su timidez y empezó a cantar elevando su voz.

Mientras paraba para cambiar de música, el sonido ligero de la campanada que provenía de su pequeño reloj antiguo situado en el estudio llegó hasta la sala de estar, indicándole que eran las once en punto. Megan bostezó. Al cabo de media hora, ya estaba en la cama, durmiendo pacíficamente.

El miércoles por la mañana, Megan estaba cansada pero la emoción del día la bombeó de adrenalina por todo el cuerpo. Se despertó con una canción en su corazón y no podía dejar de cantarla "Si Te Amará" hasta en la ducha.

De camino al trabajo, botaba de entusiasmo. El investigar nuevos potenciales clientes y reunirse con los jefes para crear una estrategia con el fin de atraer a más famosos hizo que el día pasara más deprisa. A Meg se le hacía difícil concentrarse, las palabras en las páginas se mezclaban entre ellas mientras formaba el perfil de

Chaz Duncan. Sobre las 12 del mediodía, recibió un mensaje de texto.

¿Está bien si comemos comida brasileña? Te veo a las cinco. Chaz.

Comida brasileña sonaba abundante pero romántica. *¡Que rica! una Caipiriña.* Le contestó a su mensaje.

¡Genial! Podemos hacer un brindis con Caipiriñas. Te veo entonces.

Megan había escogido el traje verde esmeralda porque resaltaría el verde de sus ojos. Debajo de la chaqueta llevaba una camiseta blanca de piqué de cuello V, sin blusa. Un grueso collar de oro, más los aretes a juego completaba su atuendo.

"¡Ostras!" Exclamó Andy al mismo tiempo que alzaba las cejas cuando la vio a bajar por el pasillo.

Ella le sonrió.

"Estás... increíble."

"Gracias Andy. ¿Has impreso el plan? Quiero repasarlo por última vez."

"Estará en tu escritorio en cinco minutos." Y regresó a su ordenador.

Megan quitó la tapa de su café de *Starbucks* y encendió su ordenador. Tan pronto como Andy le trajo el plan, revisó cada recomendación una vez más, verificando los nuevos precios ofertados y que no hubiese errores tipográficos o aritméticos.

Estoy súper satisfecha, ha salido a la perfección, se reclinó en su silla y un pequeño temblor por el logro le recorrió la columna.

¡Espera a que Chaz vea esto! Amo este trabajo.

Harvey asomó la cabeza en la despacho de Megan. "¿Podría Chaz firmar algunos autógrafos para el personal? Tenemos a varios miembros del personal que se mueren por conocerlo."

"Dudo que le importe. Vendrá hoy a las cinco."

"Está bien. Formalizaremos todos los documentos primero y luego hacemos la recepción. ¿Te parece bien?"

Capítulo Tres

Pasaban cinco minutos de las cinco, Chaz bajó por el pasillo y se paró en la puerta de la despacho de Megan. Aclaró su garganta y mostró su sonrisa de mil vatios. "Discúlpame, llego tarde," dijo entrando en el despacho.

"¿Llegas tarde?" Megan tragó saliva. Él se veía más guapo que nunca con una chaqueta corta de cuero gris oscura y tejanos ajustados. Se quitó las gafas de sol y después la chaqueta.

Los labios de Meg formaron una sonrisa mientras él se sentaba en la silla al otro lado del escritorio.

"Hoy estás, increíble." La mirada de Chaz examinó el cuerpo de Megan.

Tú también. Negocios Meg, ¡negocios!

Chaz llevaba una camisa de lino blanco. Las mangas subidas, dejaban al descubierto sus fuertes antebrazos con trazas de cabello oscuro. *Maldita sea, este sujeto sabe vestirse.* Su cabello estaba ligeramente despeinado en vez de perfecto. Puso su chaqueta en el respaldo de la silla.

"¿Dónde están los papeles?"

"Una pregunta primero. ¿Te importaría firmar autógrafos después para algunos miembros del personal?"

"¿Fans? Por supuesto."

"Ven conmigo." Megan se levantó y lo condujo por el pasillo hasta el despacho de Harvey Dillon. Secretarias y asistentes en el camino soplaron y miraron. Chaz se giró y sonrió graciosamente a todos.

Harvey le explicó todo el papeleo. Chaz firmó todo en veinte minutos y los dos hombres se estrecharon la mano.

"Bienvenido a Dillon & Weed, señor Duncan."

"Gracias. Estoy ansioso de trabajar con la señorita Davis."

"Ella es una de nuestras estrellas más nuevas y brillantes, ups. Supongo que eso significa algo diferente para usted, ¿no es cierto?"

Los hombres se rieron. Megan se quedó de pie detrás de Chaz, aguardando el momento oportuno. Ella aclaró su garganta. "Tengo un plan de acción que me gustaría revisar contigo, Chaz." Megan trató de agarrar la mano de Chaz pero se detuvo antes de tener contacto físico. La sonrisa en la cara de Chaz le confirmó que se había dado cuenta. Los ojos de él giraban.

"Bien, no los entretendré. Veo que Megan lo tiene bajo control. Encantado de conocerle y le agradecemos que sea nuestro cliente." Harvey le dio la mano a Chaz una vez más antes de que se marchara con Megan.

Cuando entraron en el despacho, Megan cerró la puerta.

"Llévatelo. Lo revisaremos en la cena. Hagamos lo de los autógrafos y vayámonos. Me muero de hambre."

"¿Qué no te dan de comer en el set?"

"He estado pensando en comida brasileña todo el día y en estar a solas contigo."

Y yo he estado pensando en ti todo el día.

Megan llamó por teléfono a Harvey antes de empacar su maletín y mostrarle a Chaz un escritorio en la sala de conferencias donde más de la mitad del personal estaba haciendo cola. Él se sentó, firmó autógrafos y besó a las mujeres más mayores en la mejilla. Una rubia sexy que llevaba puesto un top escotado, se agachó en frente de él a propósito. Él no pudo evitar mirarla.

Buenos melones, pero sin clase. Exagera demasiado.

Ella le sonrió de forma seductora mientras se levantaba.

"Estás en buenas manos con Megan, pero si alguna vez necesitas... eh... manos más experimentadas, estoy en el negocio desde hace más tiempo." Ella miró a Chaz por debajo de sus pestañas mientras escribía su número de teléfono en la parte trasera de su tarjeta antes de entregársela. Él tomó la tarjeta, la puso en su bolsillo y le devolvió la pícara sonrisa a la chica.

"Brielle," dijo ella mientras le daba un pequeño cuaderno para que lo firmara.

"Ese es un nombre inusual."

"Lo es. Es una combinación de Brinda y Ellen. Nombres de la familia."

"Será difícil olvidar." Él le entregó a Brielle el cuaderno firmado antes de que pasará la siguiente persona de la fila.

Cuando terminó, notó que Megan fruncía el ceño. Harvey Dillon le dio la mano a Chaz por tercera vez.

Chaz se subió la manga y miró su Rolex. Inclinándose hacia Megan le dijo, "Vámonos."

Ella asintió con la cabeza, tomó su bolso y la chaqueta y se dirigió al ascensor. Chaz habló unos segundos por el móvil y luego se volvió a Megan para decirle. "Bobby está fuera."

Al ver la mirada perpleja de Megan, Chaz le explicó, "Bobby es un viejo amigo. Es mi chofer cuando estoy en la ciudad." Chaz se puso sus gafas de sol.

El ascensor estaba casi lleno, pero lograron entrar.

"¡Chaz Duncan!" dijo alguien desde la parte trasera, alguien al que no le despistaron las gafas oscuras.

Saludos murmurados, soplidos y palmaditas en la espalda saludaron a Chaz. Él puso una sonrisa plástica en su rostro, asintiendo con la cabeza hacia todos. Megan y Chaz fueron los primeros en salir del ascensor, casi corrían hasta llegar al bordillo donde los esperaba la limusina. Cuando la puerta se cerró, Chaz se sentó nuevamente contra el asiento del coche. Suspiró fuertemente.

"Odio estar atrapado en un ascensor lleno de fans. Me da claustrofobia. Me pone nervioso como un demonio." Sacó un pañuelo para secar el sudor de su frente.

"¿Dónde os llevo, Chaz?" Bobby empezó a conducir el coche.

"Rio de Janeiro."

"¿Rio? ¿Vamos a conducir hasta Rio?" Megan miró a Chaz.

"Es un restaurante en la Calle Cuarenta y Seis. Pensaste que," Chaz y Bobby soltaron una carcajada.

"Está bien, está bien. ¿Y qué pasó con Brielle?" Megan puso su mano en el brazo de Chaz.

"¿A qué te refieres? Estaba coqueteando conmigo, así que yo también lo hice. A las fans les encanta eso."

"No tenías que ser tan convincente."

"¿Celosa?" dijo mientras le arqueaba una ceja.

"En absoluto." dijo incorporándose más en el asiento.

Está celosa. "Lo estas me encanta." Él se inclinó y la besó en la mejilla. "No te preocupes, no es mi tipo." Chaz le sonrió a Megan.

"¿Y qué tipo es ella?" resopló Meg.

"Del tipo llamativo y obvio. Tu eres mucho más de mi estilo." Le pasó su dedo por la mejilla de Megan.

"¿Ah, sí?" Ella se ruborizó ligeramente cuando él la acarició.

"Del tipo modesta, inteligente y sexy." Le besó el dorso de la mano y vio como sus mejillas se sonrosaban.

El coche descendió por la Séptima Avenida que estaba llena de tráfico debido a la hora punta. Meg miró por la ventana. Su atención estaba temporalmente alejada de Chaz, él aprovechó la oportunidad para estudiarla sin ser observado.

Se veía tan adorable con su flequillo un poco torcido, su oscuro pelo caoba con los rizos sueltos descansando en sus hombros. El verde brillante del traje de negocios hacía que sus ojos sobresaltaran. La mirada de Chaz bajó hasta la V de la camiseta blanca de Megan y le echó un vistazo. Sentía sus manos inquietas, el deseo de tocarla se elevaba peligrosamente y estaba casi a punto de salirse de control.

Las manos de Meg eran pequeñas con una manicura impecable. El esmalte era brillante pero sutil, de color marfil traslúcido. Tenía sus delgadas piernas cruzadas. Él le espió un poco el muslo que su falda levemente levantada dejaba entrever y se preguntaba de qué color serían sus bragas. Le miró la camiseta blanca y supuso que debería llevar un sujetador blanco o beige, sino se transparentaría. Eso significaba que las bragas iban a juego. Tal vez blancas con encaje... mucho encaje. *¡Para! Es una asociada.*

Él sacudió la cabeza de forma casi imperceptible justo antes de que el coche se detuviera. Bobby salió para abrir la puerta. Chaz salió primero, ofreciendo su mano a Megan. La falda se le subió arriba de su muslo durante unos segundos mientras salía del coche. Chaz no se perdió ni una sola exquisita pulgada. *Tres pulgadas más y hubiese sabido si eran blancas y de encaje. Porras.*

El maître saludó a Chaz cálidamente. Los condujo a una mesa silenciosa situada en un área con otras dos mesas, ambas vacías. Las paredes estaban pintadas de color teja. Los manteles eran blancos. La estancia y las sillas estaban tapizadas con un tejido estampado de bosque tropical en naranja y blanco. Las pequeñas velas añadían un aire romántico a cada mesa. Chaz se sentó junto a Megan.

"No sé cómo podremos revisar esto... la luz es terrible." *Pero es de lo más romántica. Resiste. Sé fuerte.*

"¿Por qué no me cuentas el plan de viva voz? Puedo llevarme los papeles a casa."

Mientras Megan sacaba dos grupos de documentos de su maletín, Chaz pidió dos caipiriñas.

"¿Sabes lo que significa el índice P/G?" preguntó ella, tomando un sorbo de su bebida.

Él negó con la cabeza mientras se desabrochaba el botón superior de su camisa.

"Supongo que tendremos que empezar desde el principio. El índice de P/G es la relación precio/beneficios, que quiere decir el precio de la acción relacionado con las ganancias de la compañía. Lo que debes saber es que mientras menor sea el ratio, mejor es la compañía." Megan dibujó un círculo alrededor de los números P/G del documento.

"¿Cuál es la razón de esta regla?" Chaz levantó su copa para beber de ella.

"Si el precio de venta de la acción es, por ejemplo, quizás quince o veinte veces el beneficio, refleja que la compañía está siendo bien gestionada, van bien y garantiza una mejor gestión del riesgo. Pero si el precio de la acción es, digamos, cincuenta veces los beneficios, indica que la compañía tiene más riesgo, quizás no le está siendo bien gestionada o no está generando tanto dinero como podría o debería."

"Entiendo. ¿Tu usas esos índice para escoger acciones?"

"Es una herramienta de referencia que utilizo." Ella bebió de su bebida.

"Bueno saberlo." Chaz asintió con la cabeza.

"Quiero que sepas todo lo que puedas sobre invertir. Te puedo enseñar."

"Me marcho en un par de semanas a rodar la siguiente película de West of the Sun."

"¿Ah sí?" Ella bajó su lápiz.

"Pero puedes enseñarme por *Skype*." Chaz tomó un buen sorbo del frío y potente líquido.

"¿*Skype*?"

"Por el ordenador. Puedo verte mientras me enseñas. Soy un tipo muy visual." Su mirada se deslizó por sus formas.

"Eso veo," Meg se rió.

"Necesitaré algo para ocupar mis noches."

"¿Eh? ¿No pueden mantenerte eh... otros miembros del elenco... eh... ocupado?" Ella arqueó una ceja.

"Puede ser... pero quizás prefiero mirarte a ti mientras aprendo algo sobre cómo gestionar el dinero." Y le tomó la mano a Meg.

Megan estalló de risa, casi tiró su bebida.

"Si, seguro, claro. Yo por encima de actrices hermosas." Ella apartó su mano de la de él. *Nada de tocar manos, nada de muestras de afecto... mantén la distancia.*

"No te subestimes, Meg."

El camarero regresó, interrumpiendo la conversación. "Déjame pedir por ti. ¿Comes carne de vacuno?"

Ella asintió con la cabeza.

"Muy bien. Dos churrascos Gaucho y dos caipiriñas más, por favor."

"Mira," Megan introdujo una serie de papeles en un sobre. "Cuando me termine la segunda bebida, no estoy segura de que ni siquiera me acuerde de lo que es el P/G."

Chaz colocó el sobre en medio de ellos dos en el asiento. Llegaron dos bebidas más y Megan se acomodó de nuevo en el confortable reservado.

Hora de las veinte preguntas. "¿Cómo fue que te metiste en la actuación?" Ella se giró para mirarlo.

Él se movió como si buscara una posición más cómoda.

"Esa es una historia muy aburrida. Hablemos de ti." Se sentó nuevamente y tomó su vaso de agua.

"Aquí yo soy la aburrida. Vamos, ¿una niñez privilegiada, luego la Escuela de Arte Dramático de Yale? ¿No sabías que más hacer con tu vida?"

Chas soltó una risa sin alegría. Su sonrisa no alcanzó sus ojos. "Todo lo contrario."

El camarero puso las caipiriñas sobre la mesa.

"Vamos. Explica." Ella bebió de su nueva bebida.

Los ojos de Chaz se estrecharon. Su rostro se puso como una máscara cerrada. Una pared invisible se formó en medio de ellos. *¡Rayos! ¿Pero qué he hecho? ¿Dónde se ha ido?*

"La historia de mi vida no es conocida por el público y me gusta que sea así." Los ojos de Chaz se oscurecieron.

"Soy yo, tu asesora financiera. La confidencialidad es mi segundo nombre." Meg puso su mano sobre la de él.

"Eso es lo que todos dicen. He visto muchas carreras arruinadas a causa de bocas sueltas. Eso nunca me pasará a mí." Chaz sacó su mano de debajo de la de ella.

El frio aire hizo que Megan tiritara. Ahora Chaz parecía estar a un millón de millas de distancia de ella. *Buen trabajo Meg. Buena forma de darle confianza.* "¿Tú crees que yo arruinaría tu carrera?"

"Tal vez no de forma directa, pero si tú se lo contaras a alguien más las habladurías sobre las celebridades son muy jugosas como para no compartirlas." Él tomó su bebida.

"Yo nunca rompería tu confianza."

"¿De verdad? ¿Y cuándo un amigo te presione sobre el *verdadero* yo?" dijo alzando una ceja.

"No tengo muchos amigos."

"Solo se necesita uno." Chaz tomó un buen trago de su bebida.

"Tienes problemas de confianza, ¿verdad?" Meg suavizó su tono de voz.

"No soy estúpido. He trabajado mucho para llegar donde estoy. No lo voy a arruinar confesándome a una mujer." El calor de la ira estaba tomando su voz.

Megan retrocedió como si él le hubiese abofeteado la cara. "Lamento que te sientas así de mí." Las emociones se acumularon en la garganta de Megan, imposibilitándole continuar hablando.

"No eres tú, es todo el mundo." Chaz puso su mano sobre la de ella pero Megan la quitó.

Bebieron en silencio por un momento. Meg frenéticamente buscó en su cerebro un secreto que compartir.

"¿Qué te parece si te revelo un secreto profundo y oscuro acerca de mí?"

"No es lo mismo. No te ofendas, pero tú no eres una celebridad."

"Tal vez no puedas usarlo, pero se necesita un cierto nivel de confianza para contarte algo que nunca he dicho a nadie." Megan captó la atención de Chaz, sus ojos se enfocaron en su cara.

La pared de hielo entre los dos se derritió un poco. Megan notó que la expresión de Chaz se suavizó. "No tienes que hacerlo."

"Quiero hacerlo. Igual, ha llegado el momento de que le contara a alguien la verdad." La emoción le llenó en el pecho.

"Eso no cambiaría mis sentimientos sobre mi pasado." El alzó la palma de su mano hacia ella.

"Si tu no quieres que te lo cuente" Ella tomó un sorbo de su agua para humedecer su repentinamente boca seca.

"Por favor, por favor, me gustaría escucharlo." Esta vez sus dedos agarraron los de ella antes de que ella pudiese retirar su mano. Chaz llamó al camarero y pidió otra ronda.

Megan respiró profundamente y lentamente soltó el aire. El pestañeo rápido mantuvo sus lágrimas a raya. Reunió sus pensamientos y cerró sus pequeños dedos alrededor del pulgar de Chaz. "Mi padre desapareció."

"¿Qué?"

"Mi papá desapareció." Ella lentamente exhaló.

La declaración de Megan captó toda la atención de Chaz. Su máscara se disolvió.

"Mi papá amaba escalar montañas y hacer senderismo. Era el tipo de hombre a quien le gustaba estar al aire libre. Mi mamá era, y aún es, muy casera. Él salía a hacer senderismo tres veces al año con un club, un grupo de amigos," El pecho de Megan se tensó cuando el recuerdo se tornó claro como el agua. "El día que salió a su último viaje de senderismo, él y mi mamá tuvieron una pelea terrible. En sí, nunca se llevaron muy bien pero esta pelea fue muy fuerte y escandalosa. Él se fue y nunca supimos más de él."

"¿Contactaríais a los amigos de tu padre?"

Ella asintió con la cabeza, su mano sujetaba su bebida. "Lo hicimos. Llamamos a la policía. Buscamos por todas partes. Parece que después de su viaje, sus amigos se fueron por un lado y él se fue por otro. Mi madre pensó que nos había abandonado."

Hubo silencio mientras Chaz tomaba la mano de Megan entre las suyas. "Mi padre y yo nos llevábamos muy bien. Nosotros nos entendíamos bien, más o menos. Mi madre siempre prefirió a Mark. Yo nunca he podido aceptar que él nos dejara que nos abandonara."

"¿Cuántos años tenías cuando esto pasó?"

"Quince y todavía lo echo de menos."

"¿No habéis sabido nada más desde entonces?"

Las emociones ahogaban a Megan. Un nudo se formó en su garganta que le cortaba las palabras. Ella agitó su cabeza. Lágrimas, las que previamente mantuvo a raya – cayeron, deslizándose por sus mejillas. Chaz la tomó entre sus brazos estrechándola fuertemente contra él. Ella cerró sus ojos y dejó que el calor de su cuerpo y la fuerza de sus brazos la calmaran.

"Me siento halagado de que me hayas elegido para contármelo," susurró él mientras pasaba su mano por el cabello de Megan.

Megan recobró su compostura y se incorporó alejándose de él.

"¿Y tu madre y Mark? ¿Que pensaron ellos?"

"Mark le echó la culpa a mi madre y a mi padre. Nunca ha perdonado a ninguno de los dos. Mi madre se divorció de mi padre por abandono. Y tampoco lo ha perdonado."

"¿Y tú? ¿Tú lo has perdonado?"

"Cuando él no asistió a la graduación, ni siquiera tomó contactó con nosotros asumí que de alguna forma había muerto. Con los triunfos de Mark, papá nunca, nunca," su voz se quebró, "nunca nos hubiera abandonado. Mark se avergüenza no quiere que nadie lo sepa. No se lo ha contado a nadie. A ninguno de sus compañeros de equipo a nadie." Ella buscó torpemente en su bolso un pañuelo, evitando la mirada compasiva de Chaz. Él vio una lágrima en el rostro de Megan, la cual limpió con su pulgar.

¡Mark! ¡Mierda! ¡Mark! Las manos de Meg se enfriaron, el color de su cara palideció y un escalofrío recorrió su columna. *Si Chaz se lo cuenta a alguien.* "Nunca debí contártelo me matará si esto sale a la luz. ¡Oh Dios! si esto sale en los periódicos por favor, por favor." Los ojos de Megan se agrandaron. Sus manos retorcían su pañuelo mientras ella mordía su labio. *¿Qué estoy haciendo? No es mi amigo. Es un cliente.*

Una pequeña sonrisa apareció en los extremos de la boca de Chaz.

El camarero trajo más bebida.

"Ahora entiendes como me siento sobre revelar mi pasado."

Dios, tiene razón.

Chaz se recostó, dándole un gentil beso en los labios a Megan. "Me llevaré tu secreto a la tumba."

"Gracias," susurró ella, mientras su labio inferior temblaba.

Megan tomó un gran sorbo de su bebida mientras un pequeño escalofrío reverberaba por su cuerpo. Un segundo trago de caipiriña hizo que el calor recorriera por sus venas y calmara sus emociones. Dejó salir un suspiro.

Chaz se echó hacia atrás cuando el camarero llegó con la comida. El repiqueteo de los platos rompió el ambiente sombrío.

"Esto se ve genial," dijo ella, mirando su plato lleno de carne, arroz y farofa. Cuando la cena terminó, Chaz abrió su móvil. Megan puso su mano sobre el teléfono. "El clima está agradable afuera. Caminemos. Es casi lo suficientemente oscuro para que la mayoría de personas no te reconozcan."

Chaz llamó por teléfono. "Iremos andando a casa, Bobby. Te veo luego."

Anduvieron hasta la Avenida Sexta hasta que llegaron a Central Park en la Calle Cincuenta y Nueve.

"¿Pasamos por el parque?"

"Es tarde... y un poco peligroso."

"No hasta después de la media noche. Vamos. Seamos aventureros." Él le ofreció su mano. Su brillante sonrisa la reconfortó. Él enlazó sus dedos con los de ella, entraron en el parque y el camino que llevaba a la parte norte.

Capítulo Cuatro

La brisa empezaba a soplar más fuerte y Megan rodeó con sus brazos su torso para protegerse del frio. Chaz se quitó su chaqueta y la puso sobre los hombros de Megan. El susurro de los árboles, verdes con hojas de primavera nuevas, reproducían una placentera música mientras ellos paseaban sin prisa para llegar a su destino.

"Debió ser horrible para ti... cuando tu papá desapareció."

"Durante mucho tiempo esperé su regreso verlo entrar por la puerta. Han pasado tantos años pasado sin noticia alguna. No puedo creer que nos dejara sin decirnos una sola palabra."

Chaz puso su brazo sobre el hombro de Megan y la acercó a él. Ella suspiró y sincronizó su caminar con el de él.

"Mi vida tampoco fue un caminos de rosas."

Megan lo miró.

"Si esto aparece en los periódicos, sabré de donde ha salido," advirtió él.

Megan cruzó su corazón con su dedo. "Lo prometo."

"Mi madre era adicta al crack. Yo nací en el sur del Bronx sin padre. Cuando tenía nueve años, mi mamá murió de una sobredosis. Tuve que irme a vivir a casas de acogida. Escapé a la fantasía...era la única forma de poder lidiar con mi vida. Un día, era un brillante científico al siguiente, un superhéroe de incógnito cualquier persona excepto quien yo era en realidad. Mi imaginación me mantenía cuerda, aunque mis profesores no lo apreciaban. Los padres de acogida pensaban que estaba loco. Me pasaban de un hogar de acogida al otro."

Megan jadeó sin poder evitarlo.

"Una profesora de primaria, Emily Gold, se apiadó de mí. Ella animó mis fantasías, a las que se refería como "actuación" La Señora Gold me hizo el protagonista de la obra de teatro de la escuela. Una vez que escuché los aplausos, me quedé enganchado."

Ella rodeó la cintura de Chaz con su brazo y le dio un pequeño apretón.

"Pronto, Emily y su esposo Max me adoptaron. Con su ayuda, mis calificaciones mejoraron bastante. Entré en el programa de actuación de la Escuela Secundaria LaGuardia. Desde allí, a la Escuela de Arte Dramático de Yale y el resto es muy aburrido."

"Estaba totalmente equivocada."

"La mayoría de gente lo están, especialmente cuando escuchan Yale. Allí me dieron una beca completa."

"Que terrible para ti tener que pasar por todo eso. Beca completa ¡vaya! No ha sido fácil. Que increíble como terminó todo."

"Los tiempos difíciles me hicieron autosuficiente."

"¿Qué pasó con Emily y Max?"

"Eran sexagenarios cuando me fui a vivir con ellos. Ahora tengo treinta y dos años. Haz la suma. Ya fallecieron ambos."

"Lo siento mucho, Chaz." Ella apretó su brazo.

Cuando Chaz hubo terminado su historia, ya habían alcanzado la salida del parque que llevaba al edificio de Megan. "No es una historia bonita. No quiero que se haga 'pública. No quiero que nadie me tenga lástima." Chaz se detuvo.

Ella reconoció el dolor que parpadeaba en lo profundo de sus ojos oscuros. Ella atrapó la mirada del chico que había sido una vez, acurrucado y sólo en la oscuridad.

"Por supuesto. Entiendo pero tampoco es una historia terminada."

"Soy todo un trabajo-en-progreso." Se rió.

"No se lo diré a nadie prometido." Ella arregló el cabello de la frente de Chaz, pasándolo a un lado.

Su pecho se elevó cuando Chaz respiró profundamente. Una apariencia de alivio apareció en su rostro. *¿Nunca ha contado esto a nadie. ¿Confianza? ¿Será que él confía en mí?*

Chaz llevó a Megan a las sombras y presionó sus labios en los de ella. Pasó sus dedos por el cabello de Megan mientras él convertía el beso en más profundo. En el momento en el que la punta de su lengua tocó la de ella, un hormigueo se disparó por todo su cuerpo hasta los dedos de sus pies. Cuando finalmente la dejo ir, Megan a duras penas podía respirar.

"Desearía poder hacerte sentir mejor," murmuró Megan, sosteniendo la cara de Chaz con su mano.

"Acabas de hacerlo." Una sonrisa apareció en un lado de la boca de Chaz.

No es para nada el hombre que yo creía.

"No sé por qué te estoy confiando esto casi no te conozco." Chaz bajó las cejas.

"Nunca le revelaría esto a nadie así me torturaran."

"Tal vez no tengas que llegar tan lejos. No lo publiques en *Facebook*, ¿de acuerdo?"

"Nunca." Megan se mantuvo lo suficientemente cerca de él como para sentir el calor de su pecho.

"Gracias." Él acarició la frente de Megan con las yemas de sus dedos. "Supongo que si voy a confiarte siete millones de dólares, puedo confiarte mi secreto más preciado."

Siguieron caminando ya fuera del parque en dirección a Central Park Oeste, a través de las sombras y la luz de las farolas.

¡Negocios, Megan!

La pareja se detuvo y permaneció un momento frente al edificio de Megan. No entraron. Él no se marchó.

"Puedes llamarme siempre que quieras saber cómo se va desarrollando tu cartera. Nosotros enviamos un informe mensual pero para ti, estaré disponible veinticuatro/siete." Dijo ella.

"¡Ah !" Dijo levantando una ceja. "¿Puedo llamarte a las tres de la mañana para pedirte un consejo?"

"Tal vez no sea mucho lo que te pueda ayudar a esa hora, pero seguro." Megan sonrió.

"¿Y qué pasa si no estás sola?" Una sonrisa pícara apareció en la cara de Chas.

"Ah, estaré sola."

"¿Estás segura de eso?"

"Segura. ¿Y tú?" Ella se apoyó en el edificio.

"Yo también estoy solo." Él se apoyó en el edificio con la palma de su mano.

Megan lo miró.

"Estoy contento de escuchar que estás soltera." Los ojos de él brillaron por el reflejo de la luz de las farolas.

"¿Eh?" exclamó ella extendiendo una ceja.

"Me gusta ser el primero con las mujeres en mi vida."

"¿Ahora soy una mujer en tu vida?" Ella se mantuvo de pie, bien recta.

"Por supuesto. Tu eres mi asesora financiera... y una mujer."

"Puede que ya no me veas de esa forma después de que revise tus hábitos de gasto." Megan sonrió.

"¿Qué vas a hacer?" Chaz alzó sus cejas.

"Te daré consejos acerca de cómo recortar gastos para ahorrar más dinero como por ejemplo, deshaciéndote de tu chofer."

"Bobby y yo crecimos juntos. Bobby me apoya y yo a él. Me ayudó a corregirme cuando lo necesitaba. Cuando no estoy aquí, utiliza el coche para hacer su propio servicio de transporte."

"Bobby se queda. Entendido."

"¿Vas a revisar todo lo que yo gaste? ¿Cada cheque? Me siento un poco expuesto."

"¿Ocultando gastos de prostitutas que no quieres que vea?" Megan levantó una ceja.

Chaz se puso rojo como un tomate. "No, pero si me parece invasivo, en el mejor de los casos."

"Todo es parte del servicio de Dillon & Weed. Yo analizo como estás gastando tu dinero y sugiero formas de disminución de gastos o que gastes de manera más prudente."

"Mmm. No sabía que eso era parte del trato."

Megan puso su mano sobre el brazo de Chaz." Oye, si te hace sentir incómodo, entonces no miraré tus gastos. Esto no es una visita al médico. Tú tienes que estar de acuerdo tu controlas."

"Bien." Una mirada de alivio relajó el semblante de Chaz.

"No hay problema. Solo quiero que seas prudente."

"¿Alguna vez, *no* eres sensata?" preguntó alzando una ceja hacia Megan.

"Raramente," admitió ella.

"Voy a ver si no puedo encontrar cosas menos prudentes en las que deberías permitirte darte gusto." Los ojos de Chaz brillaron mientras le ofrecía una cálida sonrisa a Megan.

Megan intentó mirar a otro lado, pero la expresión de Chaz era muy sexy, muy atractiva. Sus ojos oscuros destellaban, la sombra sobre su mejilla invitando a que ella la rozara y sus labios tan tentadores hacían que ella no pudiera alejar su mirada o alejarse ella misma. Se quedó en frente de El Royal, mirándose los pies y luego las estrellas. A cualquier lado excepto los ojos de Chaz Duncan.

"¿Puedo acompañarte a tu apartamento?" Chaz la agarró de su codo.

"A partir de aquí estoy segura."

"Me gustaría ver dónde vives. Creo que quiero vivir en Manhattan"

Megan le hizo un gesto para que la siguiera. Él lo hizo mientras ella cruzaba la puerta.

"¡Hola Briny!" Megan saludó al fornido portero, quien sujetaba abierta la puerta de hierro forjado y vidrio.

Él asintió con la cabeza y una enorme sonrisa.

"Si, esté es Chaz Duncan. Chaz, Briny."

Chaz le dio la mano a Briny. Un perro pug se levantó de su posición de dormir cerca al escritorio del portero y estiró sus patas delanteras.

"No puedo creer que Grady Spencer este aquí en mi edificio." Briny hizo un gesto con su sombrero.

"¡Adelante, teniente!" Chaz saludó tal como solía hacer cuando hacía de Grady Spencer en sus películas. Briny le devolvió el saludo.

"¿Que está haciendo Baxter aquí?" Preguntó Megan, encorvándose para rascar al regordete pug detrás de sus orejas.

"La Señora Bender está en el hospital y estoy cuidando de él hasta que regrese."

"Espero que no sea nada serio."

"La familia no me ha comentado nada," explicó Briny.

La puerta del ascensor se abrió. Megan tomó a Chaz por el brazo mientras apretaba el botón del piso catorce.

"Fans por todas partes, ¿eh?" Megan se apoyó contra la parte trasera del ascensor.

Ella abrió la puerta frontal y encendió la luz mientras Chaz la seguía. Dejó sus llaves en un tazón plateado encima de la cómoda. Megan se quitó sus zapatos y movió los dedos de sus pies.

El espacioso apartamento tenía un pequeño vestíbulo de entrada que conducía a una gran sala de estar.

"La cocina está por aquí," dijo ella, indicando un pasillo abovedado a mano izquierda.

"¿Tu habitación?" Preguntó él con una risita.

"Al final del pasillo, con las otras habitaciones," Meg hizo un gesto hacia la derecha, ignorando la insinuación.

La sala de estar tenía ventanas de diez pies de alto. Un sofá modular grande de cuero negro adornado con almohadas rojas, naranjas y blancas junto una de las paredes. Una impresionante televisión de pantalla plana miraba al sofá. Una mesa de café de cromo y vidrio encajaba perfectamente en el ángulo recto del sillón. En la esquina opuesta estaba dispuesta una mesa redonda de vidrio con cuatro sillas de ébano y cromo de diseño moderno.

Unos cuantos cubos de plexiglás color negro humeante para poner libros apilados de forma artística y objetos de arte. Cinco grandes pinturas al óleo modernas colgaban de las brillantes paredes blancas, proveyendo calidez y una pizca de color a la estancia... el toque final perfecto.

"¡Vaya! ¿Has decorado tu esta estancia?"

"Con Penny, la esposa de Mark."

"Es precioso."

Unos cuantos pies más allá del vestíbulo había un piano vertical negro con una banqueta negra bajo el teclado. Chaz se acercó y levantó el protector del teclado. Rasgó las teclas con la uña de su pulgar. Megan saltó cuando el sonido hizo eco en el apartamento.

"¿Quién toca?" Chaz se giró a Megan.

"Penny y yo tocamos."

"Toca algo."

Megan abrió el libro de música que había dejado fuera. Chaz se retiró quedándose de pie tras de ella. Megan seleccionó la canción "Si Te Amara" y Chaz empezó a cantar. Su hermosa voz barítona era perfecta para la canción. Él apoyó su mano sobre el hombro de Megan. El calor de la mano de Chaz entibió a Megan. Mientras él cantaba, las palabras sonaban en la cabeza de Megan, describiendo lo que ella estaba empezando a sentir por él. Si ella lo amara, ¿sería ella capaz de admitirlo? o ¿se sentiría tímida, como lo decía la canción? ¿Pensaría él que ella era sólo una fan más, otra mujer que sólo buscaba aprovecharse de su notoriedad?

Cuando la canción terminó, Megan suspiró y cerró el libro de canciones. *Él no puede saber lo que estoy pensando. Cálmate, mujer. No le conoces bien, recuerda, es un cliente.*

"Mejor me voy." Chaz quitó su mano del hombro de Megan.

Ella lo siguió hasta sila puerta.

Él se giró hacia ella. "¿Puedo pedirte un favor?"

"Lo que sea," respondió ella.

"¿Lo que sea?" Él mostró un brillo sexy en sus ojos mientras levantaba sus cejas. Sus sexys labios se curvaron formando una sonrisa invitadora.

Megan le dio un golpe juguetón en el hombro. "Casi todo tu sabes a lo que me refiero. ¿Qué?"

"Tocas tan bien me presentaré a una audición para un musical de Broadway."

"¿Broadway?"

"Tengo que cantar para la audición y necesito un lugar donde practicar."

"¿Quieres practicar aquí? ¿Tocando conmigo?" Ella plegó sus manos juntas en frente de su pecho.

"Será un trabajo duro. He estado tomando lecciones de canto pero estoy lejos de la calidad necesaria para Broadway. Eso significa ensayar sin fin."

"¡Sí!" Megan palmoteó sus manos. *De acuerdo, ahora eres oficialmente una fanática.*

"No dejaré de ser cliente de Dillon & Weed si dices que *no*. Esto es estrictamente personal está bien sí."

"¡Me encantará! Que emocionante ¡entrenar a una estrella de Broadway!" Dijo ella mientras palmoteaban sus manos nuevamente.

"Todavía no me han dado el papel," él se rió.

"Lo tendrás."

"Te agradezco mucho. ¿Podemos empezar en un par de semanas, tan pronto como termine la serie para la *PBS*?"

"Por supuesto. Por cierto, ¿cuándo fue la última vez que comiste una comida preparada en casa?"

"No sé tal vez hace diez años."

"¡Por Dios! En el primer ensayo te prepare la cena."

"No puedo esperar." Él se acercó a Megan. Chaz apartó un mechón de pelo de los ojos de ella. Se acercó para besarla tiernamente. "Buenas noches, Meg." Su respiración hizo cosquillas a Megan. "Buenas noches." Ella le rozó la mejilla por un momento.

Megan lo vio caminar por el pasillo. El ascensor llegó rápido. Ella sonrió al ver que estaba vacío antes de que él entrara. *Nadie que lo hiciera sentir incómodo.* Con un rápido saludo de mano, se marchó. El pasillo parecía encogerse después de que las puertas del ascensor se cerraran. Las luces en el apartamento parecieron más tenues cuando volvió a entrar. La ausencia de Chaz hacía que el apartamento se sintiera vacío.

Meg se desnudó y se metió a la cama. Inclusive después de haber bebido, no se sentía cansada. Su mente daba vueltas. *Tengo que practicar. ¿Cómo puedo ser lo suficientemente buena para practicar con Chaz Duncan. Tengo que afinar el piano.* Mientras empezaba a hacer una lista mental de cosas que hacer, el sueño la superó.

Mayo era un mes bonito en Nueva York, pero Chaz no vio el sol, ya que pasaba sus días dentro de un estudio de grabación. Filmar doce episodios del programa de Historia Norteamericana se demoraba hasta las nueves en punto cada noche. La comprimida programación era necesaria ya que estaba previsto que la serie se emitiera el cuatro de julio. Bobby esperaba con la limusina en la puerta del estudio al final del ensayo para llevar a Chaz a The Wellington Arms, el elegante edificio de Quinn Roberts en Central Park Oeste, en la Calle Setenta y Cuatro.

Quinn, con una estatura de más de seis pies, pelo moreno y ojos azules, estaba mirando películas y pasando el rato en casa. Cuando su serie de películas, *Las Aventuras de Joe Martin*, se interrumpió, se relajó en su espacioso apartamento. Él agradecía la compañía de Chaz y Chaz se ahorraba el dinero de un hotel quedándose con Quinn. Además, disfrutaba compartiendo con su viejo amigo. Chaz confiaba en Quinn... habían vivido juntos muchas aventuras.

"¿Cerveza?" preguntó Quinn a Chaz mientras cerraba la puerta frontal.

"¿Tienes algo más fuerte?"

"*¿Absoluta?*"

"Perfecto. ¿Hielo?"

Quinn levantó el pulgar antes de desaparecer en la cocina. Chaz se apoyó en la puerta frontal por un momento y luego se dirigió al sofá de ante color marrón chocolate. Se dejó caer en él. Quinn regresó con una copa de vodka con hielo en una mano y una botella de cerveza en la otra.

"¿Día duro?"

Chaz asintió con la cabeza mientras tomaba un gran trago de su bebida. "La 'Señora Jefferson' se sabe el guión." Chaz se quitó sus zapatos.

"¿Quién es?" Quinn se acercó la botella de cerveza a sus labios.

Chaz puso sus pies sobre la mesa de café de roble. "Anna Jason." Él dio un suspiro.

"Yo la conozco. Eh, es su jodido trabajo. Es bastante molesto," dijo Quinn, poniendo su botella sobre un posavasos en la mesa de café.

"¿Un posavasos? ¿Aún tienes pito o te has convertido ya en mujer?"

"Yo tallé esta mesa. No voy a dejar que una estúpida botella de cerveza me la joda."

"Si, sí. Había olvidado eso."

"Cuéntame sobre tu nueva chica." Una sonrisa apareció en la cara de Quinn.

"No es una chica nueva, es mi asesora financiera. Tú también deberías hablar con ella."

"¿Es guapa?"

"Sí, y también inteligente."

"Es tu nueva chica. Vamos Chaz, soy yo." Quinn tomó otro trago de cerveza.

"No, en serio, son negocios. Estrictamente negocios."

"¿Ya la has besado?"

Se le subieron los colores al rostro.

Quinn se rió ligeramente. "Es lo que pensé. Tu nueva chica."

"En más o menos dos semanas me iré a rodar la película *West of the Sun*, cuando termine lo que estoy filmando ahora. Así que esto no puede llegar muy lejos, ¿o sí?" Chaz tomó el resto de su vodka mientras pasaba su mano por su cabello.

"¿Otra chica a corto plazo? ¿No te cansas de todo el cortejo antes de llevártela a la cama?"

"Ir a la cama siempre vale la pena." Una sonrisa de oreja a oreja cruzó su cara.

"La última vez, no."

"De acuerdo, de acuerdo Rhonda fue una mala idea." Chaz hizo un gesto con los hombros.

Quinn se rió.

"Más bien un desastre."

Chaz le lanzó a Quinn una mirada asesina. "Esta es diferente."

"¡Ah!" Quinn levantó una ceja. "¿No te he oído decir eso antes?"

"Ella no está en el ramo. Es inteligente y graciosa."

"Pensé que habías dicho que nunca saldrías con nadie que *no* estuviese en el mundo del cine." Quinn intentó ocultar una sonrisa.

"Meg es ella me ve como una persona normal. No se deslumbra porque soy un astro del cine. Su hermano es Mark Davis." Chaz se enderezó en el sofá, mirando hacia adelante.

"¿Mark Davis de los Demonios de Delaware?" Quinn se sentó recto.

"Ajá."

"Joder, ¿no te ha dado entradas? ¿Cuándo vamos a un partido?"

De acuerdo, Meg. Lo entiendo. Debe ser duro ser su hermana. "Si le pido eso, me mata. Todos los hombres con los que ha salido le han preguntado sobre su hermano. Se pone enferma con este tema. Me recuerda a nosotros."

"Quieres decir, "¿cómo es trabajar con Chaz Duncan?" Quinn imitó la voz de una mujer mientras abría y cerraba sus pestañas.

Chaz sopló y se rio al mismo tiempo." Si te apetece tanto ir, podemos comprar las entradas."

"¿Es guapa?" Quinn tomó un trago de cerveza.

"Es guapa y no lo sabe."

"Las guapas siempre lo saben," se mofó Quinn.

"Esta no. En serio, Meg no tiene idea de lo bonita que es. Se pone estos suéteres escotados para trabajar y luego se dobla sobre el escritorio frente a mí y no lo hace a propósito. Es como si se olvidara de lo que lleva puesto. Muy buenos senos. Ella ni siquiera es consciente que me los está enseñando."

"¿Una chica guapa que no se lo cree? ¿Cómo encuentras esas mujeres, Chaz?"

"Verdadera suerte."

"¿Tiene alguna amiga?"

"¿Qué pasó con Selena?"

"No funcionó."

"Lo siento. Era guapa un tubo de fuego."

"Más bien un tubo de dinamita. Que dolor en el trasero. Era tan absorbente y siempre necesitaba atención constantemente. Joder." Él sacudió su cabeza.

"Meg es independiente. Tal vez demasiado independiente."

"Pensaba que sólo era tu asesora financiera." Quinn le lanzó una mirada inquisitiva a su amigo.

"Desearía que fuese algo más."

"¿Cuándo podré conocer a esta mujer perfecta?"

"¿Por qué te la debo presentar?" Chaz alzó una ceja mirando a su amigo.

"¿Pensé que querías que utilizara sus servicios?"

"¡Ese tipo de servicios, no, ¡cabeza hueca!"

"¿Tienes miedo de tener competencia?" aclaró Quinn.

"No seas tonto."

"No quiero arruinar las cosas con "el amor de tu vida" Quinn puso la botella nuevamente sobre el posavasos.

"Cállate, Quinn." Chaz le lanzó una almohada a su amigo.

Quinn le devolvió la almohada. En segundos, se había montado una pelea de almohadas en la sala de estar.

"Megan Davis." Meg respondió el teléfono usando su voz de negocios.

"Suenas tan, tan oficial."

"Sí. Mi despacho, ¿recuerdas?" Megan sonrió al escuchar el sonido de su voz.

Él se rió.

"¿En qué le puedo ayudar, señor Duncan?"

"Podrías cenar conmigo esta noche. Mañana tengo libre están rodando una escena diferente con un actor que tiene otras responsabilidades. Así que, estoy libre mañana, puedo trasnochar."

"¿Hasta tarde? ¿Qué tienes en mente?" Meg levantó sus cejas.

"Cenar. Sólo cenar."

"¿En serio?" Ella se rió.

"Los días que ruedo tengo que estar en el estudio a las cinco de la mañana, así que me voy a dormir muy temprano. No termino hasta las nueve de la noche, normalmente como algo rápido, me relajo un poco y luego me voy a dormir. Pero esta noche puedo ser eh social."

"En ese caso seguro. ¿A qué hora?"

"Mmm, ¿qué tal a las nueve y cuarto?"

Megan soltó una carcajada. "¿Cenar después de las nueve?" Ella dejó su café.

"Ah, lo olvidé. Estoy hablando con gente normal."

"¿Tal vez postre?"

"¡Genial! ¡Postre! Ponte jeans. Bobby y yo te esperaremos en frente de tu edificio a las nueve y cuarto."

"¿Es para hablar de negocios?"

"Eh... la verdad, no. ¿Tiene que serlo?"

"Bueno eres un cliente y."

"Quiero saber por qué escogiste acciones de la Compañía Gregory en vez de Minería Colorado. ¿Eso vale?"

"Perfecto, eh, está bien. Te veo luego."

Ella colgó el teléfono y apoyó su mentón sobre su mano. *Una cita.* Ella sonrió.

"Ojos soñadores algo tiene que ver con Chaz Duncan." Brielle se apoyó en el marco de la puerta, su cabello rubio brillante y sus labios pintados perfectamente.

La ira causó calor en las mejillas de Megan. Odiaba que Brielle le hiciera predicciones. Brielle mostraba su clara envidia a Megan, a menos que Harvey Dillon o Carleton Weed estuviesen cerca. En ese caso, le estaría echando flores a Megan. Además, que el despacho de Brielle estuviese directamente en el otro lado del pasillo hacía imposible que Megan trabajara sin ser observada. Megan miró a la pantalla de su ordenador. "Si tu llamas tener ojos soñadores a estar feliz porque el mercado de acciones ha subido, entonces supongo que los tengo."

El rostro de Brielle se agrió."¿Y qué, cómo va entre Duncan y tú?"

"Estoy gestionando su cartera. Punto. Tengo que seguir trabajando."

Esperó que Brielle se marchara por el pasillo, deteniéndose para sonreír de forma seductora a Andy. Ella lo tomó bajo el mentón antes de entrar a su propio dominio. Con los ojos entrecerrados, Megan vio todo por la pared de vidrio. La hizo sentir nerviosa el ver a Brielle haciéndole gestos de ese tipo a Andy. *¿Qué busca con él?*

Capítulo Cinco

A las siete en punto Megan regresó a casa y calentó sobras. Se cambió de ropa, poniéndose unos tejanos y otro suéter que compró con Penny, un suéter escotado color coral. Mientras comía, Megan repasaba los informes anuales y gráficos del mercado de acciones.

A las nueve y quince, tomó al ascensor para bajar rápidamente al vestíbulo del edificio. Vio a Baxter dormido sobre una pequeña manta en la parte trasera. Miró al perrito y luego a Briny.

"La señora Bender sigue enferma," explicó Briny.

"Baxter tiene suerte de tenerte." Megan se agachó para rascarle detrás de las orejas al pug durmiente.

Briny asintió con la cabeza, le hizo un gesto con el sombrero y luego abrió la puerta.

Chaz estaba apoyado contra la limusina cuando ella salió del edificio. Tomó una pequeña cesta cuando dio un paso al frente para darle la mano a Megan.

"Central Park." él tomó la mano de Megan, guiándola dirección sur.

"Pero ya casi oscurece."

"Contra más oscuro, mejor." Ella percibió un resplandor travieso en los oscuros ojos de Chaz mientras lo seguía.

"¿Que hay en la cesta?"

"Moscato, un vino dulce, unas copas de plástico y fresas cubiertas de chocolate."

A Megan se le hizo agua la boca.

"¿A dónde vamos?"

"A The Ramble." Caminó por Central Park Oeste con Megan a su lado.

"The Ramble" Está oscuro y solitario por ahí, la gente se reúne en ese lugar para todo tipo de cosas."

"¿Tienes miedo?"

Ella tiritó.

"Estás conmigo. Nadie te molestará. No hay nada que temer. Además, tengo dos linternas." Chaz tomó a Megan más fuerte de la mano mientras la acercó más a él.

"¿Conoces el arco de piedra in The Ramble?"

"Intento alejarme del camino The Ramble. Siempre me pierdo por ahí," confesó ella.

"No te preocupes. Conozco el camino. El arco es mi lugar de la suerte."

"¿Lugar de la suerte?" Ella arqueó sus cejas.

"He ido al arco antes de cada actuación en la que he tenido suerte."

"¿Y vas allí para que te de suerte para la audición de Broadway?" Ella aceleró su paso para alcanzar los largos pasos de Chaz.

Él se rió.

"Si no, ¿por qué?" preguntó ella, mirándolo mientras ralentizaban el paso.

"Secreto." Él dio un rápido beso en la punta de la nariz de Megan.

Cuando alcanzaron la Calle Ochenta y Uno, Chaz giró a la izquierda y se metieron al parque, pasando por el silencioso y vacío mini-parque infantil Diana Ross. Se introdujeron más y más hacia lo oscuro del parque, adornado con bancos y flores de primavera que acababan de florecer.

"Todavía hay suficiente luz para ver los tulipanes y los iris." Los ojos de Megan se encendieron por los brillantes colores de las flores.

"Vayamos al Jardín de Shakespeare." Chaz la llevó por el camino pavimentado hasta el Teatro Shakespeare y luego torció a la derecha. La cerca tipo raíl dividido recordó a Megan las vacaciones en el campo de niña. Pequeñas flores multicolores, brillando bajo la luz del sol que lentamente se desvanecía, complementada con el brillo de las farolas de la calle, envolvían la cerca. Los ramilletes de rosas y blancas floreciendo a lo largo del camino eran un encanto para sus ojos. Las rosas desprendían un dulce aroma, perfumaban el aire, seduciendo sus olfatos.

"Este es uno de mis lugares favoritos," dijo Chaz, ralentizando su paso.

"Nunca había visto tantas rosas en un sólo lugar."

Él pasó su brazo sobre los hombros de Megan. Atravesaron el laberinto de caminos del parque. "Tú sabes por donde vas, ¿verdad?"

"Te lo dije." Y giró a Megan a la izquierda.

"¿Llevas a muchas chicas al Arco?" Megan miró a Chaz bajo la luz que se desvanecía.

"Eres la primera."

Ella pasó su brazo alrededor de la cintura de Chaz y se acercó a él.

Él se detuvo de repente para señalar algo. Megan levantó su mirada. "¿Cómo se mantienen tantas piedras juntas así?" Ella se acercó, mirando la estructura.

Él hizo un gesto con los hombros. "No tengo idea."

"Es una obra de arte."

Chaz la llevó a un banco enfrente del arco donde podían sentarse. Él abrió la cesta y descorchó la botella de vino que sirvió en dos copas. Megan dio un sorbo. "Mmm... delicioso."

Él le pasó a Megan una caja de plástico. Ella la abrió y vio una docena de fresas gigantes cubiertas de chocolate oscuro por la mitad. Tomó una entre sus dedos y la subió lentamente a los labios de Chaz. Sus miradas se entrelazaron mientras los labios de Chaz rodearon la suculenta fresa. El mordisco liberó una gran cantidad de jugo que fluyó por su mentón. Megan se inclinó un poco hacia adelante pero se detuvo antes de lamérselo. En su lugar, sacó una servilleta de la cesta.

"¿Acaso ibas a?"

Ella asintió con la cabeza antes de poner su dedo sobre los labios de Chaz mientras limpiaba el jugo. Tomando una fresa, imitó los movimientos de Megan, con la diferencia de que esta vez Chaz lamió el jugo de fresa del mentón de Megan. Sus labios se deslizaron sobre los de ella sin esfuerzo. Ella terminó de masticar y tragó mientras la lengua de Chaz pasaba por el labio inferior de ella, haciéndole sentir una chispa en su estómago que encendió su pasión.

Él la acercó más hacía él hasta que sus pechos apenas lo rozaban y luego la beso totalmente. Sus labios trabajaron los de ella hasta que ella los abrió para él. Megan puso sus manos sobre los amplios hombros de Chaz, sintiendo los firmes músculos de la parte alta de su espalda alta a través de la tela delgada de su cazadora. El sabor de la fresa mezclado con el sentimiento de la lengua de Chaz deslizándose sobre la de ella la excitó. Sus pezones se endurecieron, deseando que él los tocara.

Moviendo sus manos por la espalda de Megan, cerró el espacio entre ellos de tal forma que los senos de ella tocaran el pecho de Chaz. Él levantó sus manos y sus dedos jugaron con las puntas del cabello de Megan. Ella no se resistió. Sucumbió al deseo de estar cerca de él.

Él agachó su cabeza para besar a Megan más profundamente. Meg flotaba y su mente se había apagado. Todo lo que podía hacer era sentir las manos de Chaz sobre ella, sentir sus labios sobre ella, suaves pero demandantes. Ella olió su embriagante aroma mezclado con su crema para después del afeitado. Su deseo interior encendió el fuego dentro de si tan candentemente que parecía quemarla por dentro. Cerró sus muslos pero eso sólo hizo que su deseo incrementara. Antes de que ella se detuviese, ronroneó en la boca de Chaz.

Animado por la respuesta de Megan, Chaz alejó su boca de la de ella y se dirigió a su cuello. Sus labios y lengua causaron una chispa que recorrió la columna de Megan. Él hábilmente le desabrochó la chaqueta y separándola de uno de los hombros de ella, permitiendo que sus labios recorrieran su hombro. Las manos de Chaz estaban en la cintura de Megan, agarrándola firmemente. Los pezones de Megan ardían; necesitaban ser tocados. Y como si él pudiese leer su mente, Chaz deslizó su mano hacía arriba de sus costillas hasta que cubrió sus senos. Ella jadeó por el agudo hormigueo que se disparó hasta el centro de su ser cuando los dedos de Chaz se acercaban a su pezón.

Chaz subió su cabeza.

"Lo siento. Me dejé llevar."

Los ojos de Megan estaban bien abiertos, encendidos con un verde oscuro apasionado. Tres palabras cayeron de su boca sin que su propio cerebro lo registrara.

"No pares." Sonó casi como un gemido.

Sus ojos se entrelazaron. Megan subió la mano y rozó la punta del sensual labio inferior de Chaz. Él siguió mirándola hasta que ella deslizó su mano hasta su pecho para colocar sus dedos alrededor del cuello de Chaz. El suave tirón acercó los labios de Chaz de vuelta a los de ella. Dejó escapar un pequeño suspiro mientras se rendía al beso de Chaz.

Como si no tuviese huesos dentro de su cuerpo, se derritió contra él, sintiendo los duros músculos de su pecho contra ella. Ella lo quería, lo quería con cada trozo de su ser. Inmersa en la pasión, no se detuvo a pensar...en nada. Chaz levantó su mano lentamente como si estuviese luchando contra su deseo de tocarla y perdiendo. Una vez más, su mano se posó en su seno y él lo apretó suavemente mientras sus labios daban tiernos besos en el cuello de Megan.

"Déjame tocarte," susurró él mientras sus dedos acariciaban la cima expuesta de su seno.

"Sí," murmuró ella en su cuello, cerrando sus ojos.

Chaz se alejó, bajó su mano y se separó ligeramente de ella. "Aquí no." Él dejó salir un suspiro.

Ella se apartó y sacó su mano del pecho de él. Su piel se puso de gallina al sentir el aire frío. Meg miró hacia abajo y vio que los dos botones superiores de su blusa estaban desabrochados, quedando a la vista parte de un sostén de encaje rosado y mucho más escote. *Vaya, es habilidoso. No me di cuenta que me desabrochaba.*

Mientras el calor se subió a su rostro, ella alcanzó los botones, abrochándolos nuevamente. Chaz se inclinó para pasar un fleco del cabello de Megan detrás de su oreja. "Eres hermosa." Sus ojos se oscurecieron con emoción.

Ella miró sus propias manos, las cuales reposaban sobre su regazo. *Hermosa, ¿yo? Que risa.* "No tanto."

Chaz la tomó del mentón. Él acercó el rostro de ella cerca del de él. "Si yo digo que eres hermosa, eres hermosa." Su mirada ardiente, mezclada con la luz de la luna, confirmó su honestidad.

Ella asintió con la cabeza y una pequeña sonrisa se formó en sus labios.

"Un beso en el arco y luego nos vamos." Dijo él mientras miraba los labios de Megan.

Se levantaron y se tomaron de la mano. Chaz acercó suavemente a Megan, sus manos bajaron hasta el trasero de ella y luego le dio un apretón. Megan soltó un pequeño chillido. Los labios de Chaz encontraron los de ella. Estaban tan cerca el uno del otro que ni un trozo de papel hubiera cabido entre los dos. Abrazó a Chaz por el cuello y se relajó sobre él. Mientras en él su pasión se incrementaba, la excitación en ella empezó a acumularse por dentro. Él la acercó más. El sentir su creciente erección sólo hacía que ella lo deseara aún más.

Con un leve jadeo, Chaz puso sus manos sobre las caderas de Megan para alejarla de su cuerpo. Meg lentamente bajó sus manos por el pecho de Chaz, imaginando como sería y como se sentiría debajo de su camisa. *¿Se afeita el pelo del pecho para las películas?*

Espero que no. La curiosidad la carcomía, pero no fue capaz de preguntárselo. Antes de que él lo notara, había desabrochado dos de los botones de su camisa y había introducido su mano. *¡Oh, Dios!*

Ella soltó un gemido mientras sus dedos acariciaban el fino pelo. La boca de Chaz bajó rápidamente a la de ella, sus manos tomaron las caderas de ella y las atrajo hacía sí. El deseo quemaba un camino hacia el ombligo de Megan. Instintivamente, ella puso sus labios contra los de él. Los dedos de ella detectaron el ritmo incrementado de su respiración.

Él la tomó de la cintura y suavemente empujó su espalda contra el arco, lejos de él. "Demasiado rápido," jadeó él.

Megan descansó su cabeza contra la pared del arco, esperando que su frio amansara su deseo, pero no lo consiguió. La cercana presencia de Chaz seguía encendiéndole el fuego.

"Es demasiado," respiró ella, intentando convencerse a sí misma.

La brisa se incrementó y la temperatura bajó. En unos pocos segundos, ella empezó a tiritar.

"Hora de llevarte a casa." Chaz la envolvió con su cazadora. La delgada tela aún estaba tibia por el calor de su cuerpo. Chaz la llevó bordeando el camino hacia la izquierda, hasta la salida del parque. Una vez en la avenida, Meg recobró su compostura. Al otro lado de la calle, donde estaba su edificio, se detuvo para sacar un pañuelo. Limpió los labios de Chaz antes de abrochar su camisa.

"¿Presentable?" Le preguntó Chaz a Meg, de pie junto a ella.

"Mucho." Ella peinó el cabello de Chaz con sus dedos.

Cruzaron la calle. Chaz besó su mano, le dio las buenas noches, hizo el saludo de teniente a Briny y luego desapareció, en lo oscuridad de la noche como un mago.

El móvil de Megan sonó mientras cerraba la puerta principal del apartamento y dejaba las llaves en el tazón. Una mirada en el espejo le dijo que la habían besado a conciencia. Sus labios estaban ligeramente hinchados. Un atractivo color en sus mejillas la favorecía. Ella respondió el teléfono mientras se miraba.

"¡Soy yo!" chilló Penny por el teléfono.

Megan alejó su atención del espejo. Caminó hacia el sofá, se dejó caer en él y reposó sus pies sobre la mesa de café.

"Así que ¿cómo van las cosas con Chaz?"

"Todo bien. Sólo negocios." Megan mintió para evitar hacerle daño a Chaz, honrando su deseo de privacidad.

"¿Cómo puedes resistirlo?"

No puedo. "Ha sido un largo día y necesito irme a la cama." Megan quitó sus pies de la mesa de café.

"¿Sola?"

"¡Muy graciosa!" Meg retorció unos flecos de su cabello. *¡Eso desearía yo!*

Penny se rió. "Me imagino."

"Él es muy guapo y todo, pero no es mi tipo."

La fuerte risa de Penny hizo que Meg se sentara recta. "Él es el tipo de todas las mujeres," dijo Penny.

"¿Qué hay de Mark?" Meg se inclinó para masajear el cansado arco de su pie.

"Nadie puede vencer a Mark. No digo más"

"¿Cuándo vais a volver?" Megan cambió de tema.

"No hay más entrenamiento próximamente. Regresaremos a Nueva York pronto. Tal vez presenciaremos algo. ¿Íntimo?"

"¡Penny!"

Una fuerte risa al otro lado del teléfono hizo que Meg sonriera. "Lo siento, no pude resistirme. Quiero que seas feliz hermana. Eso es todo."

"Ya lo sé. Os veo pronto. Dale al grandullón un abrazo de mi parte." Meg sonrió.

"Lo haré. Buenas noches."

No me voy a enamorar de él. Esto es ridículo. No más celebridades. No más citas.

Megan entró en su habitación para desnudarse. Miró su cama tamaño queen, imaginando a Chaz esperándola. La idea le puso la piel de gallina. *¡Para Meg! Él es inalcanzable. Un hombre como él nunca se enamoraría de alguien como tú. Déjalo. Solo acabarás sintiéndote infeliz. Eso es lo que mamá diría. Y tendría razón. Pero aun así, él es tan sexy, tan gentil.*

Suspiró y bajó las mantas. Una vez en la cama, se giró para mirar a la luna llena por la ventana. Recordó como sintió los labios de Chaz en los de ella, como la tocaban sus manos. Y tiritó. *Si sigo pensando en eso, voy a terminar quedándome despierta toda la noche.*

Meg prendió la luz y tomó un libro.

La mañana llegó muy pronto. Una Megan agotada se arrastró fuera de la cama hasta la ducha. Se sentía ligeramente más animada que antes, salió de su apartamento en dirección a la oficina, deseando poder regresar a la cama.

Meg miró las dos tazas grandes de café que estaban sobre su escritorio, esperando que la cafeína curara su somnolencia. Mientras se bebía el fuerte café, encendió su ordenador, abrió su cuenta de email y luego tuvo que frotarse los ojos. *¡Cien mensajes nuevos! ¿Qué demonios?*

Abrió uno por uno cada mensaje, para encontrar sólo saludos de personas que no había visto hacía mucho tiempo o personas que ni siquiera la conocían. Cada uno de los emails contenía la misma pregunta – "¿Y cómo es Chaz Duncan?"

¡Bendito sea el Señor! alguien le ha dicho a los medios que yo estoy gestionando sus finanzas. Ahora de repente todos mis amigos y conocidos de primaria y secundaria son mis "mejores amigos"

Dime la verdad sobre Chaz. ¿Cómo es?

¿Es así de sexy en persona?

¿Es alto? Hay rumores que dicen que usa zapatos con plataforma.

¿Te cortejó?

¿Estás saliendo con él? Si no, ¿me lo podrías presentar?

¿Has visto su casa?

¿Podrías hacerle unas fotos de casualmente con tu teléfono y enviármelas?

¿Vas a publicar fotos de él en Facebook?

Tan pronto como borró algunos emails, aparecieron más del mismo estilo. Uno de ellos destacaba. Era de Alan Fader, su novio de la universidad.

Meg, que contento estoy de haberte encontrado. Has cambiado de email. Retomemos el contacto por Internet. Aún estoy trabajando en un banco de inversiones aquí en la soleada California. Pero eso no es comparable a gestionar la cuenta de Chaz Duncan. Te felicito. Sigamos en contacto.

Meg sonrió y respondió al email de Alan. Se sintió feliz de recuperar el contacto con él. Sin embargo, cuando decidieron seguir cada uno por su camino, a ella le dolió que él no le pidiera que se fuera con él a California. Ahora se sentía aliviada de que él hubiera decidió seguir su camino sin ella. Alan fue un novio agradable, normal y nada emocionante. Una cena de negocios con Chaz le había producido mucha más emoción que una semana en la cama con Alan. *Ella rió interiormente. Puede que él haya sacado muchos sobresalientes en la universidad, pero se sacó un suspenso en hacer el amor.*

Mientras ella seguía borrando sus emails, que ya iban por los doscientos, un dolor estrechó su corazón. *¡Pobre Chaz! No estaba bromeando sobre la curiosidad de la gente. ¿Así que este es el nivel* *de interés que él genera en el público? Que perturbador. El pobre hombre no tiene privacidad, ¿no?*

Ahora, entendía como la historia del pasado de Chaz podría esparcirse por Internet y volverse viral casi de inmediato. *Entiendo por qué tiene miedo de hablar con quién sea sobre su vida.*

La falta de privacidad de Chaz se volvió muy real para ella, aumentando sus sentimientos hacia él. *Con razón está solo.*

De camino se encontró con Brielle, Megan estaba convencida que ella había divulgado lo de ella con Chaz, Harvey Dillon entró a su oficina. "Bien, bien, bien... apuesto a que tu email está lleno esta mañana." La sonrisa de Harvey iba de oreja a oreja.

"¿Cómo lo sabes?"

"¡Enviamos un comunicado de prensa! Mi bandeja de entrada también está hasta los topes de mails. Imagino que todo nuestro personal está recibiendo preguntas de todos sus amigos sobre Chaz."

"Eso es precisamente lo que él no quiere, Harvey. ¿Por qué hiciste eso?"

"¡Joder! no puedo construir la división de celebridades si es un secreto súper-guardado que tenemos a un pez gordo como Chaz Duncan, ¿no? Pronto otras celebridades con dinero correrán hasta nosotros para pedirnos asesoría financiera." Dijo mientras frotaba sus manos.

Megan podía jurar que vio símbolos de dólares en los aguados ojos azules de Harvey.

"Ahora tenemos que duplicar la seguridad evitar que cualquier otra persona sepa sobre sus finanzas. Nadie puede saber las acciones en las que ha invertido o cuánto dinero tiene con nosotros lo que sea. Él es una persona muy privada."

"Por supuesto Megan, por supuesto. La confidencialidad es importante."

El teléfono de Megan sonó.

"Mejor responde. ¡Podría ser la prensa!" Harvey prácticamente saltó en el aire.

Megan contestó su teléfono fijo. "Megan Davis."

"Hola. Soy Tiffany Cowles de la revista *Celebs R Us*. ¿Tiene un minuto para hablar conmigo?"

"Lo siento señorita Cowles, no tengo nada que decir." Megan colgó el teléfono como si fuese una cobra a punto de morder. Tomó su café, se reclinó en su cómoda silla y la giró para mirar de frente por su enorme ventanal. Su teléfono sonó otra vez, pero lo ignoró. Bebió de su taza, mientras observaba la gran ciudad frente a ella. *¿Por qué vine a Dillon & Weed? ¿Qué he hecho?*

Mientras ella seguía reflexionando, su móvil sonó. Miró la pantalla. Era Chaz.

"¿Acaso tu teléfono ha estado sonando sin parar?" Sentía una traza de fastidio en su voz.

"Doscientos emails y el teléfono sigue sonando."

"¿Te llamó alguna de esas revistas de la prensa amarilla?"

"Me llamó *Celebs R Us*." Dijo mientras dejaba la taza sobre su escritorio.

"¿Qué les dijiste?" preguntó Chaz con voz de irritación mezclada con aprensión.

"Nada. Prácticamente le colgué. No tenía idea de que Harvey iba a lanzar una comunicado de prensa."

"¿En serio? Me parece difícil de creer. ¿No eres tu quien gestiona esta división de 'Celebridades'? ¿No sabes *todo* lo que acontece en tu división?"

"No. Soy nueva. Él no me preguntó. Yo le hubiese dicho que no si me lo hubiese consultado. Ya le he dicho que no me ha gustado la idea, pero al parecer, el piensa que el hecho de que tu estés aquí, puede influir en otras personas adineradas."

"Y puede que tenga razón. Un sujeto astuto el viejo Harvey. Hay que reconocérselo esta vez. Por cierto, no seas grosera con la prensa. Su memoria es de largo plazo."

"No me importa lo que piensen. Me importa lo que tú pienses. Tienes que creerme."

"¿Debo? ¿Por qué?"

"Porque te estoy diciendo la verdad porque tienes el poder de humillar a mi hermano destruir mi relación con él con una llamada telefónica." Aparecieron gotas de sudor en la frente de Megan.

"Cierto." Su voz mostraba una satisfacción de superioridad.

"¿Acaso yo te daría esa munición si mi intención fuera traicionarte?" Ella se mordió su labio.

"Buena pregunta. Tal vez no. Además, si las cosas se salen de control, Harvey llorará cuando me lleve mi cuenta a otra compañía de finanzas."

"No te culparía si lo hicieras. Yo no tenía ni idea de donde me estaba metiendo en este trabajo. Me queda grande."

"Tú tienes todas las respuestas correctas. Nos mantendremos firmes por ahora." Su tono se suavizó.

"Chaz, lo siento mucho, yo nunca." La emoción ahogaba a Meg. Las palabras estaban atrapadas en su garganta.

Megan encontró sólo silencio. *Odio hacer esto por teléfono.* Meg quería mirar a Chaz a los ojos para saber cómo se estaba sintiendo él y cómo estaba reaccionando. "Chaz, yo nunca te haría daño, por nada en el mundo," susurró ella.

"Eso lo veremos." Chaz colgó el teléfono.

Megan miró su móvil por un minuto hasta que el incesante timbre de su teléfono fijo la despertó de su ensimismamiento. Furiosa por la constante interrupción, fue hacia la recepción." No me paséis ninguna llamada a menos que sea mi familia o de Chaz Duncan."

Una mirada de estúpida invadió la cara de la recepcionista." Por Dios, tú has salido a cenar con él. ¿Qué pidió?" Megan salió furiosa. *¿No hay nadie profesional en este lugar aparte de mí?*

Una mirada a su email hizo que Megan se angustiara; otros doscientos mensajes. Los borró todos excepto el de Alan.

> *Y ¿cómo es dormir con Chaz Duncan? ¿Es tan bueno en la cama como yo?*

Megan borró el email. Su garganta se cerró y las lágrimas amenazaban con brotarle de los ojos. No quería llorar delante de sus compañeros de trabajo, así que rápidamente se fue al baño de mujeres.

Asegurada, dentro del wáter con la puerta cerrada, su mano temblaba, presionó el botón de su móvil para llamar a su cuñada. A duras penas podía conservar su compostura, Meg se echó a llorar al escuchar el sonido de la voz de Penny.

"¿Meg? ¿Estás bien? ¿Qué ha pasado?" Le preguntó Penny.

Con su voz temblando, Megan respondió, "Todo está arruinado."

"¿Qué? ¿Qué pasó?"

Megan lloraba poniendo su cabeza sobre su regazo.

"Vamos para allá. Mark y yo llegaremos mañana. Nos iremos en el tren de la mañana."

Megan respiró profundo mientras su pecho temblaba. "Davis, ¿eres tú la que está ahí?" La voz de Brielle sonó fuerte y clara.

Capítulo Seis

"¿Qué quieres Brielle?"

"Quiero saber por qué estás llorando como una magdalena aquí en el baño. Ahora eres una estrella. Eres famosa. No es que no te lo merezcas."

"Cállate." Megan ya no tenía paciencia. Se secó los ojos con el dorso de sus manos.

"Si quieres ser así."

"La verdad, si quiero." Megan salió del wáter.

Fue hacía el lavabo, se lavó la cara y luego se secó con una rasposa toalla de papel. Girándose para salir, empujó a Brielle para pasar mientras marcaba el número del jefe.

"¿Harvey? No me siento bien. Nada grave. Me voy a casa. Puedo trabajar allí. Tú tienes mi teléfono en caso de que necesites contactarme."

Colgó el teléfono, tomó su bolso y entró al ascensor. El fresco aire mañanero de Mayo le hizo bien y Meg caminó a casa. Después de detenerse en el delicatesen para comprar sándwich y una chocolatina, giró por la esquina de la calle Ochenta y Uno más o menos a las doce y media y se detuvo de repente. Había un hombre apoyado en la esquina del edificio, mirándola. Notó que el miraba algo en su mano y luego posteriormente a ella.

"¿Es usted Megan Davis?"

"¿Quién lo quiere saber?"

"Soy Stan de *Celebs R Us*. Me encantaría que me hiciera alguna declaración sobre su nuevo cliente, Chaz Duncan."

"Sin comentarios." dijo Meg mientras aceleraba su paso.

"¡Venga! Yo trabajo como un esclavo, igual que usted." Stan la siguió hasta la puerta.

Briny hizo un gesto con su sombrero y abrió la puerta para Megan. Sólo fue necesario un momento para que se diera cuenta de que Stan no era bienvenido. Le bloqueó la puerta antes de cerrarla, dejando a Stan fuera.

Meg le hizo una sonrisa a Briny mientras caminaba hacia el ascensor. Durante el camino hasta el piso catorce, le agradecía a Dios que el número de teléfono de su apartamento no estuviera en la guía. Una vez dentro, se quitó los zapatos, la chaqueta y llevó la comida a la cocina. Megan intentó decidir qué hacer mientras se sentaba en la mesa redonda, que estaba frente a espectaculares ventanas del techo al suelo.

Una vez terminó de almorzar, sacó su ordenador portátil, estudió el mercado y las inversiones de Chaz. Creó un formulario simple para mantener el registro de progreso de sus acciones y fondos. Trabajar la hizo sentir mejor. Pacientemente, miró desde la información actual a los precios de compra. Calculó las ganancias y pérdidas de Chaz. *Hay algo seguro, confiable. Una hoja de cálculo.*

El trabajo la calmó hasta que su teléfono sonó. Era Chaz. "Pensé que estabas rodando."

"Estamos descansando. Quería saber cómo estás. ¿El teléfono aún está sonando sin parar?" Su voz sonaba un poco más cálida que en su última conversación.

"Salí más temprano. Estoy trabajando en casa. Tendré un informe breve para ti esta tarde." Meg hablaba con un tono profesional.

"¿Un informe? ¿Para mí?"

"Ese es mi trabajo, gestionar tu dinero y mantenerte informado. Te lo enviaré por email."

"¿Qué tal una video-conferencia? En caso de que tenga preguntas."

"No sé cómo hacer eso."

"Te ayudaré a instalarlo. Podemos hablar y vernos en vivo y en directo. Es mucho más fácil que escribirlo todo."

"Perfecto. ¿Una actualización de quince minutos esta noche a las diez?" La rigidez en su voz contradecía sus sentimientos.

"Me va bien. Pareces tan... tan... eficiente." Se notaba asombro en su voz.

"Tú eres mi cliente Chaz. Estoy haciendo mi trabajo. No deberías estar tan sorprendido." Ella colgó el teléfono. *¡Chúpate esa, señor! Soy una profesional.*

Después de que terminara de unificar toda la información para el informe, se quitó la ropa del trabajo y se puso un suéter pequeño. Se estiró en su grande y cómodo sofá y abrió un libro que estado leyendo. En media hora, el libro resbaló de las manos de Meg y ella cayó dormida.

Chaz se puso una playera fresca para su video-chat con Megan. *No es como una cita ni nada. No tengo que estar todo vestido y arreglado... pero tampoco me quiero ver sucio. Ella sólo es mi asesora financiera. Trabaja para mí. La puedo despedir en cualquier momento. Sólo es una actualización de quince minutos. Pero aun así me gusta verme bien. Ella se va a quemar... es mi culpa. Dios, ¿por que me involucré? y la arrastré a mi loca vida.*

A las diez en punto Chaz se conectó con Megan. A medida que la imagen se aclaró, su mirada se encendió al ver la cara de ella. *Megan se ve un poco pálida.* Chaz frunció el ceño. *¿Que lleva puesto? Mmm.* "Ningún traje esta noche, ¿señorita Davis?"

Megan se sonrojó. "¡Oh, Dios! Por supuesto. Este es un encuentro profesional. Ya vuelvo." Ella se levantó.

"¡Espera! ¡espera! Sólo bromeaba. Prefiero mucho más este pequeño... como-se-llame... ¿vestido?" Él agitó sus manos cuando no pudo encontrar palabras.

Megan estiró su falda y se sonrojó. "Es un vestido jersey... más o menos."

"Atractivo. No le deja nada para la imaginación. De todas formas, en este momento estoy muy cansado para tener imaginación. Me gusta."

Ella asintió con la cabeza, miró sus papeles y luego volvió a mirar la pantalla.

"¿Listo?"

Chaz se apoyó; contento de verla, su mirada se fijó en los senos de Megan. "Dispara."

Megan leyó su informe, refiriéndose a las ganancias y pérdidas de cada una de sus acciones. Luego, cubrió cada fondo mutuo. "Tu viste un buen día hoy. En general, tu cartera ha tenido un incremento de diez mil dólares."

"¡Genial!" Chaz pasó sus dedos por detrás de su cabeza.

"Lo he arreglado para que los dividendos de tus acciones sean reinvertidos. Vas a hacer otra película pronto, ¿verdad?"

"En unas dos semanas después de filmar la serie para la *PBS*."

"No quiero ser entrometida, pero ¿cuánto te pagarán por esa película?"

"Tres millones." La mirada de Chaz se enfocó a la cara de Megan. *No está impresionada. Bien.*

"Entonces no necesitarás los pequeños ingresos de los dividendos de las acciones. Si los reinvertimos podríamos hacer que tu cartera crezca. Luego, si te paras... si tienes una interrupción larga o algo así... podemos definir qué te lleguen los dividendos como ingresos directos."

"Tú tienes esto bajo control, ¿no?" *Ella es buena... es increíble.*

Ella asintió con la cabeza y una sonrisa ansiosa apareció en su rostro.

"A mí me suena bien."

"¿Entonces estás satisfecho con nuestro servicio?"

Él se rió. "A duras penas usaría la palabra satisfecho. Pero si tu estuvieses aquí, en persona, podríamos encontrar una forma de satisfacerme una que no tenga que ver con Dillon & Weed." *Una noche con ella sería el cielo.*

Megan se sonrojó y a él el rosa de sus mejillas le pareció muy atractivo. "¡Chaz!"

"Tú me has preguntado." Él subió sus cejas.

"Ponte serio. Tú...tú...tú suenas como los de *Celebs R Us* como esa tal Tiffany."

"¿Te llamó Tiffany Cowles en persona? Estoy impresionado. Es la editora de *Celebs R Us*. Me ha acosado durante años. No la subestimes. Si te mete en su lista de enemigos, puede ser brutal."

"Soy una hormiga... totalmente sin importancia en el mundo de las celebridades."

"Ya no lo eres más, pollito." Él negó con su cabeza.

"¿Pollito?" Sus cejas fruncieron su ceño y sus ojos verdes reflejaban preocupación.

"Un apodo afectuoso." *Suave, cálido, y dulce como un pollito pequeño.*

"Mira, lo siento, esto es por mi culpa."

"No, no lo es. Acepté el trabajo. Tenía que haber estado preparada."

"Tenemos que evitarnos mutuamente durante un tiempo."

Ella movió nerviosamente los papeles de su falda. "De todas formas, tú estás ocupado." dijo mientras dirigía su mirada al suelo.

"En un par de días seremos la noticia de ayer. Confía en mí." Chaz tomó un trago de café de su taza.

"¿Puedo?" Su mirada se encontró con la de él.

"Por supuesto." Él bajó su taza. *Yo nunca te lastimaría.*

"¿Por qué? Por qué quieres acostarte conmigo"

"No te dejes llevar tanto por un poquito de coqueteo inocente." Su tono era fuerte.

"¿Eso es todo?"

Dunc, eres un mentiroso. La vergüenza llenó el pecho de Chaz. La rápida recuperación de Megan no evitó que él viera la mirada de dolor en la cara de ella. *¿Ella quiere que yo quiera dormir con ella? Mmm.* Miró a lo lejos de la pantalla. "Es tarde. Tengo que madrugar. Es hora de darnos las buenas noches."

Ansioso por terminar la llamada, Chaz necesitó terminar antes de que sus mentiras fueran peores. Megan asintió pero no sonrió. "Gracias por el informe. Estás haciendo un trabajo excelente."

"Me alegra que estés satisfecho," ella se puso nerviosa. "Quiero decir, feliz con el informe."

"Dulces sueños, pollito."

"Lo mismo para ti."

La pantalla se quedó en blanco y Chaz se golpeó la frente con la palma de su mano. *¡Idiota! ¡Imbécil! Le has hecho daño, la has insultado y le has mentido. No era coqueteo inocente, tu sí que quieres dormir con ella.*

Chaz le dio una patada a la papelera, rompiéndola. Luego, lanzó su taza al otro lado del cuarto y la rompió contra la pared. Mientras se maldecía, limpió el desorden y se fue a dormir.

El viernes la vida se había calmado. Megan trabajó en su oficina, examinando las inversiones de Mark y Chaz. Investigó las nuevas acciones y exploró otros fondos mutuos. El teléfono sonó un par de veces mientras Jolie, en el escritorio de la recepcionista, le pasaba por teléfono llamadas. Una era Tiffany Cowles. Ella no era la editora de *Celebs R Us* para que una recepcionista le filtrara la llamada.

"Megan Davis."

"Es usted, ¿verdad?"

"¿Y usted quién es?" Meg frunció el ceño.

"Tiffany Cowles. ¿Me recuerda?"

"Lo siento, ¿debería?"

"¡Ay, ay, ay! Muerde. ¡Eh! puede deshacerse de mi rápidamente si me dice lo que quiero saber."

"¿Y esto sería?"

"Todo sobre Chaz Duncan."

"No tengo nada que decir señora Cowles. Soy su asesora financiera. Nuestra relación es estrictamente profesional" *Especialmente después de lo que él dijo la otra noche.* Ella respiró profundo.

"¿No ha tenido tiempo de cenar con él todavía?"

"Mire, no voy a hablar con usted, así que no pierda su tiempo ni me haga perder el mío..." Meg fue a colgar el teléfono.

"¡¡No cuelgue!!" gritó Tiffany desde el otro lado del teléfono.

"¿Qué quiere?" El tono de Meg se tornó impaciente. *Joder, tengo que trabajar. No tengo tiempo para esta mierda.*

"Tengo algo que ofrecerle."

"¿Cómo qué?"

"Dinero. Veinte mil dólares por información jugosa sobre Chaz Duncan... del tipo...cuáles son sus orígenes reales. No me trago el cuento de la Escuela de Arte Dramático de Yale."

"Adiós, señora Cowles." Megan colgó el teléfono. *¡Vaya! Ahora me doy cuenta del porque una fanática escupiría lo que fuera que supiera de Chaz por tanto dinero. Cowles no sabe con quién se está metiendo.*

El teléfono sonó de nuevo. Meg lo contestó.

"Nunca me cuelgue, Megan Davis." Le gritó Tiffany Cowles.

"Mire, no estoy interesada en sus planes, su dinero o usted. No me vuelva a llamar."

"¿Pero qué hay de su hermano Mark?"

"¿Qué pasa con él?" Las manos de Megan empezaron a sudar.

"¿Quiere que escarbe en su pasado? Debe de haber algo que ninguno de ustedes dos desearía leer en nuestra revista, ¿eh? Todo el mundo tiene secretos, señorita Davis."

El sudor empezó a aparecer en la frente de Megan. "Tampoco sucumbo al chantaje señora Cowles. Y repito, nunca más me vuelva a llamar."

Meg tiró el teléfono. Un temblor de miedo le recorrió todo el cuerpo. *Mujer malvada. ¿Qué pasaría si se entera de lo de papá? Mark tendrá que lidiar con eso. Yo nunca venderé a Chaz a cambio de nada.*

Con una mano temblorosa, Meg agarró su taza de café para beber lo que quedaba del tibio líquido. *Creo que me quedé en los fondos de finca raíz.* La joven mujer se inclinó hacia adelante, mirando la pantalla de su ordenador mientras se concentraba en su trabajo de nuevo.

Una semana más tarde, Meg introducía la llave en la cerradura de la puerta de su apartamento... encontrando que ya estaba abierto. El miedo llenó su cuerpo mientras ella cuidadosamente abrió la puerta.

"¡Eh, enana!" Su hermano Mark se le lanzó, riéndose cuando ella dio un brinco.

"¡Mark! ¡Me has asustado!"

"¿A qué le temes? Briny se está en la puerta."

"He sido acosada por todo el mundo desde que me hice cargo de la cuenta de Chaz Duncan."

"¿Ah, sí? Pensé que Dunc sería bueno para ti. Que te haría salir un poco."

"Ahora, me paso todo el tiempo escondiéndome. Inclusive, la semana pasada, había un sujeto esperándome."

Penny Davis salió de la cocina para darle un abrazo a Megan. "No es exactamente la primera página, pero saliste en el primer tercio de la revista, Meg" dijo Penny después de darle un beso rápido en los labios a su esposo. Luego se sentó en el sofá.

"¿Qué quieres decir?"

"Tampoco es una foto mala." Penny abrió *Celebs R Us* por la página siete.

"Oh, ¡por Dios!" Meg se sentó en el sofá junto a Penny. Mark le quitó la revista a Megan de las manos. Su hermana se quedó sentada, pasmada. "Stan. Esa rata. Es el que me esperaba cuando cruzaba la esquina."

"Cariñito Caliente de Harvard Maneja a Chaz Duncan." Pero ¡qué encabezado, enana!" dijo Mark después de leer el encabezado en voz alta.

"¿Qué he hecho? ¿Por qué me pasa esto?" Meg ocultó su rostro en sus manos. Su móvil sonó. Ella miró la pantalla. Chaz.

"Lo siento *mucho*, Meg," dijo él.

"Te lo dije, no es tu culpa. Tú vives con esto todos los días."

"Te acostumbrarás. Resiste. Me están llamando, debo irme. Buenas noches, pollito."

Meg guardó su teléfono. "Este tema de la división para celebridades no es para mí. Odio la atención de los medios."

"Aun así él tiene que vivir con eso. La publicidad vende entradas," dijo Mark.

"Lo sé. Pero esto me va grande." Megan se retiró a su cuarto. *La misma mierda de las celebridades. No quiero. Chaz, eres increíble, pero adiós.*

Ella continuó trabajando eficazmente para gestionar el dinero de Chaz, informándole cada noche por el ordenador. Como predijo Harvey, Dillon & Weed recibió media docena de llamadas de otras celebridades interesándose sobre la gestión financiera. Harvey llevó a Megan a almorzar para felicitarla por su excelente inicio en la nueva división. Ella se quejó internamente al pensar en que tendría que pasar más tiempo siendo el centro de atención pero afrontaba las reuniones que concertaba Harvey con determinación.

El hecho de que Mark y Penny estuviesen en casa la ayudaba a olvidar su creciente incomodidad laboral. Se relajaba con ellos por la noche. Llegar a casa se había convertido en la mejor parte del día.

Una noche, abriendo el ascensor, le llegó el delicioso aroma de lasaña casera por el pasillo, atrayendo a Megan hacia la puerta. ¡Penny está cocinando!

Meg entró y se quitó los zapatos. Una sonrisa apareció en su rostro cuando respiró profundo, saboreando el olor que le hacía agua la boca. Se asomó a la cocina sólo para interrumpir un momento íntimo. Penny miraba hacia la encimera, arrancando lechuga para una ensalada con Mark abrazado a ella por detrás. Él tenía sus manos alrededor de ella, su rostro metido en el cuello de ella.

Megan no podía ver las manos de su hermano, pero el gemido de Penny no dejó en duda su actividad. Ella disimuladamente retrocedió, abrió la puerta de la entrada y luego la cerró con fuerza.

"¡Huelo lasaña!" dijo fuerte, poniendo su bolso sobre el aparador.

"Nunca fue tu fuerte llegar en buen momento, enana" le dijo Mark desde la cocina.

Meg colgó su chaqueta, dándoles tiempo a su hermano y a Penny para que se separaran. Tras unos momentos, Penny llamó a Meg a la mesa. Los esperaba la lasaña, ensalada y cerveza.

"Tenemos noticias," empezó Mark, sacando una de las sillas para su esposa.

"¿Estás embarazada?" interrumpió Meg, mirando el estómago de Penny.

Penny se rió. "Todavía no. No corras tanto, Meg."

"¡Ajá! Algún día serás tía, pero hoy no. Nos vamos a París." Mark puso su servilleta en su falda.

"¡París!" Los ojos de Meg se abrieron ampliamente.

"Era una sorpresa de aniversario de Mark. Dos semanas en París. No puedo esperarme."

"¡Qué romántico! ¡Qué maravilla!" dijo Megan embobada.

"¿Crees que estarás bien sin nosotros, enana?" Mark tomó un trago de su cerveza.

"Tendrá a Chaz para hacerle compañía." Penny contoneó sus cejas.

"¿Estás saliendo con Dunc? Pensaba que era sólo por temas profesionales, ¿no?" preguntó Mark.

"Así es, pero bueno, hemos salido, ¿quizás una vez?"

"Aléjate de él. Es un tipo problemático." Su rostro se oscureció.

"¿Por qué dices eso?" Meg atravesó la lechuga con su tenedor.

"Es famoso. Probablemente se ha acostado con todas las actrices del mundo. Él te utilizará y luego te dejará. Esos tipos los famosos no son comprometidos."

"¿Y tú?" preguntó Megan.

"Yo soy diferente. Y Penny pues" Mark se acomodó en su asiento.

"¿Estás diciendo que no podría amarme?" Las lágrimas empezaron a mojar sus ojos.

"No, no, hermanita, yo nunca diría eso," su voz se suavizó.

"Eso es exactamente lo que estás diciendo." Parpadeó rápidamente no pudo detener el flujo de las lágrimas.

"No quise decir es sólo que él probablemente es el tipo de hombre de 'tómalas y déjalas'. No es lo suficientemente bueno para ti."

"Él no es así. No es justo que lo juzgues cuando no le conoces."

"Y tú, ¿lo conoces?" Su hermano alzó una ceja mirándola.

"Mejor que tú." Ella tomó un trago de cerveza.

"Eh, sólo estoy intentando cuidarte, pero si quieres actuar como una idiota, adelante." Mark frunció el ceño y una expresión de enfado invadió su rostro. Él se levantó.

"¡Mark! No tienes que ser papá. No me tienes que proteger de todo."

"Alguien tiene que ser él, ya que él no está aquí. Bastardo," murmuró mientras salía de la cocina.

Megan lo siguió. Mark se dirigió a la ventana grande de la sala. Megan se acercó lentamente tras él y puso su mano sobre su brazo. "Sé que sólo estás intentando cuidarme. Pero ya tengo veintiocho años, Mark."

"¡Uhh! ¡Yo también!" Él sacudió su hombro para que Megan quitase la mano.

"No me puedes proteger de todo. Además, ¿cómo sabes que Chaz me romperá el corazón?"

"No quiero que termines como otra fanática. Eres demasiado buena para terminar así."

Megan besó la mejilla de Mark antes de que él se alejara. "Gracias, grandullón. Y de todas formas, ¿qué sabes tú de las fanáticas?"

"Lo suficiente. He estado lo suficiente con equipos profesionales. Una noche en Miami."

"¿Oh?" Ella alzó una ceja.

"No importa." Él se sonrojó hasta la raíz de su cabello rubio. "Simplemente lo sé, ¿de acuerdo? Sé cómo pueden ser los hombres."

"Chaz no. Tu no le conoces bien."

"Es cierto. Pero es un hombre. Un hombre guapo. Las chicas lo buscan. Estoy jodidamente seguro de lo que eso significa." No pudo evitar reírse un poco.

"Cuéntanos, Mark." Desde atrás, la voz de Penny los hizo saltar. Los gemelos se giraron para mirar a Penny de pie con sus brazos cruzados sobre el pecho con las piernas separadas y la boca formando una línea bastante seria.

"¡Ah! no, ¡por Dios! No me voy a pasar por eso. Desde que te conocí cariño, nadie lo prometo." Mark la atrajo hacia él. Besando el cuello de Penny, él murmuró palabras que Megan no pudo entender. De repente, ella sobraba.

"Vosotros dos queréis estar solos, así que yo me."

Mark la alcanzó y agarró su brazo antes de que ella pasara. La mantuvo donde estaba. "Antes de que te vayas, ten cuidado Meg.

Dunc no parece malo, pero más le vale tratarte bien. Si te hace daño."

"Lo sé, lo matarás. Te amo, grandullón." Le dio una palmada en las manos de Mark.

"Yo también te amo, enana." Él la abrazó brevemente.

Me pregunto que estuvo haciendo Mark antes de conocer a Penny. Mmm. Creo que lo mejor es no saberlo. Se rió para sí misma y se dirigió a su habitación.

El periodista había dejado de merodear por los alrededores de su edificio desde que Chaz dejó de venir. Así que al día siguiente, Mark, Penny y Megan salieron del edificio para cenar sin ser perseguidos. Comieron sin interrupciones, excepto las más o menos docena de personas pidiéndole autógrafos a Mark, era lo típico. Él atendió a todos los fans con una firma acompañada de una sonrisa tímida. *Bajo su estúpida bravuconería de macho, Mark aún es un chico humilde.*

Después de que Mark y Penny se marcharan ese día, el apartamento parecía más grande. Megan deambulaba en el cavernoso espacio como una canica en una caja de zapatos, comiendo sola mientras anotaba cosas para su llamada con Chaz. Se había adaptado fácilmente a su ruidoso hermano, la falta de ruido la inquietaba. Teniendo tiempo de sobra antes de su informe a Chaz, tomó un baño antes y se puso su bata de baño rosada y miró su reloj. *Nueve y cuarenta y cinco. Hora de vestirme.*

Sonó el timbre de la puerta. Alarmada porque el portero no la avisó, Megan sacó un espray de pimienta que tenía en el aparador de la puerta. Se acercó a la puerta principal para mirar por la mirilla cuando el timbre sonó de nuevo. Sorprendida como nunca por el fuerte sonido, ella saltó en el aire. Era Chaz. Abrió la puerta.

"¿Que estás haciendo aquí?"

"Estoy aquí por mi informe nocturno."

"Pero, porque"

"El rodaje ha terminado. Soy libre. No tengo que madrugar mañana. ¿Puedo pasar?"

Megan abrió la puerta completamente. "Claro, por supuesto." Su mano libre juntó las solapas de su bata.

Mientras Chaz entraba, ella notó que su mirada inmediatamente había escaneando su cuerpo. Su cabello hacia un lado no arruinó el efecto que su bonita cara tenía sobre ella. Su cuerpo esbelto hacía maravillas con esos tejanos y camiseta. *Es guapo.*

"No estás vestida y aun así ni siquiera me esperabas. ¿Esperabas a alguien más o se acaba de ir?"

"¿Detecto un toque de celos?" Ella subió sus cejas.

"¿Por qué tendría que estar celoso? Tu sólo eres mi asesora financiera... como me has dicho una y otra vez." Él se puso más cerca de ella.

Megan apretó el cinturón de su bata. A Megan se le erizó la piel del cuello cuando se dio cuenta de que estaba casi desnuda. Chaz se inclinó aún más cerca. "¿Y bien?"

Megan tragó saliva, su mirada estaba fija en los ojos de Chaz, los cuales bailaban con pícara alegría. Aunque ella retrocedió, él continuó su acercándose hasta que el respaldo del sofá bloqueó su retroceso. No se detuvo hasta que sus manos estuvieron en la cintura de Megan. Abrazándola, él la besó apasionadamente. Las manos de Chaz viajaron de arriba a abajo por la espalda de Megan y luego por debajo de sus caderas. Suaves y tibios, sus labios abrieron los de Megan, permitiendo que su lengua jugara con la de ella. El calor se esparció por el cuerpo de Megan, mientras el duro pecho de Chaz presionaba contra él su suave pecho. Abruptamente, paró el beso, alejándose ligeramente.

"¡Joder! ¡No llevas nada puesto!"

"Acabo de darme un baño. No planeaba tener visitas a esta hora," balbuceó ella mientras el calor subía por su cuello.

"No me quejo. Nada más lejos." Él se inclinó para acercar su boca al cuello de Megan." Hueles fenomenal. ¿Qué es?"

"Se llama 'Lila Exquisito sales y gel de baño."

"¿Un baño con burbujas? Desearía haber estado aquí para ser *exquisito* contigo."

"¿Qué te hace pensar que te hubiese invitado?" Megan frunció el ceño.

"Puedo ser muy eh persuasivo." Sus labios tomaron nuevamente los de Megan. Aunque ella se resistió, él puso sus manos en el cabello de ella para mantenerla recta mientras él profundizaba su beso. Ella se congeló, encantada con su voz profunda, ojos oscuros y pícaros y olor masculino mezclado con pino. Meg se dejó llevar, derritiéndose en él, Lentamente, las manos de Chaz dejaron el cabello de Megan mientras sus brazos bajaron por su cuerpo, agarrando su muslo contra él. Mientras la lengua de Chaz jugaba con la de ella, Megan sintió un saborcito suave a café, las manos de Chaz bajaron para agarrarla en el trasero. Las de Megan se deslizaron alrededor de los bíceps de él y un pequeño escalofrío pasó por el cuerpo de ella. Mientras pensaba que se ahogaría, él se alejó y la nalgueó ligeramente.

"Ponte algo. Tengo que pedirte un favor."

Megan abrió sus ojos por la familiaridad del gesto de Chaz. Él puso sus palmas juntas en frente de su pecho. "¿Por favor, pollito?" Sus ojos oscuros le imploraban.

Megan se pasó a su habitación. Sacó un vestido de estrecha tipo jersey color turquesa que garantizaba que sus curvas se pegasen fuertemente. El vestido le daba suficiente soporte para no tener que ponerse ropa interior. Chaz abrió la parte superior de la banqueta del piano. Él revisó las hojas de música. "Espero no te moleste."

Meg negó con la cabeza. "¿Cuál es el favor?"

Capítulo Siete

"¿Recuerdas cuando te pregunté si tocarías para mí para que pudiese practicar la canción antes de mi audición en Broadway? Bien, la audición está programada para dentro de dos semanas. Acordé que me uniría a la producción de *West of the Sun* justo después. Así que sólo tengo dos semanas para volverme bueno *de verdad* como para un show de Broadway. ¿Me ayudarás?"

"Por supuesto. ¿Sabes que quieres cantar?" Meg revisó la música, buscando el libro de canciones de *Carousel*.

"Canté *Grease* con Quinn en la temporada de verano. Pero esa no es la música indicada para esto. Este es un musical de Broadway sobre todo tradicional. ¿Qué sugieres?"

"Esta. Intentemos esta y ésta también." *South Pacific* estaba debajo de *Carousel*.

Meg abrió el libro de Carousel. "Intenta esta." Ella tocó algunas notas de "You'll Never Walk Alone" y luego "Si Te Amara" Cambió a "Some Enchanted Evening" y "This Nearly Was Mine."

Chaz miró las partituras de música por encima del hombro de Megan y suavemente tarareaba algunas notas. "Si las escucho todas completamente, sabré que dos son las apropiadas."

Megan empezó a hacer ejercicios de calentamiento. Chaz se sentó a su lado. En unos minutos, los dedos de ella se soltaron.

"Si canto, tú tienes que cantar conmigo. Tú conoces estas canciones mejor que yo."

"¡Oh, no puedo!" La timidez paralizó temporalmente los dedos de Megan.

"Por favor, hazlo por mí. Me facilita que yo cante."

Mientras cantaban juntos, sus voces se mezclaban bien y la timidez de Megan disminuyó.

Cuando ella terminó de tocar la última nota de la última canción, ella suspiró.

"¿Qué dos canciones te gustan más?" Preguntó ella, estirando sus dedos.

"¿Cuáles te gustan a ti?"

"Se trata de ti, no de mí."

"Me gusta 'Si Te Amara' pero aún estoy indeciso sobre la segunda."

"Todos saben que 'Some Enchanted Evening' y 'You'll Never Walk Alone' son muy difíciles. ¿Qué te parece 'This Nearly Was Mine'?"

"Las dos son un poco tristes, ¿no?" Él se giró para mirarla sentada en la banqueta del piano.

"Emocionales, tal vez. Pero aun así, realmente te llegan al corazón."

"¿Me ayudarás?" Sus hombros se rozaron.

"Por supuesto. Será divertido."

"Mucho trabajo duro y aburrido."

"No tengo miedo al trabajo duro." El calor del muslo de Chaz tocando el de ella le hizo sentir una sensación hormigante.

"Me tienes miedo a mí," Chaz se rió.

"No te tengo miedo." Meg subió su mentón.

"No te creo." Él se acercó a ella. Ella retrocedió un poco.

"¿Ves? Me tienes miedo."

"Tal vez tengo miedo de mi misma un poco."

Chaz se rió. "No pienses en mi como 'Chaz Duncan.' Piensa en mí como 'Dunc', el sujeto del sur del Bronx, el que tiene un poco de encanto, se ve bien y está loco por ti."

Meg suspiró. "¿Lo estás?"

"¿Que no lo notas?" Él tomó su mano.

"¿Por qué yo? Tú podrías tener a quien quisieras en Hollywood, mujeres mucho más bonitas mujeres espectaculares. ¿Por qué me querrías a mí?"

"Supongo que tú puedes considerar que algunas de ellas son más bonitas, pero yo no. Ninguna de ellas no es ni la mitad de hermosa de lo que tú eres por dentro." Él la tomó en sus brazos, apretándola hacia si mientras la besaba apasionadamente. El deseo estalló en las venas de Meg, llegando a todo su ser. Sus manos se perdieron en el cabello brillante, oscuro y sedoso de Chaz. Sus músculos pectorales presionaban el pecho de ella mientras los dedos de Chaz acariciaban el cuello de Megan. Chaz alejó sus labios, moviendo los de él para darle pequeños besos desde debajo del mentón hasta su hombro. Deslizó el flexible vestido a un lado. Cada beso en esa zona la dejaba quemando de deseo.

Le bajó aún más el vestido y expuso su seno que no perdió tiempo en explorarlo. Primero, la mano de Chaz cubrió su seno, apretándolo suavemente, sintiendo el peso. Luego sus dedos empezaron a pellizcar ligeramente su pezón entre sus nudillos. Su boca continuó. Su mano, reposando en el muslo de Megan, fue bajando su falda. *No te detengas.*

"Déjame amarte," susurró Chaz.

Meg luchó contra la decisión de dormir con él. Sin embargo, el creciente calor en su cuerpo rápidamente diluyó todos los pensamientos racionales de su mente. Su corazón ya había decidido. Ella lo deseaba, lo deseaba como nunca había deseado antes a un hombre. Esto no era simplemente rendirse a sus avances sexuales; esto era que la necesidad la llenara completamente, respondiendo a cada tocamiento suyo. Ella besó el cuello de Chaz, mordiéndole muy suavemente con sus tibios labios, moviendo su hombro hacia atrás para facilitar el acceso a sus senos. El vestido se deslizó hasta su cintura.

"¿Podemos continuar esto en un lugar más cómodo?" Él se quitó su camiseta y la puso sobre la banqueta.

Los ojos de Megan se agrandaron al observar el magnífico pecho de Chaz. Bien desarrollado, pero no "musculoso" cubierto con suficiente pelo oscuro para ser masculino, era sexy sin serlo demasiado. Megan tocó a Chaz con su mano y él se acercó. Una vez los dedos de Megan se encontraron con la piel de él, sintió como si un rayo le atravesara todo su cuerpo.

"Tócame te deseo." Los labios de Chaz dijeron estas palabras a pulgadas del oído de Megan.

Ella intentó colocarse el vestido alrededor de ella pero solo logró cubrir su parte baja. Tomó la mano de Chaz y lo llevó a su habitación. Una vez allí, sus manos estiraron su vestido hasta el suelo. Chaz se quitó la ropa quedándose en bóxers y su candente mirada examinaba el cuerpo desnudo de Megan. Ella apartó las sábanas de la cama. Buscó su billetera antes de que sus pantalones cayeran al suelo.

"Estás preciosa." La miró nítidamente mientras con sus dedos buscaba y finalmente encontró un condón.

"Tú también lo estás." La mirada de Megan viajó desde los labios perfectos de Chaz hasta su fabuloso pecho. Luego venían sus abdominales, firmes y bien definidos que llevaban a su estrecha cintura. Sus bóxers ocultaban el resto de él, excepto su erección que era cada vez más grande. Ella hizo una seña hacia abajo con su palma y él se quitó los bóxers, tirándolos a un lado. *Todo lo suyo es perfecto. ¡Oh, Dios mío!*

Chaz se acostó, acercándola a él. Dudando por un momento, ella puso su rodilla sobre la cama. "No vas a echarte atrás ahora, ¿no?"

Ella negó con su cabeza, disipando cualquier duda que tuviera sobre entregarse a él. Lo deseaba, así de simple, que Mark o quien fuere lo aprobara o no. Las llamas de deseo la invadían, añoranza del deseo a ser consumado. Su boca se secó mientras ello miraba yacer sobre la cama, sus manos añoraban tocarlo.

Él se sentó. "Pollito, te deseo a ti más de lo que he deseado a nadie. Por favor, no me abandones. ¿Me deseas tú también?"

"Por Dios ¿estás bromeando? Te deseo te necesito," dijo ella, cayendo en los brazos de Chaz.

Él se rió mientras ambos caían en a la cama, enredados juntos. Riendo, él la atrajo hacia él antes de presionar su boca fuertemente con la de ella, dejándola sin aliento. Sus manos exploraron el cuerpo de ella, acariciando su suave piel aterciopelada, sintiéndola, excitándola. Él apartó su boca de la de ella para besarla por debajo de su oreja. Y dejó de hacerlo el tiempo suficiente para susurrarle, "Te he deseado desde el primer día que te vi."

"Creo que yo también."

"¿Crees?" Se apartó de ella para mirarla a los ojos.

"Oh, Dios, no te detengas pienso sí. Pensé que deseaba a Chaz Duncan, pero descubrí que en realidad quería a Dunc, el chico del Bronx. ¿Te vas a sentar a hablar o me vas a hacer el amor?" Ella frunció su ceño de forma burlona hacia él.

"Dunc, ¿eh? Que así sea, L.C." La empujó nuevamente a la cama y la besó desde el cuello hasta sus senos. Una mano pellizcaba su pezón mientras su boca succionaba el otro. Meg cerró sus ojos e intentó respirar. Ella pasó sus manos por los hombros de él bajando por la su espalda. La rodilla de Chaz se deslizó entre las piernas de ella. Ella las separó ligeramente para que él pudiese introducir su mano hasta su estómago y luego bajar hasta la coyuntura de sus muslos. Meg resopló cuando los dedos de él encontraron su centro, exploraron, empujaron y jugaron.

"Por Dios, eres tan, tan," murmuró él.

Meg puso sus labios sobre los de él mientras su mano viajaba por los abdominales de Chaz y luego descendía más. Un escalofrío recorrió el cuerpo de Chaz mientras ella lo apretaba más fuerte. Él besó la suave piel del estómago de Megan y se dirigió a sus muslos. La miró a los ojos antes de que su cabeza desapareciera entre ellos. Con el primer deslizamiento de la lengua de Chaz en su centro, Meg gimió.

"Oh, Dios, Dunc"

Los gemidos de Megan se hicieron más fuertes mientras él movía su lengua alrededor del húmedo centro. Levantó su cabeza y sus dedos reemplazaron la lengua, manteniendo el ritmo. Meg arqueó su espalda mientras la pasión aumentaba más y más dentro de ella, amenazando con explotar.

"Voy a—" murmuró ella justo antes de que un orgasmo requiriera su cuerpo, explotando placer en sus dedos.

La mano de Chaz acarició su piel para regresar nuevamente a su seno.

"Oh, por Dios," jadeó ella.

La mirada de Megan buscó la erección de Chaz, que era impresionante. "Supongo que tu si me deseas," murmuró ella, cerrando sus dedos alrededor de esta.

Él se rió, tomando el condón que había puesto sobre la cama.

"No hay prisa, pero joder, ¡te necesito ya!" Estaba casi jadeando.

Meg abrió más sus piernas. Él la penetró lentamente y emitió un suspiro. Ella gimió cuando estaban unidos. Una vez él estaba dentro de ella, ella puso sus dedos sobre los hombros de Chaz. Él empezó a empujar lentamente, de tal modo que la enloquecía. Ella movió sus caderas de arriba a abajo.

"¿Más rápido?"

"Por Dios," ella cerró sus ojos, "sí"

Ella abrió sus ojos para ver como la miraba. Los ojos de Chaz habían oscurecido a causa del deseo volviéndose casi negros. Ella pudo leer su ansia, su necesidad de ella. Reposó su cabeza sobre el recodo de su cuello, el pelo del pecho de Chaz le hacía cosquillas en los senos mientras él se movía adentro y afuera de ella. El cuerpo de Megan estaba en llamas.

La pasión quemaba el estómago de Megan, esparciéndose por sus extremidades. Levantó su rodilla, permitiendo que él se introdujera más profundo. Él la tomó completamente. Su orgasmo fue creciendo lentamente, la presión aumentaba con cada embestida. Ella cerró su boca sobre el hombro de Chaz mientras su control se derretía en el calor de él. Cuando echó su cabeza hacia atrás acompañando un largo gemido, él besó su cuello y recorrió con su lengua su estrecha columna de arriba a abajo.

Con un grito ahogado, ella alcanzó la satisfacción por segunda vez. Sus músculos se contrajeron antes de liberar el calor de todas las partes de su cuerpo. Megan nunca había experimentado algo tan intenso con otro hombre. Ella abrió sus ojos. Chaz continuó embistiéndola. Ella descansó sus manos sobre el trasero de Chaz, sus dedos se movían de arriba a abajo al compás de las caderas de él.

De repente él aumentó el ritmo, duro y rápido. Chaz gimió fuertemente y su orgasmo lo consumió. Después de los duros empujones finales, se detuvo. Ellos se acostaron, respirando fuerte, el sudor de ambos pegados en unos al otro, producía un suave sonido de succión entre sus estómagos. Los dedos de Chaz tomaron los de ella. Él mantuvo la mano de Megan cautiva sobre la cabeza de ella en la cama. Los labios de Chaz buscaron los de ella para besarla lenta y suavemente.

"Yo nunca," pero las palabras de Megan se ahogaron en otro beso.

Dudoso, le liberó las manos antes de ponerse sobre sus codos.

El silencio entre ellos era fácil. Los tiernos toques y besos reemplazaban las palabras. Meg apartó el cabello de la frente de Chaz y luego lo besó allí. Él besó la punta de la nariz de ella.

Chaz se apartó y fue al baño. Megan se cubrió de la cintura para abajo con una sábana. Unos minutos después él regresó, caminando recto y alto. Ella notó como su mirada se posó en sus senos mientras él se metía de nuevo en la cama. Meg se le acercó, dejando reposar su mejilla sobre su pecho, escuchaba el constante y rápido ritmo de su corazón. Los dedos de Chaz peinaban el cabello de Megan.

"Eres encantadora," susurró él, "en todos los aspectos" Meg le sonrió y él besó su pelo.

"Mañana es sábado. No trabajo. ¿Quédate?" Ella lo miró.

"Que soy, ¿un perro? Quédate... ¿supongo qué quieres que te suplique y me corra también?"

Ella estalló de risa.

"¡No, ya has hecho esas dos cosas!" Ambos estallaron de risa. Meg se rió hasta casi caerse del borde de la cama pero Chaz la tomó de la mano y la rescató.

"Tengo hambre." Megan se sentó, poniendo sus manos sobre los hombros de él.

"¿Qué tienes?"

"¿Qué tal helado y salsa caliente de chocolate?"

"¡Vamos!" Chaz saltó de la cama y tomó sus bóxers.

Meg se puso de nuevo su vestido de jersey y tomó la mano de Chaz, llevándolo hasta la cocina.

"Mmm," dijo mientras abría la puerta del frigorífico. "¿Menta con chips, chips de chocolate, vainilla o cookie?"

"¿Tienes todos esos sabores?" Chaz se asomó.

"Mark adora el helado."

"Yo quiero uno de menta con chips."

"Te lo sirvo. Yo comeré chips de chocolate." Meg le pasó dos recipientes con helado.

Luego, ella abrió el gabinete y buscó dentro de él.

"¿Bolas?" Preguntó a ella.

Ella señaló a otro gabinete. Buscó en la parte más profunda de la parte inferior y encontró lo que quería.

"¡Sí!" Sacó un tarro de salsa de chocolate y exclamó, "¡al microondas!"

Se llenaron los pequeños bolas con helado y luego le echaron salsa de chocolate caliente por encima. Cada uno se comió el que había elegido, devorándolos hasta que llegaron a la mitad. "¡Cambiemos!" Meg empezó a poner de su helado en la boca de Chaz. Se terminaron el helado dándose cucharadas el uno al otro. Lamer gotas del mentón del otro pronto se convirtió en lamer salsa de chocolate de las partes del cuerpo del otro.

Chaz untó un poco de salsa tibia sobre el pezón de Megan antes de atacarlo con su boca.

Los gemidos de Megan excitaron a Chaz. Ella lo tocó para notar si ya estaba erecto. "Helado como afrodisíaco." Megan se rió.

"Tú eres un afrodisíaco." Chaz metió su cara en el pecho de ella antes de agarrarla sobre su hombro. "Suficiente. ¡Hora para el amor, mujer!" Llevó a una Meg partida de risa de regreso a su habitación.

Chaz la tiró en la cama y cayó encima de ella un segundo después. La besó fuertemente, demandando una respuesta apasionada. Meg no lo decepcionó, besándolo con igual pasión mientras cerraba sus piernas alrededor de la cintura de él. Él la penetró nuevamente, llenándola completamente. Empujó dentro de ella duro y rápido mientras ella movía sus caderas al ritmo de él. El sudor se juntó entre ellos. Gemidos llenaron el aire mientras sus cuerpos se enredaban en candente pasión. Llegaron al clímax rápido y al unísono.

Exhausta, Meg encendió la luz. Chaz yacía sobre su espalda, con sus brazos doblados sobre su cabeza. Ella descansó su cabeza sobre el hombro de él. Chaz inmediatamente deslizó su brazo alrededor de la espalda de ella antes de doblar su otro brazo alrededor de ella, abrazándola contra él. Un sonido de felicidad escapó la garganta de Megan mientras se acurrucaban juntos.

"Hay que asegurar que no desaparezcas durante la noche," susurró él, apartando el cabello de ella para plantar un beso en su frente.

Sin poder formar palabras, los ojos de Meg se cerraron y el sueño rápidamente la dominó.

El tibio sol de Junio los entró directo a los ojos a las seis de la mañana siguiente. Chaz refunfuñó y se giró, enterrando su cara en la almohada. Meg se levantó para cerrar las cortinas. Ella regresó a la cama, acurrucándose al tibio cuerpo de Chaz. Después de que él la atrajera lo suficientemente cerca, las manos de Chaz empezaron a pasear por el cuerpo de Megan.

En respuesta, ella pasó su mano por la espalda de Chaz, y hasta su trasero. Cuando él se giró para verla, Chaz mostró que estaba totalmente listo para hacerle el amor.

"Lo que dicen es cierto. ¿levantando carpa?" Megan envolvió sus dedos alrededor de la erección de Chaz.

"¿Soy tu primera vez?" Él tomó a Megan de su mejilla, su voz suave e inquisitiva.

"¡Para nada!"

"Entonces esto no debería ser noticia."

"Yo nunca me quedé a dormir con Alan. Siempre era como que un rapidito y luego buenas noches. Nada como lo que tuve contigo anoche dos veces." Ella dirigió su mirada en la cara de Chaz. "Estás orgulloso de ti mismo, ¿verdad?"

Chaz puso una sonrisa de oreja a oreja.

"Yo apunto a satisfacer a mi mujer." Chaz pasó su mano por el cabello de Megan.

"¿Oh? ¿Y ahora soy *tu mujer*?" El tono de Megan era bromista, pero ella quería saber en qué posición estaba con Chaz.

Una mirada avergonzada apareció en el rostro de Chaz. Ella se rió mientras él se acercaba a ella, envolviéndola en sus fuertes brazos. Con sus labios, él empezó a morderla suavemente en el cuello. Las llamas que permanecían dormidas de la noche anterior se encendieron de nuevo dentro de ella, aunque solo a fuego lento. En todo lugar en donde él la tocaba le generaba excitación. Sus manos, su lengua, y sus labios hacían que un intenso deseo circulara por sus venas.

Ella pasó sus manos por el pecho de Chaz, cada dedo presionando sus músculos mientras ella plantó sus caderas contra él. La mano de Chaz estaba bajo la rodilla de ella, con la cual movió su pierna para poder fácilmente meter dos dedos dentro de ella.

"Oh, por Dios," exclamó ella mientras cerró sus ojos.

Él empujó sus dedos dentro de ella, escuchándola gemir con cada empujón.

"Por favor oh Dios, Dunc." El fuego amenazaba en consumirla mientras el deseo fue acumulándose hasta un crescendo.

Él quitó sus dedos para agarrar a Megan de atrás. Tomándola del trasero, él la apretó, acercándola contra su erección dura como roca. Él se cubrió con ella. Megan estaba tan mojada que él se deslizó dentro de ella fácilmente. Megan casi estaba jadeando. Chaz cerró sus ojos y gimió, poniendo su cara en el cuello de Megan.

"Eres tan, tan increíble," suspiró él.

Los amantes se sacudieron juntos, conectados en cuerpo y alma. Meg desconectó su mente, dejando que sus sentidos la dominaran. Su corazón se abrió, lo que permitió que Chaz entrara y lo aclamara. Las palabras "Te amo" borboteaban en su garganta pero ella se negó a vocalizarlas. En su lugar, éstas se disolvieron y desaparecieron. El calor se disparó por el cuerpo de Megan como un misil recién lanzado. Ella intentó dejarse llevar pero los años de estrecho control eran difíciles de superar. Ella se puso en tensión.

"Deja que pase, pollito," le murmuró Chaz y, finalmente, su insistente y constante empuje rompió sus defensas. El cuerpo de ella se movió al ritmo del de él. Apareció sudor en la frente de Chaz, cayendo en el cuello de Megan. Se impulsó apoyándose en sus codos, él bajó su boca a su seno y lo chupó. La chispa corrió desde la punta de su pezón hasta su centro, destruyendo el poco control que le quedaba.

El orgasmo se elevó dentro de ella como una ola de mar, bañando todo su cuerpo, enviando corrientes de satisfacción eléctrica a cada terminación nerviosa. Los ojos de ella se cerraron y lloraron de alegría.

Sintiendo la mirada de Chaz, ella abrió los ojos de nuevo para ver los ojos oscuros llenos de pasión de él mientras él empujaba dentro de ella duro y rápido. Él luego cerró sus ojos. Chaz empezó a ponerse rojo desde su pecho hasta su cuello mientras gemía, murmurando el nombre de Megan. El cabello de Chaz se pegó un poco en su frente bañada en sudor.

Él abrió sus ojos lentamente y Megan podía jurar que vio una mirada de amor en ellos. Sin embargo, esta se desvaneció tan rápidamente como apareció, reemplazándola por un fulgor en su mirada.

Chaz siguió moviéndose dentro de ella por unos momentos más, prolongando su gratificación además de la de él mismo. "No quiero parar... no quiero parar nunca," murmuró él.

Megan levantó la palma de su mano hasta la mejilla de Chaz y acarició su rastro de barba. *Es jodidamente sexy... es tan sexy como...* Los labios de Chaz interrumpieron los pensamientos de Megan cuando estos rozaron ligeramente y dulcemente los de ella. "Esta sí que es una forma de despertar," dijo ella, formando una sonrisa en sus labios.

"A tu servicio. Puedo hacer que despiertes así cada mañana."

Tan pronto como las palabras salieron de la boca de Chaz, un escalofrío cayó en el corazón de Megan. Él se alejó de ella. Algo en el pecho de Megan se apretó. *¿Cada mañana? Me encantaría tenerlo aquí cada mañana. Nunca ocurrirá.* Sorprendida de su propia reacción, la expresión de Megan quedó inmutada.

Ella agarró la bata de una silla cerca de la cama y se la puso. "Café," dijo ella, dirigiéndose a la cocina. Chaz desapareció en el baño mientras ella salía de la habitación. Cuando llegó a la encimera de la cocina, Meg se apoyó contra ella por un momento. *Detente. Detente. No pienses en eso. Él es un astro de cine. Vas a terminar con el corazón roto. Detente. Solo diviértete. Pero yo no hago sexo recreativo.*

Se puso el piloto automático, preparó café y sacó jugo de fruta fresco y yogur para el desayuno. Cuando el café empezó a caer en la jarra, Chaz apareció, en bóxers y poniéndose su camiseta.

"Buenos días."

Ella le devolvió el saludo pero luego siguió haciendo cosas en la cocina, evitando su mirada, arreglando la mesa y sirviendo el desayuno.

"Oye," dijo él, agarrando sus brazos desde atrás. "Ve más lento. Yo no muerdo."

Ella intentó evitar su mirada, pero no pudo.

"¿Qué te pasa?" Sus ojos morenos se convirtieron en lagos de preocupación mientras sus cejas de arqueaban.

"Nada. Nada."

"Acabo de tener, eh, la mañana de mi vida, y pensé que tú también la habías tenido. ¿Y ahora ya no me vas a mirar? ¿Qué te pasa?"

La acorraló entre la mesa de la cocina y el frigorífico. Subiendo el mentón de Megan con sus dedos, la forzó a mirarlo directamente.

"Megan soy yo, Dunc. ¿Qué pasa?"

Ella miró a los ojos de Chaz y se ablandó. Sus manos lo agarraron de la cintura mientras ella se acercaba más a él. Chaz la envolvió con sus brazos, manteniéndola cerca. Las lágrimas empezaron a formarse mientras un pequeño temblor de miedo zumbó en su pecho. Apoyó su mejilla sobre el pecho de Chaz, sin poder contener algunas lágrimas. Secándolas con su mano, esperó mantener sus emociones lejos del escrutinio de Chaz, pero él la apartó a un brazo de distancia. *Ya no hay escape.* Ella ocultó su cabeza, aun tratando de esconder sus emociones.

"Si estas fuesen lágrimas de dicha pues lo entendería, pero..." una sonrisa asimétrica apareció en el rostro de Chaz.

Ella negó con la cabeza. "Fue genial. Tu estuviste fantástico el mejor de todos."

"¿Entonces por qué este rio de lágrimas?" Él descansó su mano sobre el cabello de Megan.

"No quiero comprometerme." *No quiero que me dejes.*

Chaz chasqueó su cabeza hacia atrás, como si acabara de ser abofeteado. Su rostro quedó inmutado.

"¿Quién ha hablado de compromiso?" Él soltó sus manos de los brazos de Megan.

¡Genial! ¡Buen trabajo, tonta! "No quise decir eso quise decir no quiero... no quiero apegarme a ti. Eres un astro de cine, conociendo mujeres fabulosas todo el tiempo. La mayoría del año estás lejos. No quiero enamorarme de ti sólo para que mi corazón termine aplastado."

"¿Y quien habló de amor?" Chaz retrocedió.

Megan atrapó la mirada de Chaz. Ella espió un destello de dolor que rápidamente desapareció.

"Nadie y eso es bueno, ¿verdad?" Meg secó una lágrima de su mejilla.

"Un poco de lujuria desenfrenada entre amigos." Él se recostó contra el frigorífico.

Ella agarró la mesa detrás de ella mientras las palabras de Chaz la golpeaban como un corriente de aire helado.

"¿Hablas en serio?" El punzón de las lágrimas regresó a la parte trasera de los ojos de Megan. Ella respiró profundamente para recobrar su compostura.

"¿Y tú?" Chaz dobló sus brazos sobre su pecho.

"¿Por qué siempre siento que estoy jugando ajedrez cuando hablo contigo?" Ella inclinó su cabeza ligeramente.

"Tal vez porque eso es lo que estamos haciendo. ¿No es así entre hombres y mujeres? Un juego de ajedrez. Él mueve los peones, ella sacrifica un alfil y al final es jaque mate de por vida. ¿No es eso lo que la mujer quiere?"

"No con el hombre equivocado."

"¿Y cómo haces para determinar quién es el hombre indicado?"

"Si lo supiera ya estaría casada enorgulleciendo a mi madre."

Chaz estalló de risa. La voz fuerte de Chaz asustó sorpresivamente a Meg. "Mi intención no era que eso fuese gracioso."

"Pero lo fue. Una de las cosas que amo de ti es que sin intención o tal vez intencionalmente, eres graciosa." Su cuerpo se desplomó mientras la risa seguía rebotando por su pecho.

"¿Una de las cosas que *amas* de mí?" Los ojos de Megan se abrieron bien grandes. Sus manos cayeron a sus caderas, reposando allí con aire de seguridad.

"No me refería a eso. Joder, ¿qué no puedo decir nada contigo cerca sin meterme en problemas?" Él sirvió del café en una taza vacía. "¿Café?"

"Si por favor. No sé lo que dije."

Chaz le dio su atención a llenar tazas con café, ignorando la pregunta de Megan. "Empecemos de nuevo. Buenos Días." Chaz se inclinó para darle un besito en la mejilla.

"Buenos días." Meg agarró su taza y dio un sorbo de café.

El silencio mantuvo pesado el ambiente de la cocina mientras ellos tomaban su café. Meg miró hacia la ventana, con miedo de mirar a Chaz, especialmente ya que él la estaba mirando. La mirada de Chaz le recordó una manta de lana, cubriendo cada parte de ella con suave calor. *No te acostumbres, sin importar lo bien que se sienta.*

Capítulo Ocho

Cuando ella se aventuró a mirar en dirección de Chaz, la mirada de Megan se dirigió a las manos de él. El cuerpo de Megan sintió un hormigueo al recordar el suave y excitante tacto de sus dedos sobre su piel. Un repentino anhelo de volverlo a sentir le hizo alzar sus ojos hacia él. *¿Es esto lo que sienten Mark y Penny? ¿Es por eso que no pueden mantener sus manos lejos del otro?*

Como si Chaz leyera su mente, acercó su silla a ella. Chaz luego empezó a acariciar el cabello de Megan con sus dedos.

"No hablemos del mañana o del siempre. Aquí es donde quiero estar ahora, contigo. ¿Podemos dejarlo así?" Sus dedos le hicieron cosquillas en el cuello a Megan, causándole un escalofrío que le recorrió la columna.

Deja de ser una planificadora, disfruta el momento.

"Aquí es donde yo quiero estar también."

Ella se abrazó suavemente al cuello de Chaz y acercó sus labios hasta los de él.

Después de una larga ducha que se alargó mucho más por hacerle el amor a Megan bajo el agua caliente, Chaz se organizó para ensayar más, encontrarse con ella y cenar. En el camino de regreso al apartamento de Quinn, cada trozo de su cuerpo rezumaba energía. Quería saltar y correr de la dicha. Pero, era Chaz Duncan y no quería llamar la atención.

Quinn se sentó en la mesa de la cocina, se frotaba la cara y la barba mientras bostezaba.

"¿Noche larga?" Preguntó Chaz mientras se servía una taza de café y se unía a su amigo.

"Ajá. ¿Tú también?"

Chaz sonrió.

"¿Así que *ahora* ya le puedo decir tu novia?" Quinn estiró sus brazos poniéndolos sobre su cabeza.

Chaz amplió su sonrisa pero no respondió. "¿Quién fue la agraciada anoche?"

"Deandre. ¿La recuerdas?" Quinn se levantó.

"¿Dee? Seguro. Pensé que vosotros sólo erais amigos."

"Los amigos también pueden tener aventurillas, ¿o no?"

"Claro que sí." Chaz se rió. "Cuando vais a."

Quinn levantó su mano.

"Nunca. Nos mataríamos el uno al otro en una semana."

"¿Mejores amigos en la secundaria, pero amigos con derecho a roce ahora?" Chaz alzó sus cejas mientras abría el frigorífico.

"No. Tú sabes que eso es una tontería. Amigos con derecho o terminan casados, o se termina la amistad. ¿Vas a volver a ver a tu novia esta noche?"

"Ella no es mi"

"¡Acéptalo ya, Dunc!" interrumpió Quinn, levantando la voz.

Chaz tomó un bote de salsa del frigorífico y luego buscó en los armarios patatas chips. "Está bien, tal vez lo sea. Y también toca el piano. Voy a ensayar con ella esta noche."

"Ensayar si claro, como no. ¿Ensayar para qué, para una película porno?" Quinn se rió de su propia broma.

"Para Broadway."

"Joder, ¿en serio?" Quinn dejó de reír y se sentó derecho.

"Ajá."

"¿Tienes audición para *Rainy Sundays*? "

"Sí. Estoy jodidamente oxidado. Meg domina muy bien la música de los musicales. Estoy practicando en su casa."

"¿Practicando? pensé que tú ya sabías como," Chaz agarró a su amigo haciéndole una llave para evitar que siguiera hablando. Quinn se rió mientras Chaz lo arrastraba por el suelo.

"No estoy oxidado en eso aunque *tu* probablemente si lo estés. ¿Cuánto tiempo ha pasado Quinn? ¿Seis meses?"

"No tanto tiempo como tu cuando estábamos en el norte e actuábamos en *This Side of Heaven*."

"Gracias por recordármelo. ¿Te acuerdas de Cleveland cuando te desmayaste sobre esa chica con copa D? ¡Alguien tenía que hacer sus sueños realidad!" Chaz le lanzó una sonrisa pícara.

La cara de Quinn enrojeció mientras luchaba por liberarse. Los dos hombres lucharon en el suelo hasta quedar exhaustos.

"¿Tregua?" ofreció Chaz.

"Tregua" aceptó Quinn.

Se levantaron y se sacudieron la ropa.

"Buena suerte con la audición para *Rainy Sundays*. ¿Cuándo empiezas?"

"La audición no será hasta dentro de dos semanas. Se supone que debo empezar en una en una semana, pero sabes dudo que ocurra."

Quinn llevó la salsa y las patatas chips al salón y encendió el televisor para sintonizar el juego de los Mets. Chaz tomó su teléfono. Miró su lista de contactos y bajó hasta encontrar el nombre correcto. Luego marcó el número de teléfono. "¡Eh, Evan! Soy Chaz. Tengo un pedido para ti. No es uno grande, pero necesito que lo entregues esta tarde a las seis. ¿Puedes? Genial, esto es lo que quiero."

"¿Vendrás a casa esta noche?" Preguntó Quinn con un toque de celos en su voz.

"No me esperes." Chaz se rió mientras cerró la puerta tras de él.

Con un bigote falso y una gorra de béisbol, Chas llegó al edificio El Royal. Brin lo detuvo. "¿A qué apartamento va, señor?"

"Brin, ¿no me reconoces?"

Brin le miró detenidamente, casi lo perforó con la mirada antes de negar con la cabeza.

"¡Grady Spencer!"

"¡Oh! ¿Señor Duncan?" la boca de Brin formó una enorme sonrisa.

"Shhh. Es un secreto." Chas puso su dedo sobre sus propios labios.

"Si, si, leí los periódicos. Lo entiendo. Un minuto, por favor." Briny llamó arriba antes de darle a Chaz permiso para subir.

Chaz le hizo el saludo de Grady Spencer al portero mientras se iba hacía al ascensor.

Chaz llevaba un ramo de rosas de color albaricoque bueno, de hecho, dos. Sus dedos hormigueaban cuando anticipadamente pensaba en tocar la suave piel de Megan. Se lamió sus labios distraídamente, pensando en ella. *No arruines esto, Dunc.* Un poco de sudor le humedeció la palma de la mano. Su corazón se aceleró un poco. *¿Me pregunto que llevará puesto? ¿Algo fácil de romper? ¿Bragas de encaje? ¿De qué color? ¿O nada de bragas?* Se rió a si mismo mientras entraba al ascensor vacío y sonreía mientras las imágenes del cuerpo desnudo de Megan pasaban por su mente.

El leve sonido del piano que estaba siendo tocado llegó hasta el ascensor mientras este ascendía al piso catorce. Los rítmicos y balanceados golpes de los dedos tocando cada nota en sucesión sincopada motivaban las cuerdas vocales de Chaz. Él empezó a cantar notas en el ascensor para ir calentando la voz.

Caminando por el pasillo y cantar cada nota al mismo tiempo que sonaba en el piano hizo que una nueva conexión se creara con Meg. El ritmo de su corazón se incrementó a medida que se acercaba más a la puerta.

Tocó el timbre, sosteniendo el gigante ramo de flores en frente de su pecho esperando que Megan abriera la puerta.

Meg saltó ligeramente hacia atrás cuando Chaz le acercó el enorme ramo de rosas. Eran preciosas, a cual más perfecta. El delicado color albaricoque siempre había sido su favorito. Los ojos de Megan se agrandaron mientras miraba al extraño hombre con bigote con gorra de béisbol.

"¿Le conozco?"

Chaz se rió mientras se quitaba el bigote falso y la gorra. Meg se partía de la risa. "Un amo del disfraz, ¿alguna vez dejarás de sorprenderme?"

"Espero que no," respondió él, guardando el bigote en su bolsillo trasero y poniendo la gorra sobre el aparador.

Megan miró las flores.

"¿Cómo supiste que son mis favoritas?"

"Son hermosas y delicadas, como tú."

La sonrisa apareció en la cara de Megan mientras le miraba.

"Agua," dijo ella, dirigiéndose a la cocina mientras Chaz se quedaba en el vestíbulo para cerrar la puerta.

Las dos horas siguientes flas dedicaron a practicar. Se tomaron un descanso de veinte minutos para hablar sobre qué aspectos en los que Chaz debía practicar más y que necesitaban modificarse.

A las seis en punto Briny llamó al apartamento de Megan, anunciando que subía el repartidor de Zabar.

"La cena ha llegado" dijo Chaz frotando sus manos. "Me muero de hambre."

"¿Cena?" Meg miró a Chaz.

"Por supuesto. Yo no te pedí que cocinaras para mí, sólo que tocaras. La cena es lo mínimo que puedo aportar."

Antes de que ella pudiese preguntarle nada más, sonó el timbre de la puerta. Chaz fue a abrir por ella y tomó el encargo.

Le dio una propina de veinte dólares al repartidor antes de cerrar la puerta. Meg ayudó a Chaz a llevar la comida hasta la pequeña mesa de ébano del comedor situada en la esquina del lado derecho de la inmensa sala de estar. Ella retiró la mesa un poco. Chaz puso dos sillas de tal forma que pudiesen disfrutar de la vista de Central Park. "¡Siéntate! Yo te sirvo."

Ella se rió. "¿Sabes servir comida?" Las manos de Megan descansaban en sus caderas.

"Tú te lo tomas a broma pero yo tengo experiencia. Yo cuidé de mi madre durante sus peores batallas con las drogas. Aprendí a cocinar algo de comida básica. Siempre era él ponía la mesa para comer y servía la comida."

"Lo siento." Megan puso su mano en el brazo de Chaz.

"No lo sientas. Es bueno ser autosuficiente," dijo él mientras destapaba el plato con carne.

"Tiene una pinta estupenda. ¿Qué es?"

"Una cena fría. Mira esto es filet mignon frío, al punto en el otro lado de la bandeja, organizado perfectamente, hay tomates cubiertos con una loncha de mozzarella y condimentados con hojas de albahaca. En el centro, ensalada de patatas alemana. Sin mayonesa, para no engordar no es por ti, pero yo tengo que cuidar mi línea."

A Megan se le hizo la boca agua mientras Chaz gentilmente disponía la bandeja artísticamente montada en el centro de la mesa. Le pasó a Megan una servilleta y luego destapó una botella fría de sidra burbujeante *Martinelli*.

"Nada de alcohol cuando canto," explicó él.

Otra bandeja auxiliar contenía judías verdes frías.

"¡Ay! ¡Me olvidé del aperitivo!" Chaz rápidamente destapó otra bandeja con los camarones fríos más grandes que Megan jamás había visto. Y un pequeño recipiente contenía salsa de cóctel.

Megan tomó un camarón, lo bañó en la salsa y lo mordió. Estaba perfecto.

"¡Esto está absolutamente delicioso! ¡Oh, Chaz, que comida! Te debe haber costado una fortuna."

"A ver, a ver la señorita administradora del dinero se ha ido de fin de semana. Sólo lo mejor para la encantadora dama que toca el piano para mi... y me deja estar con ella en su cama."

Por un momento se mantuvieron silenciosos mientras degustaban los exquisitos manjares culinarios. Megan tenía más hambre de lo que pensaba, devoraba su comida con entusiasmo. Ella se limpió un trocito de tomate de su mentón con su dedo y luego se lo lamió mientras miraba a Chaz. Él mordió la cola de un camarón que Megan tenía en su boca, rozando sus labios brevemente. Megan notaba como su sangre empezaba a calentarse mientas miraba el cuerpo de Chaz, vestido con una camiseta pegada y tejanos. Sabiendo lo que había debajo de esa ropa le produjo una sensación placentera en ciertos lugares de su cuerpo.

Cuando el banquete terminó, ella se giró y preguntó a Chaz. "¿Café?"

"Seguro. Necesito mantenerme despierto y necesito algo para acompañar el postre."

"¿Postre? No creo." Megan acarició su propio estómago.

"Pero es Tiramisú."

"¡Tiramisú! ¡Mi postre favorito! ¿Cómo lo sabías?"

"De casualidad."

Pasaron la siguiente media hora tomando café y dándose cucharadas del rico y cremoso postre lentamente, el uno al otro, usando la misma cuchara. Cuando terminaron de cenar, Meg leyó el deseo en los ojos de Chaz antes de que ella llevara los platos a la cocina.

"Disciplina," murmuró Chaz.

"¿Eh?" Ella lo miró mientras el pasaba agua por los platos previamente a colocarlos en el lavaplatos.

"Disciplina la obligación, antes que la devoción." Chaz guardó la comida que sobraba y la colocó en el frigorífico.

"¿Y eso que significa?"

"Significa que aún tengo que cantar otra hora antes de que te arranque la ropa y te haga el amor apasionadamente." Él se acercó por detrás de ella, enlazando sus brazos alrededor de su cintura, poniendo su cara en el cuello de ella, sus labios se paseaba de arriba a abajo de la sensible columna haciendo un camino de calor.

"Trabajar piano" logró decir Megan antes de que las manos de Chaz alcanzaran sus senos.

"Correcto." Chaz bajó sus manos y se apartó. "No te puedo resistir, Meg."

Ella tocó las dos canciones una y otra vez durante una hora mientras Chaz cantaba. Cada media hora más o menos se detenía para repetir las notas que él creía que no tenían el tono correcto.

Después de hacer gárgaras con agua salada, él le susurró, "Ya no sigo; debo darle un descanso a mi voz. Tengo otras cosas que hacer con mi boca."

Tomándola de la mano, la llevó a la habitación.

Las dos semanas siguientes volaron para Meg. Pasaba verificando las inversiones para Mark y Chaz y luego se reunía con celebridades susceptibles de ser clientes potenciales. Dos actrices y un político famoso se reunieron con Harvey Dillon y Meg. Parecían impresionados.

Las noches pasaban comiendo la fabulosa comida que Chaz encargaba a todo un surtido de restaurantes, desde griego hasta francés pasando por chino gourmet, incluso los mejores platos de delicatesen después de que ella tocara el piano para Chaz. A medida que los días pasaban, Meg notó marcada mejoría en el canto de Chaz, amén de su rendimiento. Él mostraba su emoción entregándose. La perfeccionista de Megan al principio había sido escéptica pero después de observarlo trabajar día tras día, empezó a creer que tenía posibilidades de que le dieran ese papel.

Después de cada sesión musical, Chaz haría gárgaras y luego se retiraban a la habitación de Megan, calentando las sábanas con su creciente pasión.

Meg esperó que Chaz se cansara de ella. Esperaba con nerviosismo que la pasión de Chaz disminuyera. Pero en su lugar, ésta parecía incrementarse. Ella también lo deseaba más y más cada día.

Mantener el corazón separado, seguro y protegido se volvió imposible para Megan. El encanto de Chaz se coló en su piel. Por primera vez en su vida, otro hombre aparte de su hermano se preocupaba por ella. Eso la emocionaba en la misma medida que la asustaba.

Acostada en la cama, después de hacer el amor la noche anterior a la audición de Chaz, a Megan le dio por hablar. "¿Cuándo te vas a rodar la siguiente película de *West of the Sun*?"

"El sábado. Tengo un día para poner todo en orden antes de que empiecen a rodar."

"Eso es dentro de dos días." Ella se mordió el labio.

"Voy echar de menos nuestro tiempo juntos." Él se giró para mirar a Megan, sus dedos peinaban el cabello de ella.

"Chaz no quiero ser asesora financiera para celebridades."

"¿Por qué no?" Su mano se detuvo.

"No soporto ser el centro de atención. No sé qué decirle a los periodistas."

"¿Eso incluye verme a mí?" Él se sentó derecho.

Ella vaciló.

¿Y bien?" La sábana lentamente bajó hasta su cintura.

"No exactamente, pero yo no quiero esa atención. Tu prosperas en ella." Ella apartó su mirada de Chaz.

"Yo sé cómo gestionarla pero eso no significa que me guste. Soy amable con todo el mundo. Hablo sin decir nada. Te acostumbrarás. No es tan terrible cuando tienes las recompensas de la fama, como el dinero."

"Yo no necesito tanto dinero. Yo no quiero ser famosa *'Cariñito de Harvard.'* ¡Agrr! Odio eso." Ella puso mala cara.

"¿Vendrás a visitarme un fin de semana?" Él cambió de tema, enlazando sus dedos con los de ella.

"¿Volar hasta donde estés rodando?"

"Arizona."

"¿Volar hasta Arizona para un fin de semana?" Las cejas de Megan se elevaron.

"Hay mucha gente que lo hace. Y enloquecería sin ti durante dos meses, tal vez tres."

"¡Tal vez tres!" Ella se sentó mirando directamente a los ojos de Chaz.

"Tres meses sin esto sin ti." Él puso su mano en el seno de ella, doblando su cabeza para besarlo.

"Tres meses lo bueno es que no estamos enamorados ni nada." El rostro de Megan se convirtió en una máscara, ocultando sus emociones.

Chaz alzó su cabeza, sus ojos buscaban los de ella.

"Es decir, ese tipo de separación, si estás locamente enamorado, sería una tortura, ¿verdad?" Por el labio superior de Megan cayó un poco de sudor.

Chaz apartó su mano de Megan y se sentó. "Claro, claro, por supuesto. Si te amara, yo diría... eh... la letra de la canción." Él sonrió.

Ella se rió. "Si te amara, nunca podría aguantar estar lejos de ti durante tres meses."

"Tal vez sólo sean dos. Y puedes venir de visita. A veces es posible que tenga un día libre. Podríamos estar juntos. Yo te compraría el billete."

"Tengo suficiente dinero para comprar un billete a Arizona," resopló ella.

"No quise decir que no lo tengas, pero... no espero que tú lo pagues." Él colocó la mano de ella sobre sus labios.

Ella empezó a manosearse una cutícula. ¡*Tres meses*! El dolor se instaló en su corazón.

"También podemos vernos todos los días por el ordenador. ¿Seguirás con mis informes diarios?"

"Si consigo clientes nuevos... es posible que ya no tenga tiempo."

"Ah, claro." Chaz frunció el ceño. "No me gusta mucho la idea de compartirte con otros."

"¿Y yo? Tú vas a estar en un set lleno de mujeres hermosas... no me echarás de menos ni un poquito." Meg se mordió su labio.

"Si te echaré de menos."

"Pero estarás saliendo con"

"Estaré trabajando, no saliendo," interrumpió Chaz con el ceño fruncido. "Tu estarás aquí, en Nueva York, con un ejército de hombres ricos y guapos... saliendo con ellos."

Meg negó con la cabeza.

"Si lo harás," insistió él.

"No lo haré. ¿Con quién podría salir después de haber estado contigo?"

Él se rió. "¡Ja! Con muchos. Todas esas celebridades cuyo dinero estarás gestionando. Serás rica, famosa... te olvidarás de Dunc, el sujeto del Bronx." Él se giró dándole la espalda.

Megan puso sus manos en los hombros de Chaz. "Yo nunca podría olvidarte... nunca."

"Dices eso ahora... pero cuando el rico Wally de Wall Street te llame, te desmayarás en sus brazos. No seré más que un recuerdo, tal vez un dulce recuerdo, pero aun así un recuerdo."

"¡No digas eso! Yo seré la que será un recuerdo." Lágrimas nublaron los ojos de Megan mientras ella miraba hacia otro lado.

Chaz se sentó recto y un denso silencio llenó la habitación. El levantó su mano y la puso en la nuca de Megan para acariciar suavemente su pelo.

"¡Oh no, Meg! tu nunca podrías ser sólo un recuerdo para mí. Nunca habrá... eres irreemplazable."

Lentamente ella giró su rostro cubierto de lágrimas para encontrarse con el de él. Chaz le plantó un tierno beso en los labios antes de atraparla con sus brazos. Con su cara metida en el pecho desnudo de Chaz, ella lloró. "No quiero que terminemos," lamentó ella.

"Entonces no terminemos." Él abrazó a Megan con más fuerza.

Ella se relajó en sus brazos por un momento antes de secarse los ojos con su mano.

"Ven conmigo a Phoenix, Meg. Te necesito"

Ella asintió con la cabeza y le dio a Chaz una pequeña sonrisa. "Entonces eso está arreglado."

Meg miró su reloj. "¡Oh! Son las once. ¿A qué horas es tu audición?"

"A las once y media. Hay tiempo suficiente." Él besó el cabello de Megan.

"Mañana tendré el día libre. Puedo hacerte un buen desayuno."

"Sin leche; crea mucosidad en las cuerdas vocales." Él levantó la palma de su mano.

"Entendido. Deberíamos dormir un poco." Meg se separó de él y se acomodó en la cama para dormir.

"Cierto." Chaz se deslizó cerca de ella, tomándola en sus brazos. Ella se giró para que Chaz la pudiera abrazar, envolviéndola con un brazo y con el otro descansó su mano sobre su seno. Un sentimiento de satisfacción llenó a Megan. *¿Cómo volveré a dormir sin él cerca de mí?*

Meg se despertó primero la mañana del viernes. Había apagado la alarma y durmió hasta las ocho. Olvidando momentáneamente que tenía el día libre, saltó de la cama. Chaz abrió un ojo. "Hmm, que lindo lugar, inclusive a esta hora." La mirada de Chaz viajó por todo el cuerpo desnudo de Megan.

"Vuélvete a dormir," ella apartó la sábana, agarrando su bata mientras se dirigía a la cocina.

No pasó mucho tiempo para que el agradable aroma del café preparándose llenara la cocina. El sonido de beicon friéndose en la sartén alertó a Meg que debía bajar el fuego. Se sirvió su primera taza de café y se sentó por un momento, bebiendo el caliente líquido mientras miraba por la ventana. *Mi primera relación amorosa de verdad*. Ella sonrió. *Es maravillosa. Él es maravilloso.*

El olor del beicon friéndose impregnó su nariz, rompiendo su ensueño. *¡Oh, Dios! ¡El beicon!* Se dirigió directo a la cocina para para darle la vuelta y apagar el fuego. Preparar el desayuno ocupó su mente, pero su corazón estaba cantando y no pudo evitar sonreír.

"Huele genial aquí." La profunda voz de Chaz la sorprendió. Ella subió su mirada mientras él bajaba sus labios para besar el cuello de Megan.

"El desayuno está casi listo," dijo ella.

"No recuerdo la última vez que alguien me preparó el desayuno." Él la abrazó por detrás.

Meg terminó de preparar los huevos y puso la comida en dos platos. Chaz los pasó de la encimera a la mesa de la cocina mientras Meg sacó cubiertos. Comieron en silencio por un momento. "Este es un gran día para ti," dijo Megan.

"Mi primera audición de Broadway."

"¿Estás nervioso?"

"Estoy aterrado," admitió él antes de poner un bocado de huevos en su boca.

"Lo harás genial. Estás preparado." Meg agarró una tira de beicon y le dio un mordisco.

"Gracias. Estoy tan preparado cómo es posible estarlo."

"Entonces no deberías estar nervioso."

"No funciona así," él se rió. "Además, estar un poco nervioso está bien. Te mantiene alerta."

"Sé que lo harás excelente." Ella se acercó a Chaz y le apretó el brazo.

Después de que terminaron de comer y limpiar, Chaz levantó una ceja hacia ella. "¿Una ducha para calentar las cuerdas vocales?" Chaz mantuvo su ceja arriba.

"Mejor dúchate solo. Ya son las nueve."

Él tomó la mano de Megan y la llevó al baño. "¿Sabes cuál es la mejor cura contra los nervios?" Dijo él por encima de su hombro.

"Eh"

"Bañarme con mi novia," sonrió Chaz.

Ella se rió mientras él cerró la puerta del baño detrás de ella.

A las diez en punto, Chaz estaba delante de la puerta principal listo para irse. "Tengo que cambiarme en casa de Quinn y luego regresar de nuevo después de la audición para empacar."

"¿Podrías regresar antes de las cinco? Voy a preparar la cena para variar un poco." Ella sostuvo la mejilla de Chaz.

"Tengo curiosidad por probar lo que cocinas. Te veo a las cinco."

Ellos se abrazaron. Chaz le dio un largo beso.

"Buena suerte," le dijo Meg desde la puerta, escuchándolo entonar notas, calentando su voz hasta que llegó el ascensor.

Capítulo Nueve

Ella se puso su ropa y se dirigió a la tienda. *Esta noche será una noche para recordar.* A las cuatro y media, Meg se puso su maquillaje frenéticamente. Su mano temblaba mientras intentaba aplicarse su rímel, así que se detuvo para respirar profundo. *Cálmate. Todo está hecho. ¡Relájate!* Ella se puso su pequeño y sexy vestido veraniego sin nada más que bragas debajo. El pequeño patrón floral en verde y turquesa sobre un fondo blanco ensalzaba el verde de sus ojos y, por supuesto, Chaz estaba segura de notaría el escote.

Chaz saludó a Briny mientras esperaba que el portero contactara a Meg. Haberse quitado el peso de la audición hizo sentirse a Chaz diez libras más liviano. Él movió el gran buqué de rosas rosadas que llevaba y se pasaba de mano a mano.

Nuestra última noche junta por meses. Un sentimiento nervioso le invadió de nuevo. *¿Podrá soportarlo? ¿Seguirá conmigo? ¿Está enamorada de Dunc o Chaz? La necesito... como el aire... como la comida.*

"Puede subir," Briny hizo un gesto con su sombrero.

Chaz le hizo el saludo de Grady Spencer.

"¡Si, señor!" Briny se rió mientras Chaz se dirigía al ascensor.

Puede que Chaz lo estuviese imaginando, pero le pareció oler el aroma de una comida hecha en casa inclusive mientras estaba en el ascensor. *¿Esto viene del apartamento de Meg?*

Cuando se abrió la puerta del apartamento, Chaz encontró una hermosa vista: Meg llevando puesto un sexy vestido veraniego y al mismo tiempo el aroma de una exquisita comida lo saludaba. Entró al apartamento y antes de que ella pudiese hablar, la tomó en sus brazos. Después de un beso amoroso, él retrocedió.

"¿Y?" Preguntó ella.

Él levantó una ceja.

"¿La audición? ¿Cómo te fue?" Ella apoyó sus manos sobre sus caderas.

"¡Ah, eso! Estuvo bien." Él sonrió.

"¿Qué te dijeron?"

"Nunca dicen nada. En un par de semanas lo sabré. Lo hice lo mejor que pude, así que sólo me queda esperar. ¿Qué estás cocinando?"

Meg le pasó una botella de champaña *Piper Hiedsieck*.

"Para celebrar. Ábrela tú. Traeré las copas."

"Me encanta el champán. ¿Qué estás cocinando?"

"Nada pretencioso – el pastel de carne de mi madre. Es el favorito de Mark," dijo desde la cocina.

Chaz dejó de torcer el corcho del champán. Se acercó a la mesa preparada para dos personas, con una buena vajilla y cubiertos de plata. Se le formó un nudo en la garganta. Puso la botella en la mesa y parpadeó rápidamente. *Pastel de carne. Nadie me había hecho pastel de carne desde... mamá.*

Megan volvió a la sala con dos copas de champán vacías en la mano.

"Porque no has..." dijo ella hasta que vio la cara de Chaz.

"¿Pero... qué?"

Chaz subió sus palmas hasta ella, aun parpadeando mientras respiraba profundo.

"¿Estás bien?" Megan frunció su ceño mientras puso su mano en el brazo de Chaz.

Pasó el dorso de su mano por sus ojos y le dio la espalda a Megan.

"Acaso hice algo..." trató de decir Megan con voz apagada.

Aun dándole la espalda, él negó con su cabeza sin poder hablar. Meg se acercó por detrás de él y envolvió con sus brazos su cintura abrazándolo.

"Sea lo que sea... te amo, así que no..." Meg dejó de hablar, su mano voló a su boca, mientras ella retrocedió.

Chaz se giró para ver la cara de Megan que se había puesto rosada. Ella evitó mirarlo.

"¿Qué?" Logró decir Chaz.

"Olvida eso. Bórralo de tu memoria... amigos con derecho"

"¿Acabas de decir lo que creo que dijiste?" *Ella lo dijo.*

Meg lo llevó hacía la mesa. "El champán," dijo ella rápidamente, cambiando el tema.

Chaz agarró la botella y le sacó el corcho mientras aún miraba a Megan.

"¿Meg... acabas de decir que...?" *Ella dijo que me amaba.*

"No lo repitas. Ambos lo escuchamos. Ahora olvídalo." Ella siguió haciendo cosas, como enderezar tenedores que no necesitaban enderezarse.

Chaz sirvió el champán en las copas, mirando secretamente a Meg.

"Voy a por el pastel de carne."

Él tomó un trago grande del fino champán cuando ella salió de la sala. Luego, él respiró muy profundo antes de dejar salir el aire lentamente. *Cálmate. Pastel de carne y "Te amo." No puedo con todo.*

Megan se acercó a la mesa, llevando con ella una bandeja de pastel de carne cubierto con salsa y trocitos de tomate, patatas asadas alineadas a un lado y judías verdes en el otro.

"Es... es estupendo," logró decir Chaz, sus ojos al borde de las lágrimas.

Meg puso la bandeja en la mesa. Mientras él pasó una servilleta por sus ojos, ella se acercó y lo abrazó. "¿Qué ocurre? ¿No te gusta el pastel de carne? Era la receta más fácil que tenía. A Mark le encanta, así que pensé que a ti también te gustaría."

"Es mi favorito." Sus palabras a duras penas podían oírse.

"¿Entonces por qué estás así?"

En vez de responder, él alejó las manos de Megan, agarró su champán y se lo terminó antes de volver a llenar la copa. Él se sentó donde ella le indicó.

Megan empezó a cortar el pastel en gruesos cortes de una pulgada. "Bueno, dime."

A Chaz se le hizo agua la boca mientras miraba como Megan cortaba la carne perfectamente cocinada.

"Por Dios, se ve excelente. En los días de fiesta, cuando mi mamá estaba bien... durante su lucha con las drogas... preparaba pastel de carne. No teníamos nada, cero dinero, así que la mayoría del tiempo comíamos pasta. Los cupones de comida complementaban los cheques de la prestación social. El pastel de carne era la comida especial más barata que ella podía preparar."

"Así que se volvió tu favorita."

Él asintió.

"Hacía un pastel de carne fantástico. Me encantaba. Su pastel de carne era lo único que para mí hacía que los días de fiesta fuesen distintos. En Navidad siempre lograba darme un pequeño regalo además del pastel de carne, pero el Día de Acción de Gracias y Pascua solo comíamos pastel de carne. Yo me sentía ansioso por comerlo desde días antes. Después de su muerte ninguna de mis familias de acogida hacía pastel de carne. Todo era pasta otra vez. El Día de Acción de Gracias comíamos pavo relleno y puré de patatas pero nunca sobraba."

"¿También te gusta el pavo?"

"Me encanta lo de los Días de Acción de Gracias normales... ver el desfile, partidos de fútbol, comer demasiado"

"Pero tú no comías mucho, ¿verdad?" Preguntó Megan, confundida.

"Cuando no estás acostumbrado a grandes raciones, una normal te hace sentir lleno. Pero después de mamá, nunca comí mucho pastel de carne."

"¿Y en casa de los Gold?"

"La casa de los Gold era un palacio comparado a otras familias de acogida. Pero eran viejos, cuidaban su peso y el colesterol. Comíamos mucho pollo... y un gran pavo para el Día de Acción de Gracias. Me puse enfermo mi primer Día de Acción de Gracias por comer demasiado. No había límite de comida en su casa." Chaz podía ver como las lágrimas empezaban a formarse en los ojos de Megan. Él tomó su mano.

"No llores, pollito. Eso fue hace mucho tiempo y sólo durante un par de años. Tuve días de fiesta, regalos y comida excelente en la casa de los Gold."

Unas cuantas lágrimas cayeron por las mejillas de Megan cuando él besó la palma de su mano.

"No puedo imaginarme como era eso. ¿Cómo resultó que terminaste siendo tan... tan... dadivoso después de eso?"

Chaz se rió. "Los Gold eran personas muy generosas. Esos fueron unos de los años más felices de mi vida. Emily tocaba el piano para mí para que yo pudiese practicar mi canto... así como lo haces tú."

Megan sonrió hacia Chaz. "¿Así que te recuerdo a Emily Gold?" Megan subió una ceja.

"¡Un poco!" Él estalló de risa. "¿Me vas a dejar probar el pastel? ¿No puedes ver que estoy babeando, Y no solo por ti?"

Meg sacó un grueso corte con la espátula y la puso sobre el plato de Chaz. Sirvió las patatas y judías verdes antes de añadir un poco de salsa sobre la carne. Para satisfacer a su gruñón estómago, con su tenedor Chaz agarró un trozo de la carne que ella había puesto en su plato. Él cerró sus ojos por un momento mientras masticaba. Aunque el sabor no era exactamente el mismo, era lo suficientemente parecido. Él juraba que podía ver a su hermosa madre viéndolo comer, con una expresión preocupada en su rostro. "Dime, Chaz, ¿cómo está?" Le preguntaría ella.

"Está excelente mamá, como siempre que lo haces," respondería él, tragando enormes trozos de la sabrosa comida antes de que esta desapareciera.

"¿Las chicas con las que sales nunca cocinan para ti?"

"Ellas esperan que yo las saque a comer." Él enterró su tenedor en otro trozo.

"Pero a veces ellas devuelven el favor... ¿no?" Meg cortó su pastel con su tenedor.

Él negó con la cabeza. "Algunas mujeres no quieren cocinar hasta que haya un anillo en su dedo. Una mujer a la que le guste cocinar es... un tesoro."

"Has estado saliendo con las chicas equivocadas," murmuró ella antes de probar una pieza de la sabrosa carne.

"Esto es el cielo. ¿Cómo lo hiciste? Es... es magia. Me encanta." Él agarró otro trozo y lo puso en su boca.

"Y yo que pensé que lo mejor sería el postre."

"¿Postre?"

"He preparado tarta de manzana."

Chaz casi se ahoga con su comida, tosiendo y escupiendo. Megan corrió a la cocina, y volvió con un vaso de agua. Él dejó de toser y siguió bebiendo antes de hablar. "¿Me has preparado una tarta de manzana?"

"Sí. ¿Qué tiene de especial?" Ella hizo un gesto con los hombros.

"Nunca había comido tarta de manzana casera."

"¡Oh, por Dios!" Los ojos de Megan brillaban con lágrimas que no salían. Ella lo besó. "Tú eres toda una sorpresa para mí." Alejándose, Meg estudió la cara de Chaz.

"¿Por qué?"

"Porque eres este rico y famoso astro de cine, pero aun así, muchas cosas que doy por hechas en mi vida nunca existieron en la tuya."

"Ah, ese es el punto. Evitar que el público sepa sobre Dunc, el muchacho del Bronx, quien aún está intentando ponerse al día con la vida."

"Ahora entiendo." Megan tomó otro bocado de comida. Chaz terminó su ración y pidió una segunda, la cual también se terminó.

Cuando Megan trajo la tarta, Chaz se dobló para oler la tibia creación. El aroma estimulaba sus papilas gustativas de la misma forma que una mujer sexy estimulaba su cuerpo. "Esto huele fantástico. ¿Tú has hecho todo esto por mí?"

Megan cortó la tarta. "¿Por qué no? Es una celebración con suerte obtendrás el papel estar en Broadway"

"Entonces podremos estar juntos todo el tiempo." Él terminó la frase de ella.

Después de la comida, Chaz cargó el lavaplatos y limpió, insistiéndole a Megan que se relajara. Cuando regresó a la sala de estar, secando sus manos con una toalla, se detuvo al verla. Obviamente, ella había cambiado. Ahora ella llevaba puesto un muy corto camisón con tiras tipo espagueti y un pequeño pliegue por debajo. Ella tentó el otro apetito de Chaz.

"Ah... ahora veo cual es el verdadero postre, ¿eh?" Su mirada se detuvo en los senos de Megan.

Ella se rió y se acercó a él. "Ya que te tienes que ir mañana, no quería perder tiempo."

"Pollito, me tientas más de lo que puedo aguantar... otra vez." Chaz llevó a Megan de regreso a la habitación de ella.

Megan yacía boca abajo en la cama mientras jugaba con el pelo del pecho de Chaz con sus dedos. *Cada vez... yo nunca había sentido algo así haciendo el amor. Alan podría tomar lecciones de Chaz.* Cuando ella miró a Chaz a los ojos, vio una suave y amorosa mirada cubriéndola, protegiéndola como una casa protege a la gente de la nieve y la lluvia. Los dedos de Chaz pasaban por el cabello de Megan, sus labios mostrando una suave sonrisa.

"A mí un hombre nunca, me había hecho el amor así," admitió Megan, su mirada bajando al pecho de Chaz nuevamente.

"Es una lástima. Tu mereces ser muy amada todos los días."

El reloj de la sala tocó las diez en punto. "Hora de otra porción de tarta." Chaz besó la cabeza de Megan.

"¿Tienes hambre de nuevo?"

Megan se levantó mientras Chaz salía de la cama. De repente, él agarró a Megan de la cintura y la tiró de nuevo en la cama antes de saltar al lado de ella. "No se que quiero más si una porción de tarta o una de ti otra vez." Su boca cubrió la de ella con un fuerte beso.

"¿Ahora tengo que competir con una tarta?" Ella arqueó una ceja hacia él, intentando evitar sonreír.

"¿Puedo comerme un trozo de tarta mientras te hago el amor a ti?" Dijo él con una sonrisa pícara.

"¡Que atrevimiento!" Megan se levantó de la cama, agarrando una almohada.

Chaz subió sus manos en posición defensiva. "Vamos, Meg, sólo bromeo"

Ella golpeó a Chaz con la almohada y luego estalló de risa. Chaz agarró la otra almohada de la cama y golpeó a Megan en su trasero. Él se rió cuando ella abrió sus ojos de indignación.

"Pegándome con la almohada, ¿eh?"

Chaz salió corriendo, pasando desnudo por el pasillo mientras Megan, también desnuda, lo perseguía. Cuando llegó a la sala de estar, ella le lanzó una almohada. Esta le hizo perder el balance a Chaz, y él cayó al piso. Saltando sobre él, Megan abrazó las caderas de Chaz con sus piernas. Él agarró una de las manos de Megan, arremetiéndole con la almohada en su otra mano. Ambos se reían tanto que a duras penas podían respirar. Megan le hizo pedorretas con la lengua en su cuello. Mientras Chaz estaba atacado de la risa, ella aprovechó el momento para quitarle su almohada. Él subió la suya para golpearla nuevamente, pero ella le bloqueó. Él la abrazó hacia él con un brazo y le dio en las nalgas con la almohada.

Ella se levantó un poco. Cuando él estaba a punto de besarla, se oyó un chirrido. Sus cabezas se giraron para mirar a la puerta principal y ver a los sorprendidos Mark y Penny, de pie en la entrada, dejando caer sus maletas.

Megan gritó. Penny estiró a Mark hacía afuera y cerró la puerta mientras los amantes desnudos se retiraban rápidamente a la habitación de Megan. Ella cerró la puerta de su habitación y se apoyó en ella. La puerta frontal se cerró nuevamente, indicando que Penny y Mark ya estaban dentro del apartamento.

"¡Ay, por favor!" jadeó Meg.

Chaz cubrió su cara con su mano.

"¡Mierda! Mark me va a matar."

Meg asintió lentamente, "primero a ti, luego a mí."

"Mejor me voy." Chaz alcanzó sus bóxers.

Megan puso su mano sobre el brazo de Chaz. "¡No!"

Él se detuvo.

"Esta es nuestra última noche juntos hasta... quizás dentro de tres meses. Tengo derecho a quedarme durmiendo contigo... soy una mujer, no una niña."

"No me lo tienes que decir," dijo él, con sus ojos encendiéndose.

Megan alcanzó su bata del gancho detrás de la puerta.

"Esto es incómodo para ti. Meg, yo debería irme."

Ella lo agarró del brazo. "Por favor, quédate. Ellos están cansados y de mal humor después de un largo viaje en avión. Podemos estar en mi habitación y hablar con ellos en el desayuno. ¿Por favor, Dunc?"

Él se acercó a Megan y cerró sus manos sobre los hombros de ella. Megan elevó su mentón para aceptar el beso de Chaz, el cual rápidamente se volvió muy apasionado. A medida que él apretaba a Megan, ella se sintió como una gelatina entre sus brazos. Chaz la llevó suavemente a la cama, acostado sobre ella. Las manos de Megan acariciaban los hombros de Chaz, sus dedos ligeramente agarrados a él. Un suave gemido escapó de la garganta de ella.

"Quiero estar contigo esta noche." Con la punta de su lengua, él jugueteó con la punta de su pezón, poniéndolo duro.

"Ámame," suspiró ella, deslizando sus manos por la espalda de Chaz.

"Será un placer," murmuró él.

Megan estrechó sus ojos, estudiando la cara perfecta de Chaz. *Quiero recordarlo de cerca.*

Chaz entrelazó sus dedos con los de ella y mantuvo quietas sus manos mientras él la besaba y con sus labios mordía suavemente en su cuello y pecho. Cuando él la soltó, ella introdujo sus dedos en el grueso cabello de Chaz mientras la boca de él la encendía en llamas.

"Tu piel... tan suave," murmuró él. Sus manos se deslizaron hasta sus senos y estómago, luego a sus muslos y de regreso a sus senos.

Megan tocó el pecho de Chaz. *Mi parte favorita... no... bueno... tal vez... casi.*

"Me encanta tu cuerpo." Él besó un camino hasta el estómago de Megan.

"Que va, no te creo." Ella se rió y se inclinó, poniendo la palma de su mano sobre el pecho de Chaz, y luego besó su cuello. Un gemido escapó de los labios de él, animándola a que siguiera besándole, trabajando su camino hasta el sensible hoyo de su garganta donde ella podía notar como su corazón latía cada vez más rápido. Suavemente empujándolo sobre su espalda, ella pasó ambas manos sobre su pecho antes de que siguieran sus labios, plantándole besos. Los gemidos de Chaz se volvieron más fuertes cuando la mano de ella se deslizó más abajo y lo agarró. Él movió su cabeza hacia atrás y cerró sus ojos.

"Por Dios, Meg." El toque de ella hizo que él se endureciera más.

Ella sonrió al ver la mirada de pasión en el rostro de Chaz. Él movió su mano por la espalda de ella hasta bajar a sus nalgas. Él las apretó y luego metió dos dedos en medio de sus piernas. Ella resopló sorprendida cuando estos la penetraron. Chaz se sentó derecho, con ojos calientes de necesidad y puso la espalda de Megan contra la cama. Los labios de él se agarraron a los de ella y su lengua demandaba entrada mientras sus dedos empujaban adentro y afuera de su caliente y mojado centro. Un pequeño gemido, atrapado en la garganta de Megan, animaba a Chaz. Él subió su cabeza para ver los ojos de Megan mientras ella movía sus caderas al ritmo de la mano de Chaz.

"Dunc, ¡oh, Dios! Dunc," gimió ella cerrando sus ojos.

Bajando su cabeza, él mordió muy ligeramente la punta del pezón de Megan antes de lamerlo y chuparlo fuertemente. Sus dedos se deslizaron por fuera de Megan pero él continuaba acariciando su sensible piel.

"Te deseo, Meg." Susurró él.

"Tómame," jadeó ella.

"Sé mía."

"Lo soy... por favor"

Con ambas manos Chaz separó las piernas de Megan y se detuvo un momento para mirarla. Demasiado excitada para avergonzarse, ella jadeó y abrió sus brazos. La mano de Chaz agarró una rodilla de Megan y la levanto mientras él la penetró, suavemente al principio. Luego, con un duro empujón, él entró más profundo.

La pasión oscureció los rasgos de Chaz, y su cabello brillaba en la poca luz de la lámpara de la mesita de noche. Sus ojos brillaban y su sexy boca sonreía hacia Megan. Mirarlo incrementó su deseo. El calor se esparció por las venas de ella, produciendo una chispa en cada terminal nerviosa. El fuego lamía sus músculos, su interior se quemaba mientras Chaz se movía dentro y fuera de ella posesivamente, demandando su cuerpo, su espíritu y su corazón. Megan estaba poseída por la pasión de Chaz y la de ella mezclándose juntas para crear un estruendo de deseo. Ella lo necesitaba físicamente, emocionalmente y mentalmente.

Mientras sus cuerpos se sacudían, Meg movió su cabeza al lado para reposar su cara en el cuello y hombro de Chaz. El cerrar sus ojos le permitió concentrarse en las sensaciones que él creaba en su cuerpo. La presión empezó a acumularse. Su deseo se intensificaba, duplicándose y triplicándose hasta que ella a duras penas lo podía aguantar.

"¡Dunc!" Gritó ella mientras su cuerpo temblaba por el orgasmo, el placer esparciéndose de la cabeza hasta los pies. Los dedos de ella agarraban fuertemente los hombros de Chaz. Cuando ella se relajó, con respiración irregular, él fue yendo más lento y luego se detuvo.

Apoyado en sus codos, Chaz se inclinó hacia adelante y besó la nariz de Megan. "Las damas primero." Una sexy sonrisa se formó en sus labios.

La boca de Megan se plantó en la de él, y ella lo besó con todo lo que tenía. Él incrementó el ritmo. Los dedos de ella se agarraban de la espalda de Chaz que tenía una delgada capa de sudor. El calor entre sus cuerpos continuó creciendo mientras él empujaba más fuerte y rápido.

"¡Oh, sí!" murmuró ella mientras su cuerpo respondía.

Él empujó más y más duro, más y más rápido. El segundo orgasmo de Megan la llenó antes de que Chaz perdiera el control, explotando dentro de ella. Por un momento, el único sonido que había en la habitación era la respiración jadeante de dos amantes exhaustos.

La última vez en meses. Meg ya no podía ignorar este devastador hecho. Las lágrimas nublaron sus ojos mientras ella descansaba su mejilla sobre el hombro de Chaz.

Chaz dejó besos suaves bajo la oreja y cuello de Megan mientras suspiraba de satisfacción. "Desearía que pudieses venir conmigo mañana," dijo él mientras se separaba de ella y se ponía a su lado.

"Por favor, abrázame," suspiró ella con voz temblorosa.

Él la envolvió con sus fuertes brazos y descansó su mentón sobre la cabeza de ella. Megan apagó la luz de la lámpara de la mesita de noche. *La siguiente mejor parte... dormir junto a él toda la noche.*

Hicieron la cucharita y Chaz apretó su brazo alrededor de ella, acercándola más hacia él. "¿Cómo dormiré sin ti?" susurró Chaz en el cabello de ella.

"Sólo tres meses"

"Tal vez dos. Reza por que sean dos."

"Antes de que ella pudiese responder, ya se había dormido."

Chaz y Meg estaban callados como ratones de biblioteca a las siete de la mañana siguiente, esperando no despertar a Mark y a Penny. Se ducharon juntos, disfrutando sus de cuerpos una última vez antes de que Bobby pasara a por Chaz a las nueve y quince.

Megan se vistió con su traje de negocios antes de dirigirse a la cocina para hacer café. *El aroma probablemente los despertará.* Ella se mordió su labio inferior, ansiosa de evitar una confrontación con su hermano mayor.

Meg cascó un par de huevos sobre una sartén caliente y escuchó como se freían, apartando pensamientos de su mente acerca de lo que estaba ocurriendo en su vida, en su corazón. *Tú sabías como era este estilo de vida antes de involucrarte.* Ella saltó cuando notó a Chaz detrás de ella y puso sus manos en su cintura. Una sonrisa apareció en el rostro de Megan mientras él se agachó para morderle suavemente su cuello con los labios.

"¿Puedo desayunarte a ti?" Las manos de Chaz pasaron delante de Megan y se desplazaron hasta arriba para tomar sus senos.

"Pensé que ya me habías desayunado." Ella se rió cuando los pulgares de Chaz encontraron sus pezones y dibujaron círculos sobre estos.

"Nunca es suficiente," murmuró él en el cabello de ella.

"Quita tus manos de mi hermana."

Chaz pegó un salto detrás de Megan. Un adormilado Mark se rascaba su mentón con rastro de barba con una mano, mientras que la otra la pasaba por su cabello desaliñado. Sus bóxers colgaban bajo en sus caderas. Él se los subió un poco mientras miraba a Chaz y a Megan.

"Buenos días. ¿Café?" Megan intentó mantener un tono despreocupado.

"¿Qué estás haciendo aquí, Dunc?"

"Estoy viendo a Meg... ya hace un tiempo."

"¿Cuánto? No puede ser mucho."

"Mark, eso no es asunto tuyo." El calor de la ira subió a la cara de Megan.

"Te estás acostando con mi hermana, tratándola como una fanática tuya." Mark formó un puño con su mano y dio un paso adelante hacia Chaz.

"No es así Mark. Yo me preocupo por ella. Esto no es algo pasajero." Chaz subió sus manos hacia Mark.

"¿Qué demonios estás haciendo?" gritó Megan, dando un paso adelante hacia su hermano.

"Lo que deberías haber hecho tú. Este tipo necesita límites."

"Lo que Dunc y yo hagamos no es de tu incumbencia."

"¿Oh? ¿Así que ahora es 'Dunc' para ti también? ¿Desde cuándo? ¿Cuándo te la follaste?" Con ojos amenazantes, Mark se giró para mirar a Chaz.

A Chaz se le subieron los colores. "A ver, ven, Davis." Chaz formó puños con sus manos y las puso cubriéndose el rostro.

"No me tientes"

"¡Apártate, Mark! Nada de esto te incumbe. Si no estuviésemos viviendo juntos, no sabrías una mierda sobre mi... eh... vida privada."

"Tienes razón. Pero vivimos juntos, enana. Quiero saber a qué juego estás jugando con Meg."

Mark miró a Chaz de forma amenazante.

"Eso es entre Meg y yo. No estoy viendo a nadie más. Ella no es una fanática... es mi chica. Mía y sólo mía, si es que eso en algo te afecta. A diferencia de los deportistas presumidos, no tengo problema para ser fiel a una mujer," disparó Chaz, entrelazando sus dedos con los de Meg.

Un olor a quemado, seguido por un fuerte chillido del detector de humo, captó su atención.

"¡Maldita sea, los huevos!" exclamó Meg, agarrando la sartén y quitándola de las llamas antes de apagar la estufa.

"No todos los atletas son así," dijo Mark mientras abría totalmente la ventana de la cocina.

"Me estás jodiendo, ¿verdad?" Chaz dejó salir una risa irónica.

"Hablo en serio. Yo no soy así, y hay otros"

"Cuéntalos con los dedos de una mano Mark." La ira encendió los ojos de Chaz. "No me gustan las fanáticas. Ya pasé por eso. Yo no soy así, y no me gusta que me acuses de eso frente de Meg."

"Chicos... chicos. Está bien." Meg subió sus manos.

"Entiendo que ella es tu hermana Mark, pero no es un bebé. Tiene derecho a tener una relación adulta conmigo. No veo en que te afecta lo que hagamos."

"Debo proteger a mi hermanita. ¿Tú no tienes una hermana o hermano pequeño?"

"Soy hijo único."

"Ella es mi hermanita y la estoy defendiendo. Siempre lo he hecho y siempre lo haré. Nadie se mete con Meg."

"No me estoy metiendo con ella. Yo... yo..." Chaz se detuvo.

"¡Mirad! Estoy aquí, sí. En la habitación. Los dos estáis hablando como si yo no estuviese. Puedo cuidar de mi misma, gracias Mark, pero creo que puedo gestionar las cosas. Y Chaz, Mark tiene buenas intenciones pero yo puedo hablar por mí misma. Gracias por la protección, chicos."

"Es hora de que te acostumbres a que Meg tenga su propia vida, Mark," dijo Penny desde el arco de la cocina.

Ella se dirigió a la cafetera. Mark le alcanzó una taza para ella. Ella sirvió café, añadió leche y azúcar y tomó un sorbo antes de poner su mano sobre el brazo de Mark.

"Algún día Meg se casará, Mark. Pondrá a otro hombre por encima de ti. Tienes que aceptar eso."

"Lo haré. Lo haré. ¿Pero un astro de cine? ¿Tú crees que va en serio con ella? Yo creo que es un mujeriego."

Mark, Penny y Meg se giraron para mirar a Chaz. *Entonces... ¿lo eres? No lo creo pero tal vez esté equivocada.*

"¡Espera un minuto!" Chaz subió la palma de su mano. "Yo no soy un mujeriego. No estoy con Meg sólo para pasar el rato. Ella... ella es especial, no como las demás." Él miró su reloj.

Ellos siguieron mirándolo. *No le digas que la amas... no.*

"Mis sentimientos por Meg son privados. Debo irme," dijo Chaz antes de salir de la habitación.

Meg dejó su taza y le acompañó a la puerta principal, deteniéndose en el arco, se giró y miró a su hermano. "Muchas gracias, Mark. Buen trabajo intimidando a mi novio."

Cuando él llegó a la puerta principal, Chaz atrajo a Megan para darle un último beso. Meg se derritió con él.

"Tengo que irme. Te llamaré esta noche."

Ella no podía ocultar una sensación de duda en él. *Esas palabras son el beso de la muerte.*

"Es en serio. El tiempo pasará volando... y luego estaremos juntos de nuevo. Pronto."

La mirada de Megan lo siguió mientras él salía por la puerta. *¿Volveré a escuchar de ti o acaso esto simplemente se convertirá en un gran recuerdo?*

Capítulo Diez

Más tarde esa noche Megan recibió un mensaje de texto de Chaz explicándole que tenía cien cosas que hacer antes de salir para Phoenix y que la llamaría cuando hubiese terminado. *Si claro, seguro. Está bien. Fue divertido. Te llamaré... famosas últimas palabras de un hombre.*

Ella dejó de hablarle a Mark para mantenerse alejado el tema de su relación con Chaz. Concentrada en su trabajo, Megan creó gráficos, analizó acciones y fondos de inversión y para algunas reuniones con clientes potenciales nuevos. Algunas de las personas que la contactaron por Internet cuando se supo que ella estaba gestionando la cuenta de Chaz Duncan se mantuvieron amigables. Conversaba con ellos durante el almuerzo y antes o después de trabajar.

El sábado estaba agotada y se escondió del mundo bajo el edredón. Un golpe en la puerta la despertó. "Soy yo," dijo Penny desde detrás de la puerta cerrada.

Megan se puso su albornoz y abrió la puerta. Penny le pasó una taza de café, justo como a Megan le gustaba. "No te puedes esconder en tu habitación para siempre. Mark lo siente, Meg. Por favor... ven y habla con nosotros. Estamos preparando huevos con beicon."

"¿Mark? ¿Has llamado a los bomberos?" Meg se bebió el café mientras seguía a su cuñada. El tentador aroma la atrajo anulando sus defensas.

"Ha estado practicando y se ha vuelto muy bueno. Ya verás."

Eran las diez en punto cuando Meg se sentó en la mesa. El aroma del beicon frito le despertó el apetito. El beicon de Mark estaba crujiente pero no se rompía, justo como a ella le gustaba y los huevos estaban bien cocinados, sin pasarse. Se comió rápidamente la comida, como si no hubiese comido en toda la semana."¡Delicio.so Mark, felicidades!"

Su hermano sonrió y le hizo una reverencia. La distrajo su teléfono, Megan contestó. Era Chaz. "¡Hola, pollito! ¿Cómo estás?"

"¿Chaz?" Ella salió de la cocina, buscando un lugar privado para hablar con su amado.

"No suenes tan sorprendida. Te dije que te llamaría."

"Supongo que no te creí."

"¿Qué tengo que hacer para convencerte de que no estoy jugando contigo?.... ¿Declararte mi amor eterno?"

"No estaría mal."

Chaz se rió y Megan se vio a si misma sonreír.

"¿Pensaba que habíamos decidido no enamorarnos?"

"Sí. Por supuesto, 'Si Te Amara'... lo siento, lo olvidé." *Ufff. Eso no es lo que quería escuchar.*

"Estamos en las mismas." Él habló lentamente. Ella detectó un tono de reluctancia.

"¿Cómo te ha ido el viaje?"

"Phoenix es caluroso y seco. Y el clima también es perfecto para cuando toca filmar al aire libre."

"¿Alguna mujer en el elenco de quién deba preocuparme?"

"Nadie que pueda preparar un pastel de carne como tú lo haces."

Megan se rió.

"Si ves fotos de mi saliendo con mujeres del elenco, ignóralas. Tener un par de cenas con la mujer que hace el papel de tu interés amoroso es obligatorio. Sólo es publicidad. No quiero que pienses que estoy saliendo con Anna Jason o con nadie más. Es sólo publicidad, ¿de acuerdo?"

"De acuerdo. Nunca había tenido a un hombre que me dijera que ignore sus citas con otras mujeres."

"Es mi trabajo, Meg."

"Supongo."

"Pollito, concédeme el beneficio de la duda. ¿No te encuentras tú con tipos para cenar, tratando de convertirlos en clientes?"

"Tal vez..." *No. Sólo una cantante de ópera y una cochera.*

"¿Oh?" El inconfundible toque de celos en la voz de Chaz puso una sonrisa en la cara de Megan. *¡Te pillé!*

"Nada de qué preocuparse, señor Duncan. Sólo son negocios."

"Touché. No te enamores de nadie más, Meg. Prométemelo." El tono suplicante en su voz calmó a Megan.

"¿Cómo puedo prometer eso?" *Mark siempre dijo que nunca se lo pusiera muy fácil. Haz que un hombre se lo gane o perderá el interés.*

"Inténtalo."

"Muy bien. Lo prometo." *¿Cómo me voy a enamorar de otro cuando estoy perdidamente enamorada de ti?* "Lo mismo te digo." Meg mordió su labio.

"No hay problema. Tú eres una entre un millón."

Meg se desplomó en el sofá y descansó sus pies sobre la mesa de café. "Dices las cosas más dulces."

"Si estuviese allí, haría más que hablar."

"También estás pensando en eso." El recuerdo de los besos de Chaz envió escalo fríos por la columna de Megan.

"Tengo que irme. Hablamos luego. Te a... te veo luego."

Y luego colgó el teléfono. *Casi lo dice. Por lo menos ha llamado.*

La festividad del cuatro de julio, Meg acompañó a Mark y a Penny a unas vacaciones de tres días en la playa. Todos parecían tener pareja excepto ella. Aun así, el océano de la Isla del Fuego se estaba hermoso, aunque frío y cuando ella no estaba echaba de menos a Chaz, leía dos libros. Un par de hombres intentaron coquetearla en la playa pero cuando has tenido champán, no te conformas con cerveza. Nadie podía compararse a Chaz. Tanto si *él* quisiera una relación con ella o no, su corazón le pertenecía a él. Así que, sonrió a los guapos tipos de la playa y regresó a su habitación sola.

Cuando volvieron a la ciudad, Megan fue sorprendida al encontrar a un preocupado Briny trabajando en la puerta durante su día libre. Baxter estaba acostado en el tapete del piso detrás de él. "¿Puedo hablar con usted, señorita Davis? ¿En privado?"

Ella asintió y Briny la llevó a la parte trasera del vestíbulo mientras Penny y Mark, cargando todo el equipaje, intentaban subir. "¿Qué pasa Briny?" Megan cerró sus dedos en el antebrazo de Briny.

"La señora Bender murió ayer."

"¡Oh! lo siento tanto."

"Tenía noventa años, así que era un poco de esperar. Pero tengo un problema."

"¿Cuál?"

"Baxter. La familia dice que no se lo llevarán y mi arrendador dice que hizo una excepción mientras la señora Bender estaba enferma, pero que los perros no están permitidos en mi edificio. No quiero llevarlo a la perrera. Lo matarán. Sólo tiene tres años. ¿Qué voy a hacer?" Su mano temblaba cuando sacó un pañuelo del bolsillo de sus pantalones para limpiarse la frente. "Los perros están permitidos en este edificio, ¿verdad?"

Él asintió con la cabeza.

"¿Por qué no lo cuido hasta que tú le puedas encontrar un hogar permanente?"

"Se lo agradecería mucho. Yo lo sacaré a pasear mientras usted trabaja... sin cargo adicional."

Megan le sonrió a él.

"Trato hecho."

Briny sacó la correa de Baxter, sus bolas de comida y agua, más su único juguete. Cuando Megan se acercó al ligeramente regordete pug, éste movió su cola y jadeó, con su lengua rosada colgando de su boca. "Es precioso."

"Es muy bueno, señorita Davis. Se porta muy bien, no hace nada en casa y tampoco muerde los muebles. Pero se siente algo solo. Creo que echa de menos a la señora Bender."

Megan tomó la correa de Baxter y lo llevó al ascensor. *Quizás debía haber preguntado primero a Mark. Es su apartamento. Quizás me deba mudar.*

Mientras subían por el ascensor ella acarició a Baxter, quien seguía moviendo su cola. *Espero que a Mark le gusten los perros. Le solían gustar. Mmm.* Ella empezó a sudar mientras caminaba por el pasillo. Baxter corrió a su apartamento tan pronto como ella abrió la puerta. Meg se quitó los zapatos y puso las llaves en el tazón plateado. Se dirigió a la sala y encontró a Penny sentada en el suelo, acariciando a Baxter y riéndose.

"Me has pegado un susto terrible... o debería decir que este perrito lo hizo. ¿Quién es?"

"Se llama Baxter y lo estoy cuidando hasta que Briny le pueda encontrar un hogar."

"Es adorable."

Cuando Mark entró a la sala, Baxter corrió hasta él y saltaba. Mark cayó en el sofá y Baxter se puso sobre su pecho, lamiéndole la cara. Mark terminó riéndose.

"Es maravilloso." Penny sonrió.

"Lo sé. Es tan bueno. Su ama murió y ya no tiene hogar. Estoy pensando en cambiarle el nombre."

"¿De qué raza es?" le preguntó Mark a su hermana.

"Es un pug." Megan se sentó en el sofá.

"Ciertamente es muy sociable. ¿Cómo lo vas a llamar?" Mark rascó al regordete pug detrás de las orejas.

"Estaba pensando ponerle Grady," dijo ella con una sonrisa pícara.

"¿Dónde he oído eso antes?"

"Es el personaje de Chaz en sus películas."

"Eso, claro." Mark acarició al perro, quien insistía en lamerle la cara a cada momento.

"¿Así que os parece bien si nos lo quedamos?"

"Pensaba que habías dicho que era temporalmente." Él subió una ceja a su hermana.

"Si, es que... me gusta el perrito. Y tú estás fuera la mayoría del tiempo. Chaz no estará conmigo durante tres meses. Así que pensé que tener a Grady aquí sería una buena compañía."

Mark miró a su hermana, le entregó la correa y sonrió. "Claro. Parece divertido. Si quieres, quédatelo."

Megan se levantó para abrazar a su hermano, y le sonrió a Grady.

"Grady es tu nuevo nombre, ¿de acuerdo, amiguito? Vamos a comprarte algo de comida para perro."

Penny se sentó junto con Mark en el sofá y se apoyó en el hombro. Megan salió del apartamento.

Después de cenar Megan se estiró sobre su cama para leer. Grady llegó para unirse a ella. Dio vueltas en una pequeña área al pie de la cama y luego se acostó para empezar a roncar. *Supongo que dormirá conmigo esta noche.* Ella sonrió. *Supongo que si no puedo dormir con Dunc, Grady es la segunda mejor opción.*

Se empezó a reír. Grady abrió los ojos y empezó a ladrar. El teléfono de Megan sonó. Chaz.

"¡Hola, pollito!"

"¡Hola, Chaz! ¿Cómo va la película?"

"Bien. A veces con estupideces que uno debe aguantar pero eso es normal. ¿Me has echado de menos?" Su voz sonaba relajada.

"Tengo a un nuevo hombre acompañándome."

"¿Eh?" La repentina tensión en su voz era obvia.

"Ajá. Está aquí en este momento. De hecho, va a pasar la noche"

"¿Durmiendo dónde?"

"En mi cama." Megan no pudo contenerse y empezó a reírse.

"¡Qué!" La ira de Chaz calentó el teléfono.

"Así es." Megan puso rápidamente la mano sobre su boca antes de que se le escapara una carcajada.

"¿Quién es ese tipo?"

"Se llama Grady." Soltó ella.

"¡Grady! ¿Me estás tomando el pelo? ¿Grady? Pero qué... ¿por qué te ríes?" La ira se convirtió en sospecha.

"No me estoy... riendo... estoy..." ella bajó el teléfono y estalló en carcajadas.

"Dímelo." Su voz nuevamente estaba calmada.

"De acuerdo, sólo un minuto." Ella respiró profundo y luego exhaló... con algunas carcajadas añadidas.

"¿Quién es ese sujeto?"

"¿Recuerdas a Baxter? ¿El pug de la señora Bender?"

"¿El que Briny estaba cuidando?"

"La señora Bender murió y Briny custodiaba a Baxter. El me lo ha dado. Es un perrito de lo más de dulce. Como te extraño tanto, le puse de nombre 'Grady'."

Ahora era el turno de que Chaz se riera. Grady saltó hasta Megan, lamió su cara y dio vueltas de nuevo, esta vez más cerca de Meg , antes de caerse. "Grady es un pug. Pequeña miserable... me tenías preocupado." Chaz se rió.

"Es un perrito precioso. Lo puedes ver por el ordenador."

"Será lo mejor. Quiero asegurarme de que 'Grady' realmente sea un perro."

"¿Celoso?"

"Un poco. Después de todo, está durmiendo contigo y yo no."

"Bien. Mientras tú estás por ahí con un millón de mujeres sexys, yo estoy aquí acurrucada con Grady."

"Como desearía que estuvieses acurrucada con *Grady Spencer*."

"Yo también. Mañana voy a empezar tu informe semanal financiero. ¿Tendrás tiempo?"

"Lo tendré. Tengo que dejarte. Mañana madrugo. Dulces sueños, pollito."

"Dulces sueños, Dunc." Megan colgó el teléfono y suspiró. Se giró en la cama y pensó en Chaz. Grady lamió la nariz de Megan y luego se acostó a su lado, descansando su cabeza sobre su pierna.

A la mañana siguiente, a las seis y media, Grady estaba llorando al lado de Megan.

"Supongo que quieres salir, ¿eh?" Él le ladró a ella.

Megan apartó la sábana que la cubría y se levantó de la cama. Se puso su vestido de jersey, unas sandalias, agarró la correa de Grady más un par de bolsas y salió al ascensor. "Buenos días, Sam."

"Buenos días, señorita" dijo el portero de las mañanas haciendo un gesto con su sombrero. "Así que ahora usted tiene a Baxter, ¿verdad?"

"¿Baxter? Oh, Grady... te refieres a Grady. Le he cambiado el nombre."

"Le ha puesto el nombre del personaje que interpreta su novio en las películas, ¿no?"

"No es mi novio."

"Eso no es lo que dice ese fotógrafo."

"¿Qué fotógrafo?"

"El tipo pasa cada mañana como a las once preguntando por usted y si *él* ha estado aquí."

"¿Y qué le has dicho?" Megan puso su mano sobre su pecho.

"Yo digo 'Buenos días, señor. Bonito día, ¿eh?'. Eso es todo."

"Bendito seas, Sam" Megan se inclinó y le dio un besito al robusto portero en la mejilla.

Sam se sonrojó bastante. "Sólo hago mi trabajo, señorita."

Por Dios. Hay alguien aquí cada mañana. Megan hizo una mueca y soltó un fuerte quejido. Una vez afuera Grady se paró de repente, subió su nariz por un olor que captó su atención en el andén y le ladró a Megan. "Estoy de acuerdo, Grady. Hay que ser muy atrevido para estar espiando."

"¿Así que tú siempre paseas a tu perro?"

De repente, Megan se vio mirando a la escabrosa pero guapa mirada de Quinn Roberts.

"¿Quinn Roberts?"

"Ajá," dijo él, ofreciéndole su mano.

"Megan Davis."

"¿Megan Davis? Oh no, no *la* Megan Davis." Él levantó sus cejas.

Ella se rió. "No lo sé. ¿Cuántas Megan Davis hay?"

"La, eh, ¿amiga de Chaz Duncan?"

El calor subió a las mejillas de Megan. "Me declaro culpable." Ella caminó hacia la avenida.

"Él tiene buen gusto." Quinn le siguió el paso a Megan.

"Gracias." Megan se sonrojó más.

"¿Perro nuevo?"

"Me lo dieron ayer."

"Me lo imagino. Chaz lo hubiese mencionado."

"¿Por qué?" En la esquina, Megan y Quinn retornaron.

"Él adora a los perros. Alimentaba perros abandonados cuando estábamos actuando juntos. Es jodidamente molesto tener perros sarnosos. ¿Puedo invitarte a un café?"

"Me encantaría. Tal vez me podrías decir algo sobre el señor Duncan."

"Oh-oh. Siento que se acerca algo pesado." Él se detuvo cuando llegaron al edificio de ella.

"Voy a dejar a Grady en el apartamento. Bajo en un minuto."

Ella dejó a Quinn sentado en el vestíbulo de El Royal mientras subía a Grady al apartamento. Una mirada en el espejo y ella se quedó paralizada. Se aplicó un poco de rubor y lápiz labial, se puso un par de sandalias más atractivas y se peinó el pelo.

Cuando iba a salir, se encontró con Penny y Mark, quienes lentamente iban a la cocina.

"Podrías dar de comer a Grady?" preguntó Megan.

"Claro," dijo Penny, rascándose la desaliñada maraña de pelo sobre su cabeza.

"¿Dónde vas tan temprano una mañana de domingo?" Mark se frotó sus ojos con sueño y bostezó.

"Voy a tomar un café."

"¿Con quién?" preguntó Penny en tono casual.

"Eh... ¿Quinn Roberts?"

Instantáneamente, los ojos de Penny se abrieron más. "¡Quinn Roberts!"

"¿También te vas a acostar con él? ¿Son amigos, no? ¿Te estás volviendo una perra fanática, Meg?" La cara de Mark se nubló con preocupación y un breve destello de ira apareció en sus ojos.

"¡No seas tonto! Yo nunca le haría eso a Chaz."

"No quiero tener que darle una paliza a este tipo antes del desayuno, ¿está claro?"

"¡Ah Mark! tú sabes siempre exactamente que decir para alegrarme el día." Meg se rió mientras cerraba la puerta detrás de ella.

El ascensor la llevó rápidamente al vestíbulo del edificio. Mientras se aproximaba, la mirada de Quinn examinó sus curvas y él le sonrió con apreciación.

"Estoy lista," anunció ella.

"Como dije antes, Chaz tiene muy buen gusto." Él se levantó y salieron. Fueron caminando hasta el *Starbucks* más cercano.

Capítulo Once

Una tarde tibia de un jueves en el julio tardío, Megan se puso su vestido de jersey favorito, tomo sus notas y se sentó en una silla cómoda frente a su ordenador. Grady estaba durmiendo en su cama, roncando suavemente. Meg barajó papeles, leyendo y releyendo. Preparando su conferencia con Chaz.

Finalmente, encendió el ordenador y espero la llamada de Chaz. Eran las nueve y media en Nueva York. Ella esperó. Y esperó. Y esperó. Junto a sus pies, Grady se colocó en una posición más cómoda y Megan se movió en la silla. Veinte minutos después, la silla se había vuelto dura y castigadora. Llamó a Chaz, pero su llamada fue directa al buzón de voz. A las diez en punto, ordenó todos sus papeles y los guardó. *Quizá esté grabando o lo que sea que esté haciendo por ahí. Quizá está corriendo. Estoy segura que hay una buena explicación.*

A las once, se levantó y fue a la cocina para prepararse una taza de té. Mark estaba cubriendo a su esposa mientras Penny estaba delante del fregadero, lavando la cafetera.

"Hola, estoy aquí. No empecéis nada." Megan advirtió mientras sus hombros se desplomaban.

"¿Qué haces despierta?"

"Se suponía que tenía que tener una conferencia con Chaz acerca de las acciones de sus Productos Perkins y el fondo inmobiliario de inversión. Pero no ha aparecido."

"Veo que ha estado ocupado... realmente ocupado." Mark se separó de Penny y fue al mostrador. Tomo un periódico a color y lo lanzó en la mesa frente a Meg.

El titular decía, "Chaz Duncan acompaña a Anna Jason a la premier de la nueva Serie PBS," y debajo había una foto de Chaz con su mano en la pare baja de la desnuda espalda de Anna Jason. Meg se hundió en una silla en la mesa de la cocina. "El...tiene que hacer estas cosas. Me advirtió que no me molestara cuando tenga que salir con mujeres para... para publicidad. Por su trabajo. ¿Anna Jason?" Meg tomó el papel y lo examinó detenidamente.

"Yo creo que está jodiéndote. Está haciéndolo con esta chica Anna. Mira la manera en la que está sosteniendo su mano con la de ella." Mark se giró de nuevo y tomó un paño de cocina.

El hace lo mismo conmigo. Por dentro, ella estaba destruida, pero no podía darle más combustible a su hermano después del disgusto de Chaz. "Debo confiar en él, Mark. Me dijo que haría cosas como ésta."

"Si, entonces él puede salirse con la suya y aun así venir a Nueva York y acostarse contigo."

"¡No hables así!" Megan se levantó de la silla rápidamente, su voz sonaba molesta.

"Es la verdad. Afróntalo, enana, eres una de tantas."

"Yo no creo eso." Lágrimas de molestia punzaban sus ojos mientras el miedo a la traición roía en ella. *El no haría eso. Me lo dijo. Tengo que creerle... ¿No?*

"¿Dónde crees que estaba esta noche, Meg?" Mark puso colocó de nuevo la cafetera.

"¿Qué quieres decir?" Se apoyó en la mesa, abrazándose a sí misma.

"Estabas deprimida por aquí, esperando una llamada suya. No soy estúpido sólo porque no soy un estudiante de sobresaliente." Él le tiró el paño de cocina a Penny.

"¡Oh Dios!" ella murmuró, puso su cabeza entre sus manos mientras se hundía de nuevo en la silla.

"¡Mark!" Penny le lanzó la toalla de nuevo a él.

"¿Qué? Tú querías que supiera la verdad, ¿no es así? Yo no quiero que él le rompa el corazón"

"¿Tú crees que ha salido con Anna Jason?" Meg preguntó, mirándole.

"Por supuesto que sí. Podía haberte enviado un mensaje...Algo."

Megan se levantó y corrió a su dormitorio. Grady corrió detrás de ella, ladrando. Tomo su móvil de la mesita de noche y miró su correo. Allí estaba. Un mensaje de Chaz. Ella sonrió aliviada mientras abría el mensaje.

*Disculpa lo de esta noche. En deberes de publicidad. No
te molestes
por la foto de Anna y yo. Promoción para la seria PBS. Aún eres mí
chica.*

Meg leyó una y otra vez el mensaje vez de camino a la sala.

"¿Hay un mensaje de él?"

Ella asintió.

"Habla acerca de las fotos en el periódico y pide disculpas por no haber estado esta noche."

"Apostaría a que lo siente. ¿Viste la "estantería" de esa chica?" Mark hizo señas con sus manos.

Penny lo golpeo suavemente en el brazo. "No estás ayudando. ¿Desde cuándo te fijas en las "estanterías"?

Megan se sentó en el sofá. "Amo a Chaz. De acuerdo. Ya está. Lo dije. Aceptamos que no nos íbamos a enamorar. Demasiado tarde. Esto no funcionará si no confío en él. Tengo que creerle...darle la oportunidad. Cuando vas por la calle, Penny, debe confiar en que no la estas jodiendo como el resto de los miembros del equipo con alguna nena que te has encontrado en el bar del hotel, ¿no?"

Mark se dirigió hacia ella y puso sus brazos alrededor de sus hombros "Penny y yo estamos casados. Hemos hechos nuestros votos, declarado nuestro...amor, para no ponernos muy sentimentales. ¿Cómo se mantienen votos y promesas que no están hechas?" Los ojos de Megan se humedecieron de lágrimas. Ella escondió su cara en los hombros de Mark.

"No sé. Pero tengo que... No puedo hacer nada. Lo amo. Debo confiar en él... hasta que el rompa esa confianza. Chaz es...tiene... la vida no ha sido sencilla para él. No confía fácilmente. Le costará declararse... uno de estos días. Yo sé que lo hará. Si soy exigente y controladora, se cerrará. Necesito que esté sintiéndose libre."

"Eso es bastante sabio." Penny pasó su mano por el hombro de Meg.

"¿Qué tiene tal especial este tipo?... quiero decir, ¿aparte de su buena apariencia y dinero?"

"No lo comprenderías." Meg se secó los ojos con sus manos.

"Solías hablarme acerca de chicos," replicó Mark.

"Esto es diferente, es privado. Yo no quiero amarlo. Batallo con esto desde el principio. ¿Quién necesita celebridades? Odio el teatro y no quiero esta vida... esquivando a los medios, midiendo cada una de mis palabras. Pero ya es tarde."

"Eres demasiado buena para él. No aceptes basura, Meg. Si te rompe el corazón, tendrá que responderme a mí."

Mark se enderezó. Meg lo siguió, poniéndose de puntillas para besar su mejilla. "Gracias, grandullón."

"¿A quién le toca sacar a Grady?" preguntó Penny.

Meg y Mark se apuntaron entre sí.

Chaz estaba listo para la siguiente conferencia acordada. De hecho, ya lo estaba con antelación. Meg corrió a su ordenador cuando escuchó la notificación de la llamada, se puso lápiz labial rápidamente antes de sentarse frente a un Chas con el ceño fruncido. "Hola" dijo ella, inquieta por la mirada en su cara.

"¿Qué hacías saliendo con Quinen?"

"¿Qué?"

"Quinen Roberts. ¿No has visto *Celes R Es* aún? Tu foto está en la primera página. El titular dice, 'Quinen Roberts "toma prestada" la chica de Duncan para ¿Asesoramiento financiero?'.

"¡Eso es ridículo!" Megan refunfuñó.

"Pero ahí estáis, juntos. ¿Estás saliendo con él? Mataré a Quinen."

"Nos encontramos por accidente en el Central Park Oeste. Estaba llevando a Grady a pasear."

"¿Accidente? Seguro." Chas se burló, la mirada nublada no se levantaba de sus rasgos.

"Si, ¡correcto! Y me invitó a un café. No tenía idea de que alguien nos estaba haciendo fotos."

"¿Entonces si saliste con él?" El tono triunfante de la voz de Chas se elevó. Mega se erizó.

"Fuimos a tomar un café ¿no fuiste tú quien dijo, ' sin compromisos'? Eso me da la libertad de tomarme un café, o cualquier cosa, con quien sea y donde quiera."

"No quería decir eso"

"¿Y qué querías decir? ¿Libertad para ti, pero no para mí? ¿Tú puedes salir con Anna y con quien sea y poner tus manos en ella en público pero yo no puedo compartir una taza de café con Quinen? Yo no quiero esto para mí, Chaz."

La expresión de Chaz se suavizó inmediatamente, y Megan supo que había ganado. "Yo no quería decirlo así. No quiero salir con nadie más, Y tampoco quiero que tú lo hagas."

"¿Entonces ahora estás hablando de una relación exclusiva?" Megan cruzó los brazos en frente a su pecho.

"Creo que sí.

"¿Vas a ver a Quinn de nuevo?"

"No lo he planeado. Pasamos todo el tiempo hablando de ti. Es tu amigo. No se me echó encima ni nada. Me contó historias bastante graciosas vuestras cuando estabais en Pine Grove."

"¿No se lanzó? Bien."

"Por supuesto que no. ¿Y Anna?"

"Eso era publicidad. Te lo dije. Tenía mi mano en su espalda... si hubiera sido en su frente, podría comprender tu ira. Meg, quizá no quieras estar con alguien cuya foto aparece en el periódico con otra mujer de vez en cuando."

"No quiero. Nunca he querido. Odio toda esta basura de famosos y tú eres la última persona con la que quería involucrarme."

Chaz se quedó callado mirándola. Ella sabía que había ido demasiado lejos. "¿Estás diciendo que quieres que hagamos sólo negocios?"

Ella podía ver un halo de sudor en su frente. *Eso es lo último que quiero. ¿Qué he hecho?*

"No, no, no. Yo no quiero eso. Yo... Yo... quiero quedarme contigo. No lo quise decirlo así o como salió o nada."

"Por favor, No quiero perderte. Eres tan diferente, especial. No soy bueno con las palabras aquí, no sé qué decir excepto que. Mi vida no sería la misma sin ti."

Sus ojos contaron la historia. Meg podía ver que él quería decir lo que dijo, que no estaba actuando. Una sonrisa irrumpió en su cara.

"Yo me siento igual," dijo ella con voz suave.

"¿Quieres quedarte conmigo?" preguntó él.

"Sí. ¿Y tú?"

Pudo ver su cuello enrojecerse. "¿Estaría aquí de otro modo? No he tenido muchas relaciones a largo plazo, Meg. Esta profesión no es fácil. Las mujeres quieren salir contigo hasta que la prensa se pone preguntona. Cuando encuentran fotos poco favorecedoras esparcidas por todos los medios, ellas usualmente cortan y corren."

"Puedo ver por qué"

"He intentado salir con sólo actrices, pero luego me di cuenta que algunas mujeres consideran dormir conmigo un trampolín para sus carreras."

"¿De verdad?" Ella bajó sus apuntes.

"No pasa mucho tiempo antes de que te estén preguntando a quien les puedo presentar o que les encanta la publicidad. Después de eso, todo se enrarece rápidamente."

"¿Entonces estás solo la mayor parte del tiempo?"

"Solo es más seguro." Chaz llevó una taza de café a sus labios.

"¿Te gusta?"

"¿Estás loca? Tú eres diferente. Nunca he conocido a alguien como tú."

"Si, no me sorprende. Las chicas del montón no están en el tope de tu lista." Se mordió el labio.

"Sólo porque eres inteligente no significa que seas sosa."

"Tampoco soy exactamente una chica sexy."

Chaz le lanzó una sonrisa malvada. "Yo creo que lo eres. Como estamos solos y nadie puede vernos, ¿por qué llevas tanta ropa? ¿Por qué no te pones cómoda?"

"¿Quieres que me desnude, aquí, en frente del ordenador?"

"Lento y al ritmo de la música sería grandioso." Meneó sus cejas.

Ella se rio. "¡No lo creo!"

"Un chico puede intentar, ¿no? Extraño tu cuerpo."

El color subió a las mejillas de Meg, mientras se dirigía su mirada lejos de la de él.

"¿Te avergüenzas, pollito?" ¡Vamos, no! Tienes un cuerpo genial."

Sus mejillas se pusieron más calientes mientras comenzaba a remover sus apuntes.

"Hablemos de Perkins. Tengo algunas cifras"

"Desearía poder besarte ahora mismo."

Meg bajó los papeles y miro hacia arriba. La mirada sexy en la cara de Chaz envió un torrente cálido a través de sus venas. Ella estudió su cara, su cabello cayendo en sus ojos, la barba en su mejilla y levanto su mano como si fuera a tocarlo luego la bajó. "Desearía que pudieras, también," susurró.

"Seamos exclusivos ¿de acuerdo? No salgamos con nadie más."

Ella asintió, hipnotizada por la intensidad de sus ojos oscuros. Él sonrió y aplanó sus manos en la pantalla. Ella levantó su palma para encontrar la suya.

"Odio estar tan lejos. ¿Cuándo puedes venir? Voy a tener un día libre en unos diez días. Te enviare por correo la fecha. ¿Puedes venir entonces?"

"De acuerdo."

Una amplia sonrisa destelló sus bellos rasgos, enviando calor a través de la pantalla de su ordenador a Meg. "No puedo esperar a tenerte aquí conmigo en mi cama."

"Dunc, te echo de menos."

"No falta mucho, pequeña. Resiste. ¿De qué querías hablar?"

La sensación del papel en su mano retornó su atención a la misión original de la llamada. "Perkins. Perkins Products. Yo quería revisar algunas cifras antes de recomendar invertir en ellas"

"Chaz se sentó, entrelazando sus dedos en su nuca y sonriendo. "Dispara, chica de inversiones."

Para Chaz, el día siguiente fue parar y comenzar, parar y comenzar. Una pieza del equipo de audio se rompió. La coprotagonista tuvo un ataque de tos. Todo parecía que retrasar la grabación. La idea de ver a Meg de nuevo lo hizo sentir un poco asustadizo y totalmente impaciente. Él quería acelerar todo para poder pasar tiempo con ella. Esta euforia era un sentimiento nuevo para Chaz. Muchas personas habían comentado en el set su sonrisa constante y el buen humor, mientras todo salía mal. *Finalmente me he enamorado. Dios, me siento genial.*

El jueves, encontró una esquina tranquila y revisó su teléfono antes de cenar. Ahí estaba otra razón para alegrarse, un mensaje de Allie, su agente.

¿Estás sentado? Tienes el papel de Rainy Sundays.
Siguiente parada.

Broadway.
Chaz saltó y gritó, lo cual silencio la estancia inmediatamente.
"¡Voy a participar en un musical de Broadway!"
Una ronda de aplausos más las buenas noticias encendieron su apetito. ¡Meg!

Después de encontrar un sitio más tranquilo, marco su teléfono. Fue directo al buzón de voz, entonces dejó un mensaje encriptado, quería compartir las noticas en persona. Mientras tanto comenzó a tramar un plan.

Al día siguiente, a Chaz le dieron la mañana libre porque eran necesarias más reparaciones en los equipos. Buscó en el bolsillo de su chaqueta y encontró la tarjeta profesional estaba buscando. *¡Brielle! Ese era su nombre. Cierto.*

Se sentó y escribió un borrador de un correo:

Brielle, necesito un favor. Quisiera sorprender a Meg.
Por favor, mueve $25,000 de mi cuenta a la de ella. No
se lo digas. Avísame cuando esté listo y yo mismo lo haré.
Mi contraseña es specer500. Un millón de gracias.

Chaz.

Después de enviar el email, se sentó, sonriéndose a sí mismo. *Perfecta manera de agradecerle su ayuda. No puedo creer que vaya a hacer Broadway. Ahora podremos estar juntos. ¿La vida puede ser algo mejor que esto?*

La euforia de ganar el papel iluminó su paso. Su amplia sonrisa confesaba la alegría en su corazón de tener el apoyo de su colaboradora, la devoción de Megan y un codicioso papel. Tenía todo lo que había querido en su vida.

En Nueva York, la emoción de Brielle cuando vio el email de Chaz se convirtió en decepción y se transformó inmediatamente en celos. Se quedó mirando su gran ventana el interior del despacho de Megan. Esta, tenía sus ojos pegados al ordenador mientras tomaba notas. Totalmente consumida por su trabajo, nunca se dio cuenta que Brielle la miraba. *Pequeña perra. Probablemente está durmiendo con él. ¿Quién no lo haría? Está montando su división. Llegará a la vicepresidencia mucho antes que yo. Seguro.*

Una sonrisa maligna curvó sus labios hasta que Megan finalmente miró, Brielle parecía estarle lanzando una mirada amigable. Megan lanzó una sonrisa débil y volvió a su trabajo. *Trabaja, trabaja... por todo el bien que te aportará. Te voy a hacer caer y nunca sabrás como ha ocurrido.*

Brielle se sentó en su silla y cerró los ojos, conspirando y planeando. Cuando los abrió, un sentimiento de triunfo marchaba por su corazón. *Como Napoleón como Aníbal Marcha a la victoria. Y estoy llevándome a Chaz, también. Para cuando termine, él no querrá ni siquiera mirarte.* Tocó la batería con su lápiz en el escritorio, luego hizo sonar sus dedos y corrió la silla hacia adelante. "Andy, ven, por favor."

Meg ni siquiera miró cuando Andy se levantó y entró al despacho de Brielle.

"¿Qué sucede?"

"Cierra la puerta y siéntate. Necesito tu ayuda." Brielle le lanzó una mirada coqueta.

"¿Si?" Sus ojos subieron mientras seguían el rastro de sus curvas.

"Podría ser algo bastante especial esto para ti también."

"¿Qué?"

"Primero, una pequeña sorpresa para tu jefa. Pero necesito su contraseña antes de poder dársela."

"No puedo hacer eso."

"Caramba, ¡qué mal! porque entonces no puedo ofrecerte la noche más memorable y sexy de tu vida."

"¿Eh?"

¡Qué idiota!

"Todo lo que tienes que hacer es pasarme su contraseña y luego puedes venir a mi casa mañana por la noche y quedarte, si sabes a lo que me refiero."

La cara de Andy se volvió ligeramente rosada y sus ojos brillaban mientras una sonrisa se extendía por su rostro. "Su contraseña es Grady200."

Brielle garabateó algo en un papel. Se levantó y se acercó a él. Antes de darle el papel, se inclinó acercándose más a él. Su mano resbalo por su entrepierna y la frotó. Su cuerpo se sacudió un poco y se puso rojo. "Es sólo un pequeño adelanto"

Luego, le dio un papel." Aquí está mi dirección. Ven a mi casa a las nueve y prepárate para la noche más sorprendente de tu vida."

El arrebató el papel de sus manos y lo introdujo en el bolsillo de su pecho. Andy dudo de él antes de que ella levantara un dedo y lo deslizara por su mejilla rápidamente. Ella le sonrió y se lamió sus labios. El rojo volvió a su cara antes de retirarse a su escritorio.

Hmm…Grady200, ¿eh? Presumida, pequeña inteligente Megan Davis… ha sido un placer conocerte, pero será genial decirte adiós para siempre. Brielle giró su ordenador y empezó a escribir.

Capítulo Doce

Megan se sentó en su silla, mirando la pantalla de su ordenador donde la cara de Chaz la miraba también. "¿Puedo ventilar un momento?"

"Por supuesto que sí. Yo he estado ventilando los últimos cuarenta y cinco minutos."

"Me sigo reuniendo con esta gente famosa. Harvey está muy emocionado con las firmas y yo tengo el persistente sentimiento de que estoy haciendo algo incorrecto."

"¿Qué quieres decir?"

"Preferiría estar trabajando para organizaciones sin ánimo de lucro, ayudándoles a invertir. La idea de hacer crecer una inversión, por ejemplo la ASPCA, me parece emocionante. Lidiar con alguna de estas *prima doñas* que piensan que son un regalo de Dios no me gusta. No me gustan y no quiero perder mi tiempo haciendo que sus veinte millones se conviertan en cuarenta. Yo quiero ayudar a las personas que necesiten ayuda."

"¿Se lo has comentado a Harvey?"

"No tengo el valor para hacerlo. Está muy emocionado." Ella bajo su mirada a sus manos.

"Si trabajas duro en eso y lo conviertes en exitoso, ¿no puedes gestionarlo de manera independiente y hacer lo que quieras?"

"Quizás. No lo he considerado desde ese ángulo Lo pensaré."

"El trabajo duro siempre ha sido la única cosa que he podido controlar en mi vida mí camino al éxito."

"No le tengo miedo al trabajo duro. Desearía que pudiera ser por una causa digna." Su mirada se encontró con la de él.

"¿Que hay acerca de mí?"

"Tú eres diferente." Megan se encogió de hombros.

"Estás demasiado vestida." Él levantó una ceja.

Megan lentamente se quitó el pequeño vestido pegajoso que tenía puesto para mostrar un sujetador turquesa y bragas a conjunto. Chaz, previamente se hundió en una silla, atornillado verticalmente. "Santo infierno, ¿vas a traer eso a Phoenix?"

"Podría... si quieres." El calor de su mirada viajaba a través de la pantalla, calentándola.

"¡Claro que quiero! Lo quiero demasiado. Si, por favor trae eso, póntelo, lo que sea. Vaya."

"Ahora tú."

Chaz se quitó su camiseta y deslizó su jean ajustado al suelo. La sonrisa de Megan se amplió mientras su mirada acariciaba su pecho desnudo.

"No pares ahora." La mirada de Chaz se calentó más y una sexy sonrisa barrió su cara.

"No striptease por internet."

"¿Y en persona?" Se sentó derecho en su silla, su atención se clavó en ella.

"Quizás," ella bromeó, sonriendo coquetamente.

"No puedo esperar." El movió sus cejas.

"Yo tampoco." Ella corrió su silla de nuevo al escritorio, apuntaló sus hombros de nuevo y descansó su barbilla en las manos.

"Megan... Yo...Yo..." Él se inclinó ligeramente hacia adelante.

Hizo una pausa y ella se quedó inmóvil, esperando que continuara. "Te lo diré cuando te vea."

"Tengo que dejarte." Megan escondió su decepción.

"Buenas noches, pollito. Dulces sueños." Chaz le lanzó un beso a la pantalla.

"Buenas noches, Dunc. Te envío abrazos y besos."

Ambos pusieron sus palmas en la pantalla y Megan juró que podía sentir su mano contra la de ella.

Luego, la pantalla se volvió negra y la sonrisa de Meg se evaporó. *Él lo iba a decir. Puedo verlo en sus ojos. Definitivamente iba a decir "Te amo" esta noche. Quizá cuando llegue a Phoenix.* Ella suspiró, se cepillo los dientes, se quitó la ropa interior y se metió en la cama. *No pasará mucho antes de que esté acostada con el de nuevo, aunque sea por un instante.* Se imaginó a ella misma acurrucada en la cama con Chaz y cayó dormida rápidamente.

Brielle llegó temprano a la oficina el lunes por la mañana. Apenas podía contener su emoción. Después de revisar el ordenador y encontrar sus cambios hechos, se frotó sus manos con alegría silente. *Vas a caer, pequeña "Señorita Harvard."*

Brielle revisó su reloj. *Esa pequeña perra se va tres días. Sincronización perfecta.* Ella se sentó un minuto a tomar su café, prácticamente enmascarando una expresión de preocupación. Cuando estuvo lista, bajó su café y fue al despacho de Harvey Dillon.

Tocó la puerta abierta del Sr. Dillon, le hizo un gesto con la mano para que pasara. "Llegas temprano, Brielle. ¿Qué puedo hacer por ti, querida?"

"Quería hablarle antes de que llegue alguien más. Estoy realmente preocupada, Sr. Dillon."

"Entra y cuéntame. Cierra la puerta."

Ella caminó y se sentó en la silla frente al escritorio.

"De vez en cuando revisaba para asegurarme que todos los depósitos y retiros estuvieran introducidos. Tal como me pidió" *Haciendo este trabajo sin agradecimiento me dio esta idea.*

Ella se movió incómodamente en su silla para asegurarse que Harvey no apartara sus ojos de ella. *¡Esta actuación debería darme un Premio de la Academia!*

"Bueno, usted sabe cómo yo estimo a Dillon & Weed. No querría que nada malo le pasara a la firma, así que he venido directamente a usted."

"¿Qué pasa, Brielle?... dilo." Harvey se reclinó en su silla.

"Yo pensé que era raro que desaparecieran veinticinco mil dólares del total de la cuenta de Chaz Duncan y cuando mire la cuenta de Megan Davis, habían veinticinco mil dólares más que la última semana."

Harvey Dillon se puso derecho tan rápido que casi derrama su café.

"¿Qué?"

"Megan transfirió veinticinco mil dólares de la cuenta del Sr. Duncan a la suya. Yo pensé que era raro y quise comunicárselo enseguida antes de que ocurra cualquier escándalo."

"¿Estás segura?" Harvey fue a su ordenador y miró los registros.

"Estoy bastante segura," dijo, tratando de no sonreír.

"Veo la transferencia. Debe haber alguna explicación." La frente de Harvey se frunció.

"Sólo puedo ver una. Supongo que es demasiada tentación gestionar siete millones de dólares. Supongo que pensó que él no se daría cuenta unos miles de aquí y allá."

"¡Oh, por Dios! ¿Meg está robando a Chaz Duncan? Yo pensaba que estaba teniendo un amorío con él.... ¿pero robando? ¡Maldita sea! Esto es terrible. Estamos arruinados si esto se sabe." Se giró a Brielle.

"No se lo digas a nadie. Voy a ingresar el dinero de nuevo y pretenderemos que esto nunca ha sucedido."

"¿Y qué hacemos con Megan?" Brielle abrió sus ojos tanto como pudo.

"Está despedida, por supuesto. Estoy en shock, totalmente en shock. Y pensar que estaba pensando en darle acceso a varias cuentas de otros clientes adinerados que están viniendo a la firma." Harvey sopló y se sentó en su enorme silla.

"Tienes mi palabra, Esto nunca saldrá de mis labios." Brielle se movió cerrando su boca.

Él se giró para mirarla, una sonrisa agradecida apareció en sus labios.

"Muchas gracias por avisarme. Tendrás un bono por esto, Brielle. Has salvado nuestra compañía. Voy a hacer lo correcto." Se levantó y le ofreció su mano. Ella se la dio y se fue.

De vuelta en su oficina, Brielle no podía parar de sonreír. *Ahora, parte dos.* Se sentó en su escritorio y dio un sorbo a su café mientras miraba un número de teléfono en su ordenador. Sentada, sonrió antes de marcar. "¿*Celebs R Us?* por favor con Tiffany Cowles."

"Brielle se reclinó de vuelta en su silla, descansando su pie en la papelera. Se lamió los labios mientras esperaba que la conectaran.

"¿Tiffany Cowles? Tengo una información para ti"

El avión aterrizo a tiempo en el aeropuerto Mesa Gateway en Phoenix. Megan sólo tenía una bolsa de mano, y golpeó a con su pie un momento mientras esperaba que otros pasajeros bajaran del avión. Sus ojos escanearon la multitud mientras se dirigía hacia la puerta pero no vio a Chas.

Un joven con bigote y una gorra se le acercó. "¿Taxi, señorita?" El joven preguntó con fino acento italiano.

Megan apenas miró al hombre mientras su mirada continuaba buscando entre la multitud. "No, gracias, estoy esperando a alguien."

"¿A mí, quizás?" El hombre dejó su acento.

Megan se giró y vio un par de ojos oscuros brillando. "¿Chaz?"

"A su servicio. Por aquí." Agarró su bolsa y la tomó por el brazo, llevándola a la puerta.

Al abrirse la puerta exterior, se encontraron con una pared de aire seco y caliente. Chaz abrió la puerta del taxi que estaba esperando y deposito su maleta. Luego abrió la puerta trasera y subió, sentándose junto a ella. Se quitó la gorra y con cuidado se quitó el bigote.

Megan se rio mientras se transformaba de un apuesto extraño al hermoso hombre que amaba.

"Nunca sé que esperar de ti."

"Suave recibimiento en el aeropuerto de Giuseppe, ¿eh?"

Antes que pudiera responder, la tomó en sus brazos y le robo el aliento con un beso apasionado. Megan le devolvió su entusiasmo mientras el deseo se apoderaba de ella, enviando calor pulsante por su cuerpo.

"¿Hacia dónde?"

Chaz se separó de ella por un momento. "al Ritz Carlton."

"Sí, Capitán Spencer." El hizo el saludo de *West of the Sun* y luego puso su taxi en marcha.

Los amantes se besaron durante todo el camino hasta el hotel. El deslizo una mano hacia arriba sobre su pecho, encendiendo su fuego. Se separaron cuando el portero del hotel abrió la puerta y aclaró su garganta. Brillando de deseo, sus ojos se encontraron cuando Chaz tomo su mano, escoltándola a través de las puertas automáticas.

Se detuvo en la recepción para tomar una segunda llave para Megan.

"¿Señorita Davis? Tiene un fax, me parece." El recepcionista fue al cuarto de atrás.

"¿Un fax? ¿Ya?" Chaz la miró

"Le dije a Harvey donde estaría en caso de emergencia. A demás, son políticas de empresa, creo. Tienes que dar un lugar donde localizarte."

"¿Y qué pasa si estás acampando en el bosque?" Levantó una ceja.

"Buena pregunta. No lo sé."

Su conversación fue interrumpida por el recepcionista, quien intentó mantenerse inexpresivo. Cuando Megan vio el pliegue de su frente, supo que él había leído el fax y que estaba preocupado. Ella lo miró y luego a Chaz.

"Quizá sea mejor que lo lea."

Caminaron hacia el ascensor mientras abría el sobre y sacaba el papel fuera.

Estimada Sra. Davis,

Su empleo con Dillon & Weed ha finalizado con efecto inmediato. Sus pertenencias han sido empaquetadas y entregadas en su apartamento. No es necesario que vuelva a nuestras oficinas.

Sinceramente,

Harvey Dillon

Presidente.

Las lágrimas hicieron borrosa la visión de Meg mientras miraba a Chaz.

"¿Qué es?" Le preguntó arrebatándole el papel de la mano. "¿Que dia pueden hacer esto?"

Ella asintió, un nudo se formó en su garganta bloqueándola. La puerta del ascensor se abrió y Chaz la tomó por el hombro, haciéndola pasar por el pasillo hacia la suite. Una vez dentro, Megan se desplomó frente a la puerta delantera y cayó al suelo, con lágrimas cayendo en forma de cascada por sus mejillas.

Chaz puso sus manos en la parte superior de sus brazos y la levantó. La abrazó con sus brazos fuertes mientras ella sollozaba en su pecho.

"¿Que ha pasado, Meg?"

Ella sacudió su cabeza y se encogió de hombros.

¿No lo sabes?"

Ella tomó un respiro profundo y lo dejo salir lentamente, pero su voz aún se sacudía mientras intentaba responder.

"No tengo ni idea. Todo estaba yendo tan bien. Incluso tenía un par de personas nuevas listas para inscribirse."

"Llama a Harvey. Quizá puedas reconducir esto." Chaz fue hacia el bar y le sirvió a Megan un vodka con tónica. Ella se sentó y llamó a la oficina. La secretaria de Harvey la pasó con el abogado de Dillon & Weed. "Harvey no me hablará. Me han pasado a su abogado."

Megan cubrió su cara con sus manos. Chaz la atrajo a su regazo y le acarició la espalda.

"Llegaremos al fondo de esto. Vamos a salir y comer algo. ¿Tienes hambre?"

"No realmente, aunque esta bebida me ha sentado bien."

"Podemos ir a un restaurant lindo, tener una cena tranquila y planear una estrategia de ataque. ¿Ok, pollito? La prensa ha sido buena dejándome tranquilo aquí, deberíamos estar a salvo."

La besó suavemente. Meg se levantó para lavarse con agua fría su cara. Se tomaron de las manos bajando en el ascensor. Cuando las puertas se abrieron, Megan creyó ver un flash.

Una vez en el lobby, un periodista y un fotógrafo los acorralaron, tomando fotos tan rápido que el flash los cegó momentáneamente. El periodista le puso un micrófono en la cara a Megan.

"He sabido que ha sido despedida de Dillon & Weed por robar. Srta. Davis. ¿Le importaría comentar eso?

"¿Qué?"

"Robar. ¿Es cierto?

"¡No!" Se agarró de la mano de Chaz más fuerte.

"De hecho, mi fuente dijo que usted le robó a este chico de aquí Chaz Duncan. Veinticinco mil de los grandes."

"¿Qué? ¿De qué estás hablando?" Megan unió sus cejas cuando miró al periodista.

"Entonces, ¿Lo hizo? ¿Le robó al Sr. Duncan, Megan? Vamos, puede decírmelo."

"Yo no he robado a nadie." Megan sacó su barbilla mientras notaba las lágrimas punzando en la parte trasera de sus ojos.

"¿Fue despedida decentemente?" El periodista persistió a pesar de que Chaz lo estaba desviando y tirando de Megan tras él.

"Eso no es asunto suyo," Chaz abofeteó al periodista.

"¿Quién es usted? ¿Por qué le interesa mi vida?" Megan preguntó al periodista.

"Me ha enviado Tiffany Cowles. Soy de *Celes R Us* y mientras estés mano a mano con este chico, eres noticia, nena."

Chaz dio una vuelta abrupta, llevando a Meg hacia el ascensor. El periodista le disparaba preguntas mientras el fotógrafo continuaba tomando fotos incluso mientras ellos desaparecieron dentro del ascensor. Megan se paró detrás de Chaz.

"Yo no te robé honestamente. Nunca haría eso. Tienes que creerme."

"Yo te creo, Meg. Entremos. Tengo que explicarte algo."

La mirada de vergüenza en su cara le picó la curiosidad. Una vez estaban dentro, Meg se hundió en el sofá. "Quizá deberíamos pedir el servicio de habitaciones esta noche." Chaz bloqueó doblemente la puerta de entrada.

"¿Qué ibas a decirme?"

"Esto puede ser mi culpa algo así. Contacte a Brielle"

"¿A Brielle? ¿Para qué?" Meg se levantó de un brinco.

Chaz la movió de nuevo a su silla. "No para lo que estás pensando. Cálmate. Conseguí el papel en el show de Broadway"

"¿Lo hiciste? ¡Eso es maravilloso!"

Megan se movió para levantarse, pero Chaz levantó su mano para detenerla. "Hay más Fuiste una parte tan importante en eso ayando conmigo, dándome buenos consejos, alentándome. Nunca había tenido eso desde que viví con los Golds. Significó mucho para mí. Me ayudaste a realizar uno de mis sueños actuar en Broadway y en un musical el mejor. Así que, quería agradecértelo. Quería ayudarte a cumplir tu sueño de ayudar a personas, haciendo consejería financiera para organizaciones sin ánimo de lucro las cosas de las que hablamos"

"Entonces hiciste ¿qué?" Sus ojos se estrecharon.

"Entonces contacté a Brielle y le pedí que traspasara veinticinco mil dólares de mi cuenta a la tuya como un regalo. Algo para ayudarte a comenzar, por tu cuenta, si quisieras hacerlo. Sólo quería decir "gracias.""

"¡Oh, Dios! Brielle lo movió e hizo parecer que yo estaba robando. Ella debía haber obtenido mi contraseña pero ¿cómo? ¡Andy! Él es el único. Probablemente también durmió con él para conseguirla. ¿Me diste todo ese dinero por agradecimiento?"

Él asintió

"Pero un *gracias* habría sido suficiente. No tenías que *pagarme*."

Lágrimas caían por sus mejillas y el las limpió con su mano. "No todo es toma y dame. Te ayudé porque quería hacerlo. Ahora me has pagado. Eso es sucio. ¿No puedes aceptar ayuda o nadie?"

"No lo hice para crear problemas. Sólo quería ayudarte de la manera que me ayudaste."

"No todo necesita pagarse, Dios, ¿no sabes mucho acerca del amor, no?

"No quise"

"¿No?" Le gritó. Con sus manos en sus labios.

El dejó caer su cabeza. "Supongo que no."

"Cuando amas a alguien, no haces algo por ellos sabiendo que te lo deberán o te pagarán. Lo haces por que los amas. Punto. Nunca pensé qué harías algo así tan, tan, profuso, tan extremo como pagarme por algo que hice por amor."

"¿Amor? ¿Me amas?"

"Por supuesto, ¡idiota! Ni siquiera puedo creer que no te hayas dado cuenta aún. Ya sé, ya sé, no sientes lo mismo. Amigos con derechos, comprometidos, algo así, blah, blah, blah y toda esa basura. Voy a desempacar."

Megan fue hacia su maleta, pero Chaz la agarró por el brazo, acercándola hacia él y abrazándola.

"Yo te amo, también. Desde hace tiempo, estoy intentando reunir el coraje para decírtelo."

"¿Ah, sí?" Ella se abrazó a él.

Chaz bajo sus labios a los de ella, los cuales encontró rápidamente. Meg pasó sus brazos alrededor del cuello y se apoyó contra él. Sintió el calor de su pecho y el ligero escozor de su barba de las cinco en punto mientras le acariciaba la espalda de arriba a abajo, los dedos de él empujaban ligeramente dentro de ella. Bajando su mano hacia su fondo, él lo apretó y la acercó incluso más.

Luego, abruptamente Chaz dio un paso atrás. "Te metí en este desastre y lo arreglaré. Llamaré a Dillon, pero primero daré una rueda de prensa para explicar lo sucedido."

"¿Estás seguro, Dunc?" Meg Descansó sus manos en su pecho.

"Absolutamente. Una vez que la gente sepa la verdad, ese idiota de Dillon te reincorporará y tú ya no serás más noticia. Voy a llamar a mi agente. Ella lo organizará."

Meg bajó su cabeza y frunció su frente.

"Esto es por mi culpa" Chaz acarició el cabello de Megan con sus palmas. "Déjame arreglarlo."

"Es culpa de Brielle. Se las ing enió para que me despidieran. Y Andy, ese pequeño Benedict Arnold, formó parte de su plan."

"Lo arreglaremos." Chaz sonrió mientras tomaba su teléfono y llamaba.

Capítulo Trece

"Déjame sorprenderte." Chaz tomó el teléfono para pedir un servicio de habitaciones. Meg asintió. El cansancio, el estrés del viaje, de perder el trabajo y de ser contactada por *Celebs R Us* eran evidentes en su cara. Se echó en el sofá y se quedó dormida incluso antes que Chaz terminara la llamada telefónica. Él tomó una mantita de lana del dormitorio y la extendió sobre ella. *¡Me ama! Una sonrisa se dibujó sobre sus bellos rasgos mientras la miraba como dormía.*

Se sacudió un poco y murmuró algo ininteligible. Acercó la silla más hacia ella para estirarse y acariciar su pelo suavemente. Sus gestos parecieron calmarla y ella se quedó en esa posición. Una llamada entrante en el teléfono de Chaz hizo que se alejara de ella. Contestó y se fue a la habitación para no despertarla.

"Así es, una conferencia de prensa."

"¿Estás seguro de esto?"

"¿Por qué todos seguís preguntándome si estoy seguro? Quiero sacarla de esta situación. La despidieron sin razón y es por mi culpa. También llamaré a Dillon en cuanto la conferencia termine."

"¿Por qué te estas involucrando tanto? Es sólo tu consejera financiera, ¿no? Hay por doquier.

La voz de Chaz tomó un tono de enfado. "Es mucho más que mi consejera financiera. Es la mujer que amo."

"Sólo te advierto para que no dañes tu carrera por ella. Eso es todo."

"¿No lo entiendes? Hice que la despidieran... por accidente. Su reputación está fragmentada por mi responsabilidad. Voy a arreglarlo. Sólo programa el acto de prensa, ¿de acuerdo?"

"Lo haré. Buena suerte... y ah, felicidades por estar enamorado."

Chaz se calmó. "Si, gracias. Ella es genial."

Metió el teléfono en su bolsillo, deambuló por la estancia y se relajó en una silla al lado del sofá. Mientras su mirada estaba posada en Meg, reflexionaba acerca de lo que diría en la conferencia. Sentando en la silla, puso su mano en la de ella y cerró los ojos. Una hora después, Chaz saltó al oír unos golpes en la puerta. Meg se movió, abriendo sus ojos.

"La cena está aquí." Chaz sacó su billetera del bolsillo posterior y se acercó a la puerta. Cuando la abrió, una camarera inmaculadamente vestida entró, empujando la mesa de ruedas. La mesa estaba puesta elegantemente con una fina porcelana sobre un mantel blanco con estampado floral en rosa y azul. Chaz le dió propina a la camarera antes de indicarle la puerta. Meg estaba pensativa en la mesa y tomó un cuchillo. Pudo ver su reflejo en la hoja. La vajilla brillaba. El ambiente estaba lleno de aromas tentadores. El estómago de Chaz sonó seguido por el de Meg.

"Estoy hambrienta." dijo ella, fisgoneando por debajo de la tapa de uno de los platos de la mesa.

"¡Ah! Sin fisgar. Siéntate primero. Está preparado especialmente para nosotros."

Meg se sentó y se colocó una servilleta de tela rosa sobre su falda. Chaz hizo lo mismo. El levanto la tapa del plato más grande para descubrir los cortes solomillo Wellington. La fuente contigua contenía patatas rebozadas y en el tercer plato había espárragos con setas.

"¡Vaya, esto es un festín!" Sus ojos se pusieron redondos y una amplia mueca apareció en su cara.

"Apto para una reina, para mi reina." Él tomo su mano, la beso y luego puso un plato frente a ella." "¿Puedo?"

Ella asintió.

Chaz seleccionó la pieza más suculenta y hábilmente la sirvió en su plato ayudado de dos grandes cubiertos para servir. Luego le sirvió porciones generosas de guarnición y posteriormente se sirvió el mismo. Una vez su plato estuvo lleno, su mirada deparó en su cuerpo mientras su cuchillo hacía el primer corte en la carne.

"Saboreando un manjar." Su mirada se tornó traviesa mientras ella se sonrojaba y tiraba de la orilla de su vestido.

"Es fabuloso. Nunca esperé algo tan... suntuoso." Meg tomó de su plato y empezó a comer. "Está es la mejor carne que he probado. Es sorprendente." Masticaba lentamente.

"Nada es demasiado bueno para ti." Chaz tomó un tenedor lleno de patatas.

Comieron en silencio por un momento. "Odió sacar un tema doloroso, pero hablé con Allie y..."

"¿Quién es Allie?"

"Disculpa. Mi agente. Está arreglando la conferencia de prensa." Chaz pinchó unos espárragos con su tenedor.

"Una llamada al Sr. Dillon tiene que ser suficiente... no quiero causarte problemas," dijo Meg antes de tomar una patata para introducirla en su boca.

"Esto es mi desastre, déjame limpiarlo."

Ella le sonrió antes de llenar su boca con el tenedor de espárragos. "Yo también lo siento, traté de pagarte tú amabilidad tú amor con dinero." La palabra 'amor' pareció pegarse un poco en su lengua. *No es una palara que haya usado mucho.*

"Lo entiendo. Está bien." Ella estiró su brazo a lo largo de la mesa y apretó su mano.

Cuando terminaron, Chaz desplazó la mesa hasta el hall y regresó a la sala de estar.

"Ahora de postre," Meg susurró, tomando su mano y guiándolo al dormitorio.

Después de hacer el amor, Meg se acercó más a Chaz. El pasó un brazo alrededor de ella, descansando su mano sobre su trasero. Ella le lamió la base de su cuello serpenteando con su lengua mientras sus dedos acariciaban su bíceps.

"Si sigues con eso, voy a tomarte de nuevo." Él le besó el cabello.

Ella se rio y luego apoyó su mejilla contra su pecho desnudo. Una nube oscura amargó su humor al regresar sus pensamientos a los hechos de su trabajo. "Por favor, abrázame," ella susurró.

Chaz la apretó tan fuerte como pudo sin lastimarla y apoyó la mejilla en su cabeza." Pollito, todo irá bien. Ya verás." dijo él besando su cabello de nuevo.

"Te amo, Dunc." Ella le ofreció una pequeña sonrisa, esperando que tuviera razón pero aterrorizada de que no fuera así.

"He estado soñando con este día estar contigo tocándote." Le recorría la espalda con sus dedos hasta abajo y hacia el lado. Al sentir la curva de su pecho bajo el brazo, sus dedos la acariciaron. Ella bajó el brazo y le dio acceso completo. Él acercó los dedos a su cuerpo.

"Tus pechos son perfectos," le susurró.

Ella cerró los ojos, disfrutando del sentimiento de su tacto sobre ella y dejo salir un pequeño suspiro de sus labios. *Desearía poder quedarme así para siempre. Su tacto... como ningún otro hombre.*

Sus dedos acariciaron su pecho y se burlaban de sus pezones con apretones suaves y círculos del pulgar hasta que se pusieron firmes. Él bajó la cabeza para besarle el pezón antes de succionarlo. Meg gimió ligeramente; el calor del deseo en su interior estalló.

Cuando levantó la cabeza, ella tiró de él hacia abajo hasta que sus labios encontraron los de él. Sus lenguas bailaban. Chaz fue bajando mientras la besaba hasta que llegó al pecho y luego hasta su vientre. Sus manos agarraron sus muslos, mientras su cabeza desapareció entre sus piernas. Megan se quedó sin aliento cuando su lengua se puso en contacto con su núcleo.

Meg levantó la pierna y la dobló hasta su cadera, abriéndose a él. "¡Oh Dios, Chaz!" Sus ojos se cerraron mientras su deseo se salía de control.

De repente, tenía la boca sobre la de ella, exigiéndosela. Ella cerró los dedos alrededor de su erección, sorprendida de lo difícil que le resultaba. Ella se echó hacia arriba y contra sus hombros, aplastándolo contra la cama antes de cerrar los labios alrededor de él.

"Meg... Dios..." él murmuró.

Después de unos momentos, él la colocó encima de él. Ella lo montó, sentía su erección con sus embestidas llenas de fuerza antes que pudiera deslizarse fácilmente. Con las manos planas sobre el pecho, bombeó con sus caderas hacia arriba y hacia abajo dentro de él de forma rítmica. Un orgasmo intenso rasgó todo su cuerpo, trasladando la sensación hasta la punta de sus dedos. Gimió en voz alta.

Chaz la abrazó contra su pecho antes de girarla. Él se posó sobre ella, colocándose entre sus piernas y descansado sus rodillas contra su pecho. "Dios te deseo," le susurró en su cabello. "Déjame amarte, pollito."

Él se inclinó sobre ella, colocándose entre sus piernas y levantando sus rodillas hacia su pecho. "¡Dios!" susurró en su pelo. "Déjame amarte, pollito."

Ella tomó su cara entre sus manos y lo besó. "Hazlo," ella respiró.

Chaz la penetró de nuevo, sus dedos asían sus brazos, manteniéndola quieta mientras él se movía dentro de ella. Cada embestida creaba en ella una oleada de excitación. Sus dedos notaron la fina película de sudor en la parte alta de su espalda que cada esfuerzo le generaba, gimiendo su nombre. Ella chupó su hombro y luego beso su cuello. Sonidos guturales suaves se escapaban de su garganta mientras su pasión se intensificaba y ascendía en espiral.

"Cariño...cariño...cariño..." Chaz respiró en su oreja.

Su ritmo fijo se incrementó estando dentro de ella. Incapaz de aguantar más, su cuerpo explotó en éxtasis de nuevo, sus músculos estaban totalmente contraídos y luego dejó fluir el placer hasta los dedos de los pies. Los presionó en su hombro y luego los distendió mientras le acariciaba su cuello.

"Oh, Dios... Dunc."

"Meg, pollito." La tensión en su voz aumentó. La urgencia que sentía en su cuerpo le hacía moverse más rápido. Él le levantó la pierna más y empujó varias veces más. Hundió la cara en su cuello y gimió su nombre. Su cuerpo se estremeció una vez y luego se paralizó. Los amantes yacían en silencio, abrazándose. Cuando el jadeo se convirtió paulatinamente en una respiración regular, Chaz levantó la cabeza para mirarla a los ojos. Meg le apartó hacia un lado el pelo que le había caído sobre la frente y sonrió mientras ambos se miraban a los ojos.

"Eres increíble" ella murmuró.

"Te amo... eres mi inspiración." Le dio un tierno beso en sus labios.

Chaz rodó a un lado y excavó a Megan en sus brazos, ella cerró los ojos, perdiéndose en el momento, sintiéndose segura mientras se apretaba contra él.

"¿Tenemos que salir hoy?" Meg corrió su mano por su pecho.

"No tenemos que hacer nada que no quieras hacer hoy. Es nuestro día juntos. Tengo que regresar a trabajar mañana, pero puedes venir conmigo. Puede ser aburrido."

Megan levanto su cabeza. "En serio? ¿Puedo ir? Me encantaría. Nunca he estado en un set de rodaje."

Chaz sonrió.

"No es tan emocionante como te imaginas, confía en mí. Llévate un libro. Todo el mundo quiere conocerte. Es bastante pesado."

"¿Estás seguro?" Meg se sentó

"Nadie va a hablar con la prensa." El posó sus manos sobre el pecho y ella se acomodó hacia atrás, mirándole de nuevo." Podemos pasar el día en la cama, si quieres." Una mirada sexy se esparció por su cara y sus ojos oscuros brillaron con lujuria.

"Perfecto. Pero primero, tengo algo de hambre."

"Para eso inventaron el servicio de habitaciones."

Chaz alargó su brazo, para agarrar el menú que estaba en la mesilla de noche y ofrecérselo.

Fueron a la piscina de la terraza y la encontraron vacía, Chaz y Megan fueron a nadar. Se lanzaron y jugaron como niños compitiendo a ver quién hacia más volteretas. Meg ganó. Cuando estaban a punto de subir por la escalera de la parte profunda, Chaz pasó su mano a través de su cabello y Megan le limpió los ojos.

"Eres una nadadora sorprendente," dijo Chaz entre bocanadas de aire.

"Es por todos esos veranos de campamento al aire libre."

"Un pez absoluto."

"Tú eres bastante bueno. ¿Dónde aprendiste a nadar?"

"En los rodajes de verano en Pine Grove. El grupo de rodaje me enseñó."

"Un miembro femenino, ¿quizás?" Meg sonrió afectada.

"¿Y?

Meg se izó fuera del agua, empujándole los hombros, hundiéndole en el agua. Él le agarró las piernas, hundiéndola con él y la besó rápidamente en los labios antes de salir a la superficie. Les falta el aire mientras ascendían.

"Besar bajo el agua. ¿También aprendiste eso de ella?" Meg levantó una ceja.

"¡Estás celosa! No puedo creer que estés celosa de alguien que conocí hace años."

"Normalmente no soy celosa es sólo que sólo, no lo sé." Se dio la vuelta y nadó hacía la escalera de nuevo.

Chaz se acercó por detrás de ella y pasó su brazo alrededor de su cintura. Se inclinó para susurrarle en el oído. "¿Celosa por qué me amas demasiado?"

La emoción brotó por su pecho, cerrando su garganta. Ante la imposibilidad de pronunciar una palabra, ella simplemente asintió. Chaz la acercó aún más y se inclinó para acariciarle el cuello. "Yo también te quiero mucho" Tampoco quiero saber nada de nadie de tu pasado. Soy un hombre muy celoso."

Un calor inundó su cuerpo mientras apoyó su cabeza en su hombro y cerró los ojos. *¿Cómo es que siempre sabe qué decir?* Sus dedos acariciaron la piel que su bikini dejaba al descubierto. Se sujetó a escalera y relajó su cuerpo contra él hasta que una corriente fría distrajo su atención. Se giraron para ver la puerta ampliamente abierta y escucharon las risas y los gritos de niños corriendo y lanzándose en fila a la piscina. Chaz y Megan subieron por la escalera rápidamente, agarrando sus toallas y dirigiéndose a la puerta.

Uno de los niños mayores se quedó mirando fijamente a Chaz. "¡Mirad! ¡Es Grady Spencer!" Apuntó y dos de los otros niños se giraron quedándose boquiabiertos. Megan tomó las prendas de la silla, se envolvió en la toalla y tomó la mano de Chaz. Corrieron a la puerta y escaparon por el ascensor antes de que los niños pudieran seguirlos. El controló que el ascensor estuviera vacío antes de que ambos se introdujeran en él. A Meg le dio un ataque de risa que le duró todo el trayecto hasta la habitación. Chaz arrojó sus ropa seca en una silla y mientras se dirigía al cuarto de baño, preguntó "¿Una ducha caliente?"

Meg estaba temblando. "Sueña bien."

Abrió el agua y el baño se llenó rápidamente. Antes de que Meg pudiera desprenderse de su traje de baño, la introdujo en la enorme cabina de la ducha de mármol.

"Caliéntate primero."

Él la ayudó con el agua caliente y ella le sonrió mientras ésta fluía por su cuerpo. "Permíteme." Chaz comenzó a quitar su traje de baño mientras el agua los acariciaba.

Envuelta en un esponjoso albornoz blanco, Meg se acercó a la pequeña terraza. Un toque en la puerta alertó a Chaz, que abrió para dejar entrar al camarero con un suntuoso almuerzo. Trasladó la mesa a la terraza, Chaz le dio propina y una vez más estaban a solas.

Meg se subió el cuello del albornoz hasta la barbilla y sonrió. Chaz le separó la silla para que se sentara. Ella se sentó con gracia mientras levantaba la tapadora de la bandeja que contenía una ensalada gigante con hermosos camarones frescos y guarnición de huevo duro, corazones de alcachofa, maíz tierno y otras verduras alargadas.

"Ahora a alimentar mi otro apetito." Sus ojos resplandecieron mientras él le disparó una sonrisa afectuosa.

"Este día no podía ser mejor aunque lo hubieses planeado."

"Me cuesta una fortuna que te hayan despedido y llenar el lobby con periodistas hostiles pero ha valido la pena tenerte atrapada aquí conmigo, en mi cama, la ducha la piscina." Sus labios no podían ocultar una sonrisa y Megan se rio fuerte.

"Muy gracioso," ella lo reprendió, tomando un pequeño maíz con sus dedos.

"Nunca me había divertido tanto haciendo lo mejor de lo peor. Meg eres tan valiente cualquier cosa la conviertes en un juego. Una verdadera superviviente."

"Tú eres el superviviente. Después de todo lo que has pasado."

"Todo eso ya es pasado." dijo mientras pinchaba un camarón con su tenedor.

"¿Entonces cuáles son tus sueños, Dunc?"

"¿Mis sueños? Actuar en Broadway, encontrar el amor ahora tengo ambos."

La mirada de Megan bajó a su propio plato. Examinó la comida antes de tomar un panecillo francés de la cesta de pan, partiéndolo por la mitad y untándole mantequilla.

¿Te refieres a mí?" Aún no tenía el coraje para mirarle a la cara.

"Por supuesto que me refiero a ti. ¿A quién si no?"

Ella tomó un bocado de pan con mantequilla, agradecida de tener algo en la boca que le impidiese hablar. Su mirada rozó la de él y vio el amor brillando en sus oscuros ojos.

"¿Cuál es tu sueño?" Tomó el panecillo francés y lo partió.

"¿Debo tener uno sólo?"

"Empieza por uno."

"Me gustaría trabajar con organizaciones sin ánimo de lucro en lugar de con famosos ricos."

"¿Entonces por qué estás haciendo lo que haces?" Mordió el panecillo.

"Me llegó esta oferta y era de tanto prestigio y finalmente mi madre estaba impresionada por algo que había logrado. Así que no me lo pensé. Pero nunca he estado realmente cómoda ahí."

"¿Cómo trabajarías con las organizaciones sin ánimo de lucro?" Tomó un tenedor lleno de ensalada de col y lo introdujo en su boca.

"Haría planes financieros, inversiones para pequeñas compañías, sin ánimo de lucro y quizás maestros y enfermeras personas que aportan servicios a las buenas causas, pero no tengo mucho dinero. Ellos son las personas que realmente necesitan ayuda. Ellos son los que necesitan tener un remanente para la vejez, aprender a gestionar su dinero, ese tipo de cosas."

"¿Ese es tu único sueño?"

Meg movió la servilleta, primero se secó los labios de una manera delicada, colocándola de nuevo en su regazo y luego recolocando los cubiertos. Chaz se estiró y puso su mano sobre la suyas para calmarla. "Bueno, cuéntame el otro sueño que ocultas."

Se sentó y vio su mirada. Chaz movió su mano y tomó una pieza de pan.

"No lo estoy ocultando, pero ¿debo confesarlo todo?" Pinchó un camarón y un corazón de alcachofa con su tenedor.

"Yo lo he hecho. Ahora, te toca a ti." Se reclinó en su silla, masticando vagamente el panecillo francés, sus ojos nunca se apartaban de los de ella.

"Como la mayoría de las mujeres, supongo que me gustaría casarme tener una familia."

"¿Cuantos niños?" Tragó el pan que había estado masticando.

"Dos, creo." Meg mantenía suspendido su tenedor mientras balanceaba un trozo de huevo cocido que había en él.

"¡Perfecto! Yo también quiero decir, dos niños. Siempre he querido formar una familia. Hacer de papá me encanta. ¿Lo entiendes, no?" Se rio nerviosamente.

Meg le sonrió. Al poner su mano sobre la suya, ella envolvió con sus dedos su dedo pulgar. Apartaron las manos y siguieron comiendo en silencio. Meg se centró en su comida y le robaba una mirada a Chaz de vez en cuando. Ella esperaba que estuviera nervioso después de toda la conversación sobre el matrimonio y los niños, pero parecía tan calmado. Una sonrisa adornó sus magníficos labios cuando sus ojos se encontraron con los suyos. Su pulso se aceleró. Podía sentir los latidos de su corazón. *¡Ay, Dios mío! es realmente amor ¿Qué hago ahora?*

"¿Lista para el postre?" La voz de Chaz rompió sus pensamientos.

Megan asintió.

El levantó la segunda cubierta de plata que cubría dos platos con un perfecto pastel de fresas hecho a base de auténticos bizcochos y crema batida, que confirmó la rápida degustación de Chaz. Ambos jadearon.

"Deberíamos guardar un poco de esta crema batida para el dormitorio."

"Esta mañana dos veces luego la ducha ¿no estás saciado?" dijo levantando el tenedor.

"Dudo que nunca me sacie mientras estés cerca." El deseo centelleó en el fondo negro de sus ojos y Meg sonrió al ver su mirada introduciéndose en el escote de su vestido. Estaba ligeramente abierto, lo suficiente para ofrecerle un provocativo vislumbre de sus pechos. El calor de su mirada quemó su piel; era como si sus manos estuvieran deslizándose por su pecho. Ella tomó una bocado grande del pastel antes de que el teléfono de Chaz sonara. Se limpió los labios y respondió. Unos minutos más tarde, bajó el teléfono y se dirigió a ella.

"La conferencia de prensa está programada para pasado mañana, en el club lounge, aquí."

"Ese es el día que me voy."

"Lo sé. Aún nos quedará algo de tiempo después."

Su mirada tenia el ceño fruncido mientras pensaba en la conferencia de prensa.

"No te preocupes. Toda irá bien. Diremos la verdad, ¿qué puede salir mal?"

Chaz deslizó su mano encima de la ella y sonrió. Aun así, la tensión agitaba su estómago.

Capítulo Catorce

Meg se arrastró de la cama a las cuatro en punto para acompañar a Chaz al set. Él tenía que estar a las cinco y ella había decidido ir. Bostezando en la limusina, Meg miró con disgusto su sándwich de huevo. *Demasiado temprano para comer. Prefiero café.*

Parecía que Chaz había leído su mente. "Hay más café en el set, pollito."

"Gracias a Dios. Siento que necesito un galón."

Llegaron a las cinco menos cuarto y Chaz la tomó de la mano, guiándola por el estudio hasta maquillaje. Ella se quedó junto a él hasta que tuviera que empezar a grabar. Luego encontró una silla vacía y se sentó en silencio mirándole.

Todos han sido tan amables. Chaz les cae bien... o son muy buenos haciendo que lo parezca. Creo que el ser la gran estrella, es importante.

La deferencia recibida por la mayoría del equipo y el respeto al director impresionó a Megan. Chaz bromeó con las cámaras, hizo una escena, luego repitió y repitió sin quejarse. *¡Es tan profesional! No es el chico tonto que juega en la piscina conmigo.*

Fascinada viendo a Chaz en acción, depositó su libro a un lado y se sentó en silencio, hipnotizada por todo lo que estaba pasando a su alrededor. La grabación terminaba a las ocho de la mañana y después, un agotado Chaz se metió con ella en la limusina. Se dieron un beso antes de que Megan hablara. "Me encantó verte en el set, pero tengo un millón de preguntas."

Chaz abrió el bar en el gran coche y sirvió un vodka con tónica.

"Tomemos una copa primero. ¿Quieres uno?"

Ella asintió y le dio la primera copa antes de servirse él.

"¿Podemos guardar las preguntas para la mañana? Estoy muerto."

"Por supuesto."

De vuelta en el hotel, se retiraron después de la cena, que era nuevamente del servicio de habitaciones. Megan se quitó la ropa y se metió en la cama junto a Chaz. Se acercó a ella y la estrechó contra él. Su mano se posó en su espalda para acariciar su trasero.

"¿No estás muy cansado? Estoy aniquilada." Megan luchaba contra el cansancio.

"Estoy cansado. Tengo que levantarme a las cuatro mañana también." A pesar de sus palabras, el continúo acariciando su espalda.

"¿Nos saltamos esta noche?"

"Te vas mañana, no sé cuando te veré de nuevo."

"Regresas a Nueva York el mes que viene, ¿no?" Megan descansó su mano en la cadera de él.

Chaz asintió. "Se supone que esto finalizará a finales de agosto... quedan cuatro semanas más o menos."

"Podemos esperar."

Chaz la besó y la volvió a besar con más pasión. Un pequeño fuego comenzó en el interior de Meg. Ella presionó sus pechos contra su torso.

"Si vas a hacer eso, voy a asaltarte por segunda vez," le susurró.

Chaz se acercó más a ella, sus caderas estaban niveladas uno contra el otro. Meg podía sentir que su deseo y pasión eran cada vez mayores. Bajó la mano, deslizándola hacia a su muslo hasta que llegó a su centro. Sus dedos lo acariciaron, buscando su punto más sensible hasta encontrarlo.

"¡Por Dios, Chaz!" Megan jadeo y cerró sus ojos.

"Quizá debamos esperar," le dijo provocándola y sacando su mano.

"¡No te atrevas a parar ahora!" Ella puso su mano en sus hombros y lo acercó más.

Él besó a lo largo de todo el cuerpo. Le abrió las piernas y enterró su cabeza.

"¿Aun estas muy cansada?" Su lengua golpeó en su centro.

"¿Estas bromeando?"

Se rio, beso su cuello y accionó a marcha rápida.

El siguiente día fue parecido al anterior excepto que salieron más temprano para ir a la conferencia de prensa. Megan de nuevo se maravilló del arte y tecnología utilizados en el rodaje de una película y disfrutó del agradable ambiente en el set. A las dos y media, subieron a la limusina y partieron hacia el hotel.

"¿No estás nerviosa, no?" Él se volvió hacia ella, apoyando la palma de la mano en su muslo.

"Un poco. En realidad bastante." Meg se mordió una uña. "Nunca he dado una conferencia de prensa. No sabré que decir."

"No te preocupes. Te acribillaran a preguntas. Todo lo que debes hacer es responderlas honestamente."

"Si es tan fácil ¿por qué tantas personas se quedan atrapadas en el perfil de asesinos en serie facilitado por los periodistas?"

Su risa carecía de alegría.

"Son duros. Pero tú eres inocente y más inteligente que ellos. No dejes que te desconcierten."

"Me gustaría poder desaparecer. No soy buena en esta cosa de ser el centro de atención, " dijo con su ceño fruncido.

"No te preocupes, pollito, no estás sola. Estaré ahí contigo." Tomó su mano y la apretó.

"Menos mal."

"No has hecho nada malo. Después, voy a llamar a ese idiota de Harvey Dillon."

Meg tocó con su mano su brazo. "No lo llames."

"Necesito poner las cosas en su sitio. No puedo permitir que piense que eres una ladrona cuando no es así."

Ella se sentó en silencio. *Tiene razón. Harvey debe saber que yo no he robado ese dinero. Pero no quiero volver a ese trabajo. Puede confiárselo.* "Tienes razón. Necesito limpiar mi nombre. Pero no quiero volver a ese trabajo."

"Supongo que ningún jefe hubiera creído eso sin haber hablado primero contigo escoria es la palabra que me viene a la mente."

Lo dijo con una cara tan seria que Megan se echó a reír. "Es perfecto, Chaz."

Entraron en el hotel y el pulso de Megan se aceleró. El gerente les indicó un ascensor vacío y subieron para ir hasta el club lounge. Allie lo recibió en la puerta del ascensor. Chaz le presentó a Megan. "Todo está listo. Espero que tú también. Eso sí, no eches tu carrera debajo del autobús por favor, ¿de acuerdo, Chaz?

Él sonrió y soltó la mano de Megan. Cuando ella lo siguió a la sala, una docena de periodistas y cámaras se arremolinaron a su alrededor. El ritmo cardíaco de Megan se incrementó. Y en sus palmas y labio superior se formó sudor.

"Chaz." Barney Collier de *Associated Press,* le saludó.

Chaz le devolvió el saludó.

"Tu organizaste esto. ¿Qué pasa?"

Chaz levantó su mano. "Ella es Megan Davis, mi consejera financiera. Recientemente, ha sido acusada de robar dinero de mi cuenta en Dillon & Weed. Nada podría estar más alejado de la realidad."

"¿Ah, sí?"

"Si, Barney. El dinero, veinticinco mil dólares, era un regalo. Yo le di ese dinero a Megan."

"¿En serio? ¿Por qué?" Le preguntó el periodista de *Celebs R Us.*

"Megan me hizo un gran favor... me ayudó a prepararme para una audición y."

"¿Quieres que nos creamos que le diste a esta chica veinticinco de los grandes por ayudarte con una audición? Que invención de mierda. Venga, Chaz, cuéntanos otra historia mejor."

"Es la verdad."

"Ah, estoy seguro que fue un *regalo,* pero por un tipo de favor diferente ¿favor sexual, quizás?"

"¿Quién es usted?" preguntó Chaz en un tono molesto.

"Tom Beale, *Celebs R Us.*"

"Si, mírala. Está buena." Soltó otro periodista.

Un fotógrafo hizo algunas fotos de una horrorizada Megan de pie al lado de Chaz.

"¡Eso es absolutamente falso! Nunca he pagado por favores sexuales" Chaz gritó en voz alta.

"¿Niegas que te estás acostando con ella?" Tom continúo preguntando.

"Mi vida privada no es asunto tuyo"

"Entonces si *estás* durmiendo con ella. ¿Le pagas?"

Chaz sopló de ira y le propinó un puñetazo al periodista. Allie horrorizada intervino y lo agarró del brazo, él la apartó con la intención de darle otro cate al periodista. Tom Beale sacó un pañuelo y se tapó la nariz que le sangraba.

"Tendrás noticias de mi abogado."

El click rápido de las cámaras y los flashes que se disparaban fueron suficientes para cegar a Megan. Estaba boquiabierta y buscaba un lugar donde refugiarse.

Un periodista saltó, "No hemos escuchado a la chica"

"La Prostituta de Harvard," Tom Beale dijo con voz ahogada debido al pañuelo.

El ofensivo apodo hizo volver a Megan a la realidad, "Espere lo que Chaz ha dicho es verdad. Yo toco el piano."

"Apuesto a que sí, cariño. Tu sabías ciertamente que teclas tocar, ¿verdad?" El periodista se rio disimuladamente.

"Tú eres un sucio bastardo," gruñó Chaz, con tono amenazador hacia el periodista.

Luchando para contener a Chaz, Allie le susurró a Megan, "¡Vete de aquí!"

"¿Por qué está en Phoenix, señorita Davis? ¿Está de visita casualmente o ha venido para acostarse con Chaz Duncan? ¿Le ha pagado para que viniera?

"Por supuesto que no." Megan enfureció.

"No contestes, Meg," dijo Chaz con sus dientes apretados.

"La Prostituta de Harvard, tiene tarifa plana, ¿eh?" Tom Beale garabateó algo en su cuaderno mientras el fotógrafo que iba con él tomaba fotos tan rápido como podía.

"La consejera financiera que entrega hasta Phoenix," bromeó otro periodista.

Las lágrimas quedaron atrapadas en su garganta y se llevó la mano allí para cubrir su boca. La cara de Chaz estaba casi roja de ira. Apartó su brazo de Allie de un golpe, tomó de la mano a Megan y tiró de ella para salir de la sala siguiéndole. Los periodistas y cámaras los siguieron a medida que corrían hacia el ascensor. Una vez estaban instalados de forma segura en el pequeño espacio, Allie hacía guardia, esperando a que las puertas se cerrasen. Antes de que se cerraran, susurró, "Espero que estés satisfecho. Tu carrera está en la basura por un trasero."

Cuando se cerraron las puertas, Meg se disolvió en lágrimas. Escondiendo su cara contra la pared del ascensor, lloraba en silencio.

"Lo siento. No tenía ni idea de que esto iba a degenerar en una sesión para hablar mal de Megan. Yo...yo...no sé qué decir."

Meg se enderezó y limpio sus ojos con el dorso de sus manos. Se giró para mirarle. Él se arregló el pelo y atusó algunos mechones fuera de la cara, colocándolos detrás de su oreja.

"¿La Prostituta de Harvard?" repitió con voz temblorosa.

"Ven aquí, pollito," Chaz la movió y ella dio un paso adentrándose en sus brazos.

Cuando cerró los ojos, se imaginó los titulares del día siguiente y un nuevo lote de lágrimas inundó su rostro, empapando su camisa. Megan se fundió en el pecho de Chaz y lloró. Cuando las puertas del ascensor se abrieron, la condujo por el pasillo hasta la habitación. Una vez dentro, se calmó. Se dejó caer en una silla, atrayéndola a su regazo y la abrazó. Se estremeció cuando un pequeño suspiro traspasó sus labios.

"Espera aquí." Chaz la ayudo a sentarse en la silla mientras él buscaba su teléfono. Marcó un número y Meg solo medio escuchó que pedía hablar con Harvey Dillon.

"Sr. Dillon, soy Chaz Duncan."

Chaz hizo una pausa.

"Estoy enterado de todo, Sr. Dillon y su información es totalmente incorrecta. Sí. Sí, eso es lo que he dicho. No, mire, ¿podría escucharme por favor? Gracias. Siéntese y déjeme explicarle los hechos. La Srta. Davis me hizo un favor personal, uno que me ayudó a obtener un rol protagonista en Broadway. Exacto. Entonces, me puse en contacto con Brielle y le pedí que transfiriera el dinero. Quería sorprender a la Srta. Davis, decirle *gracias* con un regalo monetario. ¿Qué? No. Absolutamente no. Le di instrucciones exactas. Correcto. ¿Qué? Ah, entiendo."

La voz de Chaz zumbó por otro minuto o dos antes de colgar. Meg miró hacia arriba cuando él se sentó en el sofá. Ella se sentó a su lado. "Se enfadó cuando se dio cuenta que te despidió por error. Espera que si se rebaja, volverás. Mientras tanto, va a tener una *charla* con Brielle. No me sorprenderá que la despida."

"Nunca volveré. Me traicionaron despidiéndome sin siquiera preguntarme al respecto. ¿Cómo puedo trabajar ahí? Además, odio el trabajo. Excepto, gestionar tu cuenta y la de Mark, ¡Oh Dios! ¡Mark! Rápido, dame el teléfono. ¡Tengo que contactarlo antes de que vea los titulares o se va a volver loco!

A Megan le costó como cinco llamadas localizar a Mark. Estaba en el vestuario, justo acababa con el entreno.

"¿Qué sucede? ¿Una emergencia?"

"Algo así." Megan le explicó la situación a su hermano gemelo, quien enloqueció al otro lado de la línea.

"Si imprimen ese titular, ¡voy a matar a alguien! Y si alguna vez veo a Chaz Duncan de nuevo. ¡Pafff!" Hizo el sonido de un puñetazo.

"Espera, Mark. No es su culpa."

"¿No? ¿Entonces de quién es? Estoy seguro de que tuya no. Ese culo sucio, haciéndole esas jugadas mi hermana, haciendo que la despidan destrozándole la vida. Nadie más te contratará después de esto. Espera que lo atrape."

La voz del entrenador de Mark gritó, "¡Davis, ven aquí!"

"Debo irme, enana. Hablamos luego. Te amo." Mark colgó.

"¿Está molesto, ¿no?"

Ella asintió.

"¿Molesto *conmigo* no?"

"Está equivocado con respecto a ti esto no es por tu culpa."

"¿De verdad? Yo creo que si lo es."

"Intentaste explicarles la verdad, pero no escucharon. No querían saber que eras inocente. Están buscando mierda y crearon una donde no existía."

"Cuando se termine esta historia, puede que el viejo Harvey esté ansioso de volverte a contratar."

"Bueno. No quiero volver de todas maneras."

"¿Qué harás?"

"No lo sé. Quizá abrir mi propio despacho para no tener que lidiar con idiotas como Harvey Dillon otra vez." Tomó un respiro profundo.

"Me gustaría ayudarte." Chaz pasó sus brazos alrededor de ella.

"Tú puedes ser mi primer cliente."

"Por supuesto, pero si necesitas dinero para el alquiler ó algo"

"¿No hemos tenido suficientes problemas contigo dándome dinero?"

Meg puso sus manos en su pecho y lo separó. La frente de Chaz se echó hacia atrás como si lo hubieran abofeteado en la cara. Se separó de ella, dejando caer su brazo en su costado.

"¡Ay, Dios! Chaz. Lo siento, lo siento mucho. No quería menospreciarte. Tu generosidad es...es...fabulosa. Es una de las razones por las que te amo. En serio. No es tu responsabilidad que la gente elija comprenderte erróneamente.

Las lagrimas nublaron sus ojos de nuevo y Chaz pasó su pulgar por su labio superior. Besó su cabello. "No te preocupes, pollito. Sobreviviremos a esta tormenta. He pasado por peores."

Encargaron la cena al servicio de habitaciones y comieron en la terraza de nuevo, mirando las parpadeantes luces nocturnas de Phoenix. "¿Quieres una cerca blanca que proteja a tu esposo perfecto y los niños?" Chaz sonrió mientras daba sorbos a su café.

"Creo que me gustaría quedarme en la ciudad, pero una casa de campo para los fines de semana y en verano no estaría mal."

"Me enamoré de Pine Grove cuando Quinn y yo estuvimos ahí. Pero eso fue hace siglos. Puede que haya cambiado ya."

"¿Y tú? ¿Dos niños y una esposa?"

"El sueño completo. Lo quiero todo. Quiero el día de Acción de Gracias perfecto con el pavo más grande que el dinero pueda comprar y la Navidad perfecta con un árbol gigante. Me encantan los festivos y estoy cansado de presionar la nariz contra el vidrio de la vida de otras personas. Quiero mis propios festivos con mi propia familia. Quiero ser extrañado, ser bienvenido a casa. Estoy cansado de volver a una casa vacía... de no tener a nadie con quien compartir mis aflicciones o una buena carcajada."

"¿Estás preparado para el matrimonio?" Le levantó una ceja.

"Quizás." Chaz le dio una sonrisa tímida.

El movió el carrito de la cena al pasillo para que no les molestara. Decidieron no hacer el amor porque era tarde y Chaz tenía una convocatoria temprano. Meg también debía irse en el vuelo de las ocho en punto, así que simplemente se acurrucaron juntos. Ella pasó una noche irregular, moviéndose y girándose, incapaz de olvidar las preocupaciones diarias. En un momento determinado, se despertó a causa de una pesadilla. Se sentó derecha hiperventilando. Chaz se incorporó poniendo su mano en su espalda.

"¿Estás bien?"

Respiró profundamente. "Creo que sí."

"Ven aquí," le ordenó, tirando de ella gentilmente a sus brazos.

Una vez que la abrazó, ella se apoyó contra él, cerrando sus ojos. Escuchaba el ritmo regular de sus latidos mientras el ligero calor de su aliento le hacía cosquillas en la mejilla. Como una canción de cuna o una mecedora, su presencia la calmó y ella se quedó dormida en minutos.

El sonido de la radio-reloj los despertó a las cuatro de la mañana siguiente. Un sutil golpe en la puerta les advirtió que su café de la mañana había llegado. Chaz se frotó su cara barbuda, se puso una bata en su largo cuerpo y se dirigió a la puerta. El *Phoenix Observer News* estaba doblado junto con el café y los bollos dulces en el carro. Sirvió dos tazas y se sentó en una silla de la mesa.

Cubierta con una sedosa bata, Megan le acompañó unos minutos más tarde. El desdobló el periódico y fue a la sección de arte, doblando el resto del periódico para poder ver solo la página de arte. Le echó un vistazo en un momento, tratando de sonreír mientras su mirada se cruzaba con la de Meg desde el otro lado de la mesa.

"¿Qué? ¿Qué dice?" Ella frunció sus cejas y lo miró.

"Toma tu café, tomate un respiro, relájate."

Meg se levantó y le arrebató el periódico de las manos. Sus ojos rápidamente escanearon la página hasta que lo encontró ahí en la primera página había una foto de los dos. El titular decía "Consultoría Financiera Con Derechos."

Más abajo, el subtítulo en negrita, "Cariñito de Harvard ¿Va con Chaz por Amor o Dinero?" Leyó el titular en voz alta mientras se hundía lentamente en su silla.

Capítulo Quince

Meg se sentó rígidamente en posición erguida en la limusina junto a Chaz. Él deslizó su mano encima de la suya y ella le sonrió tímidamente, pero no rompió el silencio. Miró por la ventana hacia la oscuridad y los primeros finos rayos del amanecer. El silencio se rompió con el sonido de la canción "Si te amara" cantada por el elenco original de *Carousel* en su teléfono. Sobresaltada, Meg alzó la vista hacia él.

"Es una canción que me ha dado suerte" explicó él, cogiendo su teléfono. Leyó el nombre de Allie en la pantalla y dejó que saltara el buzón de voz. *Sé lo que va a decirme. No quiero hablar con ella.*

El teléfono sonaba una y otra vez. Por último, sonó el *ding* de un mensaje de texto entrante. Chaz trató de resistirse y no mirarlo, pero la esperanza venció al miedo, así que pulsó la bandeja de entrada.

He visto los periódicos. Estás arruinando tu carrera. Déjala.

El mensaje era de Allie. Él frunció el ceño, la ira brotaba de su pecho. Antes de que pudiera eliminar el mensaje, Meg le arrancó el teléfono de su mano."Déjame ver."

"No, en serio, no es nada. Dámelo."Chaz agarró el teléfono pero Meg lo había tenido delante de sus ojos el tiempo suficiente como para leer el breve mensaje antes de que él se lo arrancara de la mano. Ella dio un pequeño suspiro y Chaz dijo: "No le hagas caso. No voy a hacerlo. Mi carrera va a ir bien. Lo de hoy sólo es un titular sensacionalista. Pronto caerá en el olvido"

"Yo no quiero arruinar tu carrerahas trabajado tan duro y sacrificado tanto para llegar donde estás, Chaz"

"¿Qué ha pasado con 'Dunc'?" La cogió de la mano poniéndola entre las suyas.

"Lo he dejado en el dormitorio." Sus ojos brillaron por un momento y su mano tomó la de él.

Se recostaron en el asiento de cuero, cogidos de la mano y tocándose con los hombros hasta que el conductor dio la última curva, dejándolos sólo a dos millas del estudio.

Cuando la limusina se detuvo de una sacudida frente al estudio, Chaz se volvió hacia ella y la tomó en sus brazos.

"Todo irá bien" susurró.

Se agarró a él y pudo sentir un pequeño temblor en su espalda. *Tiene miedo y no lo quiere admitir. Maldita sea.*

"Me gustaría poder estar contigopara hacer frente a esto. No hables con la prensa. Ellos sólo tergiversarán cualquier cosa que digas."

"Tal vez no deberíamos vernos durante un tiempo. Quiero decir. No quiero que la prensa te haga daño."

"Seré yo quien decida a quien ver, no mi agente ó la prensa. Quiero estar contigo, Meg estoyestamosbienestamos bien."

Ella asintió con la cabeza, pero él seguía viendo las lágrimas en sus ojos. "No más viajes a Phoenix."

Chaz se quedó en silencio.

"¿Vas a estar aquí cuánto másotro mes?" Ella arqueó las cejas.

"Probablemente. Tal vez menos." Él tomó su mejilla.

"Durante un mes. No iré a visitarte. Hasta que esto no se calme."

"Podemos hablar por teléfono y por internet, ¿no?" La ansiedad ante la posibilidad de perderla invadía su corazón.

"Cierto. Después de esto, quién sabe." Ella trataba de sonreír, sin conseguirlo.

La besó y acarició su cabello. Las emociones se acumulaban en su pecho y le asfixiaban. *Nunca había tenido problemas para decirle adiós a una chica.* De repente, sus ojos se empaparon también y escondió su cara en su cuello. Ella lo apretó con sus brazos con más fuerza y él supo que no la había engañado. *¿Por qué amarla le hacía sentir tan bien y tan mal al mismo tiempo?*

"Estaré bien. Soy fuerte. Tengo a Mark y a Penny a Grady que me está esperando."

"¿Grady? Ah, sí, ese perrito gordito." Chaz se rio, recordando su divertida cara.

"No está gordito. Está adelgazando ahora que le estoy dando largos paseos todos los días."

"Es mono estoy celoso. Duerme contigo todas las noches."

Meg le golpeó el brazo ligeramente y sonrió.

"Estoy contento de que lo tengas como compañía," dijo Chaz, alisándose el pelo con la mano.

"Mark está en pleno entrenamiento y la temporada comienza pronto, así que no voy a verlo durante un tiempo."

"Vas a estar sola. Llámame todos los días. No te enamores de nadie más ¿está claro?" dijo frunciendo las cejas.

Sus ojos se agrandaron y una lágrima se deslizó por la esquina de uno de ellos.

"¿Cómo podría? Estoy enamorada de ti."

Ella le alcanzó mientras apartaba su pelo de la frente y de sus ojos.

"Estaremos juntos pronto, pollito," dijo mientras el chófer abría la puerta del coche.

Sus manos se unieron para una última caricia mientras él salía lentamente del coche. Cuando se volvió hacia atrás por última vez, vió a Meg observándolo mientras caminaba hacia la puerta del estudio. Se detuvo para decirle adiós con la mano. Una sensación de pesadez se asentó en su corazón mientras se volvía para entrar.

Nadie le mencionó nada acerca de los titulares de los periódicos. *Probablemente, no lo han visto todavía. Después de todo, eran sólo las cinco.* Comenzó el maquillaje rutinario, luego repasó su guión y se preparó para grabar las escenas. Estaba contento que su trabajo le distrajese, se concentró e hizo lo que tenía que hacer.

A la hora del almuerzo, notó miradas de reojo de vez en cuando de algún compañero actor ó un cámara. *Ha corrido la voz. Mierda.* Las miradas que recibía eran más de simpatía que de crítica ya que ahí muchos otros vivían con el temor de que su privacidad fuera invadida por los medios de comunicación.

Después de servirse un plato en el buffet, se retiró a una esquina para comer solo y comprobar su teléfono. Estaba cargado de mensajes. Había siete de Allie, dos de Quinn, dos de Bobby y uno de Meg.

Sabiendo que Meg estaría en el avión y no podría hablar por teléfono, llamó a Quinn primero. "He visto los titulares, amigo. ¿Cómo estás?"

"La vida es una mierda." Chaz tomó un bocado de su sándwich.

"¿Qué ha pasado?"

"Pensé que podía decir la verdad, pero la prensa finalmente lo tergiversó e hizo que Meg pareciera una prostituta."

"Sí, esa es la impresión que dan. Es una lástima. Parece buena chica. Iba a felicitarte por elegir por fin a una campeona"

"Si y es mía. Así queno tocar. Me dijo que saliste con ella" Tomó su Coca-Cola y se recostó.

"Un café, hombre. Sólo tomamos un café. Quería darle el visto bueno. Quería asegurarme de que no te estaba tomando el pelo"

"¿Y?"

"Te ha tocado la lotería."

"Lo sé." Mordió un trozo de pepinillo.

"¿Vas a volver a Nueva York?"

"Estoy planificándolo." Chaz tomó un bocado de su ensalada de patatas.

"Me voy de viaje a Sudáfrica en dos semanas. Tienes las llaves. Nos vemos allí en octubre, ¿eh? "

"Sí."

Chaz colgó el teléfono y se terminó el sándwich. El compás de *Si Te Amara* le llamó la atención, era otra llamada entrante de Allie. Suspiró antes de contestar.

"He estado tratando de contactar contigo."

"Estoy rodando hoy, ¿recuerdas?" Él trataba de ocultarlo pero una pizca de impaciencia e irritación se filtraba a través del teléfono.

"¿No te tomas un descanso? No importa. ¿Has dejado a esa alborotadora? "

"No es una alborotadora. Yo te pago para que dirijas mi carrera, no mi vida personal." Alzó su voz.

"No vas a tener ninguna carrera si te quedas con ella. Espero que los productores de Broadway no vean estos titulares."

"¿Por qué?" Se calmó.

"Porque este tipo de escándalos puede estancar la venta de entradaspodrían echarte."

"¿Dónde está el contrato?" Se dejó caer contra el respaldo del sillón.

"Uh no he terminado de repasarlo. Voy a enviártelo esta noche por correo exprés."

"¡Allie! ¿A qué estás esperando?" Chaz se sentó de golpe en su silla.

"¡Eh, no me grites! De todos modos, hay una cláusula sobre el comportamiento y la mala prensa."

"¿Qué significa eso?" Sus ojos se abrieron completamente.

"Significa que pueden echarte o reemplazarte en cualquier momento. Así que mejor mantente alejado de esta chica, Chaz, si quieres triunfar en Broadway."

"Me están llamando. Te tengo que dejar" mintió.

Chaz colgó el teléfono y se tragó el último sorbo de Coca-Cola. *Tal vez Meg tenía razón. Tal vez estaríamos mejorpor un rato.* La idea de no verla o hablar con ella le dolía en el corazón. *Broadway¿Tengo que elegirMeg o Broadway? Dios, espero que no.*

Se sentó y perdido en sus pensamientos, no escuchó que le llamaban por su nombre. El director se levantó hacia él y lo empujó por el hombro."Dunc, estamos listos. ¿Estás ahí? ""¿Eh?"

Sobresaltado, levantó la vista, sonrió a Marly Griffin, el director y se levantó."Claro, Marly. Listo para empezar "

Recogió su bandeja, la lata de refresco vacía y la servilleta vertiéndolo todo en el cubo de basura más cercano. Marly le pasó el brazo por los hombros mientras caminaban de regreso a la grabación.

"He recibido una frenética llamada de Allie esta mañana"

Sus palabras detuvieron el discurso de Chaz. Marly miró a Chaz directamente a los ojos y continuó: "Sí, dijo algo acerca de destrozar tu vida. Eres lo suficientemente mayor para conocer la diferencia entre una chica y tu carrera, Dunk. Tenemos dos guiones más de *West of the Sun* en revisión en este momentoa mí me gustaría mantenerte como Grady Spencer¿sabes lo que quiero decir?"

"No te preocupes por mí, Marly. No te fallaré."

Marly liberó a Chaz y se puso a hablar con el cámara mientras Chaz se ponía su lugar. *Meg Meg¿qué debo hacer? Te quiero.* Chaz comprobó los mensajes de Meg.

> *Hola. El avión ha aterrizado y estoy de camino a casa. Ya te echo de menos. Esto va a ser más difícil de lo que pensaba. Por lo menos tengo a Grady. Pero tú tendrás un plató lleno de gente. Por favor, no te enamores de ninguna actriz atractiva. Te amo, tengo que dejarte, voy en dirección hacia el túnel Midtown.*

La tensión le subió por los hombros mientras una sonrisa apareció en su rostro. *Meg yo también te amo, pollito. Yo también te quiero.*

Una semana más tarde, Chaz estaba agotado. Las largas horas y el estrés se lo comían. Recibía todos los días una llamada o mensaje de Allie, presionándole para que renunciara a Meg. Todas las noches llamaba a su chica, apenas era capaz de darle las buenas noches antes de derrumbarse en la cama. No se ponía al día con Bobby porque sus horarios no encajaban. Quería explicarle a su viejo amigo lo que estaba pasando, pero sentía en su corazón que Bobby lo entendía. *Gracias a Dios que tengo a Bobby y a Quinn.*

La presión continuaba creciendo en el plató mientras la película amenazada con salirse del presupuesto. Las averías en los equipos y las enfermedades inesperadas de los actores causaron retrasos en la grabación, poniendo frenéticos a los productores e irritable al director. Chaz se esforzó por mantener su enfoque y concentración en la película. El ambiente agradable se secó y fue sustituido por la tensión y la impaciencia. Chaz pasaba sus horas de almuerzo repasando su guión y esquivaba continuamente las llamadas de Allie.

Los miembros del reparto y el personal con los que había tenido una relación amistosa, estaban centrados en sus propios trabajos. Las bromas y la diversión dieron paso a las críticas y el mal ambiente. Una vez más, Chaz se aisló de los demás. *Esto es el trabajo y estas personas no son mis amigos.* Después de que saliera el artículo en el periódico, varias actrices que habían mostrado interés por Chaz ya no lo hacían. Estaba aliviado pero molesto al mismo tiempo, aunque no sintiera interés alguno por ellas.

Una noche después haberse arrastrado volviendo al hotel, se quitó la ropa y se metió en la cama. Demasiado cansado para hablar, alcanzó la lámpara que había en la mesita de noche cuando teléfono sonó. La canción le hizo sonreír ya que le recordó que la cantaba con Meg. Suponiendo que era ella, respondió sin comprobar.

"Hola, pollito," murmuró.

"¿Pollito? Soy Allie. ¿A quién esperabas? "

Chaz cerró los ojos y se hundió en su almohada."Allie, estoy demasiado cansado como para pelearme contigo esta noche."

"He estado intentando contactar contigo durante días." Podía oír la exasperación en su voz, pero no le importaba.

"No quiero hablar de Meg."

"Entonces escúchame solamente." Su tono se volvió frío, haciéndole abrir los ojos y sentarse.

"Te estoy escuchando."

"Has perdido Broadway."

"¿Qué?" Se quedó pasmado y sus ojos se abrieron de golpe.

"Lo que te digo. Es lo que he estado tratando de decirte toda la semana, pero no atendías el teléfono." Su actitud engreída le hizo querer abofetearla.

"He perdido Broadway ¿qué significa eso?"

"Significa que te han sustituido. Exceso de escándalo. Los productores te han retirado su apoyo"

"¡Oh, Dios mío!" Chaz alzó sus rodillas y apoyó su frente sobre ellas.

"Así es, cariño. Has cambiado tu sueño por un par de noches con ¿cómo la llamas? Ah, sí, "pollito" Esperemos que haya valido la pena. Espero que estés feliz." Se cortó la comunicación.

Chaz se pasó la mano por la cara y luego lanzó una almohada contra la pared. ¡Mierda! ¿Qué he hecho? Cogió el teléfono y llamó a Bobby.

"Eh, ¿qué pasa, hombre?"

Le explicó lo que había sucedido mientras contenía las lágrimas.

"¿Has cambiado Broadway por la chica? Arduo destino, Dunc. Difícil. Pero te conozco. Esta es la primera vez en tu vida que te importa una chica. Esta no es tu última oportunidad en Broadway, ¿o sí?"

"No lo sé. Tal vez sí, tal vez no"

"Demonios, lo primero es conseguir un nuevo agente. Esa Allie es una perra. Te chifla esta chica, ¿verdad? "

"Sí."

"¿Es especial?"

"Sí, ¿y?"

"Pues búscate un agente nuevo, encuentra otro espectáculo de Broadway y quédate con la chica. Entre tanto, esperemos que otro show aparezca en el momento oportuno. Me tengo que ir, el bebé está llorando. Aguanta, Dunc."

Bobby colgó el teléfono. Chaz se sentó y pensó durante un momento en lo que le había dicho Bobby. Había sentido demasiadas emociones como para poder dormir, se levantó y caminó hacia la cocina en busca de un vaso de agua. Luego se puso una bata para sentarse en la terraza, mirando hacia las luces que parpadeaban hasta que el teléfono volvió a sonar.

Allie, ¿vuelves para echar más sal en la herida? Él respondió con brusquedad, "¿Sal en las heridas, Allie?"

"¿Chaz?" Respondió Meg con voz de incertidumbre.

"¡Meg! Oh, Meg, Lo siento mucho. Pensaba que eras Allie."

"¿Qué sal y en qué herida?"

Él se quedó en silencio.

"¿Qué ha pasado? Ha pasado algo. Lo presiento."

"He perdido Broadway." Su voz era apenas un susurro.

"¿Qué?"

"He sido reemplazado. No voy a hacer Broadway." Se aclaró la garganta.

Ahora era el turno de Meg de estar en silencio.

"¿Meg? Meg, ¿estás ahí? "

Le temblaba la voz a través del teléfono. "Estoy aquí. Lo sientolo siento tanto. Has echado a perder tu sueño por mi culpa."

"No es culpa de nadie." Él apretó los dientes.

"Debería desaparecer de tu vida. Estoy destruyéndola."

"¡No!" Cerró su mano en un puño y golpeó la pequeña mesa.

"Estoy, estamos esto no está funcionando."

"Es por mí. Te amo." *No puedo perderte.*

"¿Todavía? ¿Después de todo esto?"

"Esta profesión es una mierda. No sabes cuántos papeles me fue imposible conseguir antes de obtener el de *West of the Sun*. Te acostumbras esto. Estoy exagerando, pero cada vez duele un poco menos."

"Pero esto era tu sueño un musical de Broadway ahora se ha esfumado por mi culpa."

"Eh, he comenzado esta estupidez con mi regalo sorpre sano tenía ni idea. Este no es el único papel en Broadway para el resto de mi vida. Además, nadie me tiene que decir a quien amar con quién estar."

El silencio le recibió.

"Me parecerá bien si quieres que nos demos un tiempo sólo hasta que esta locura se calme." Puedo percibir una nota de tristeza en su voz.

Más silencio. Chaz no sabía qué decir. Finalmente, respondió: " De todos modos, estaré aquí otras tres semanas. Para entonces, debería estar terminado ."

"De acuerdo, interrumpimos el contacto durante tres semanas."

"¿Sólo para ver cómo lo experimentamos el uno sin el otro?" preguntó él.

"De acuerdo. Bien. Bueno. Comencemos desde ahora. Buenas noches, Chaz" le tembló la voz.

"Buenas noches, pollito" Antes de que le pudiera decir que la amaba, ella colgó el teléfono. El suspiró, la duda acaparaba su mente. A pesar de que su cuerpo estaba cansado, su mente estaba completamente despierta. Llevó una silla del salón a la terraza, cogió una manta de lana y se quedó mirando la noche.

Amo a Meg, pero me encanta actuar también. Es mi vida. Maldita sea, yo quiero ambas cosas. Estaba dividido, haciendo una lista mental de las razones por las que permanecer juntos y razones por las que cortar la relación. Ahora que Broadway estaba fuera de su alcance, tendría que volver a su modesta casa de Los Ángeles. *¿Por qué? ¿Por qué no puedo permanecer en casa de Quinn? Él va a estar fuera de la ciudad. ¿Vería a Meg? ¿Iban a seguir estando perseguidos por la prensa, por paparazzi haciéndoles fotos y separándolos?*

Pedirle que se case conmigo. No no estoy preparado. He estado soltero demasiado tiempo como para cambiar de manera tan drástica. Tal vez podríamos vivir juntos. No, los periodistas se lo pasarían en grande con eso no es justo para Meg. Además, yo no tengo mi propia casa en Manhattan. No podría traérmela conmigo a la habitación libre de Quinn .

Sólo cuando decidía que cortar era lo mejor para los dos, las imágenes de Meg rondaban por su mente y su ingle. *Esos ojos verdes, su pelo como la seda. Es tan inteligente y divertida. Su piel es tan suave. Su silueta hermosa y firme, se ajusta perfectamente a mí.* Su pulso se aceleraba al imaginarse su cuerpo desnudo tumbado en su cama, esperando a que le hiciera el amor.

Sus dedos hormigueaban antes de recorrer su piel lisa y rodear sus pechos. Cerró los ojos y casi sintió la curva de su cadera, su trasero apretado debajo de sus manos. Sus labios se fruncieron un poco pensando en su beso, tan tierno y excitante. Su sabor, una mezcla entre un buen vino y la dulce acidez de la fruta fresca, su lengua se vio tentada, mientras que el recuerdo de su fragancia le hacía cosquillas en la nariz. Su ingle se tensó al recordar su apretada y cálida humedad el éxtasis de estar dentro de ella, sus cuerpos meciéndose juntos y enredándose en la pasión besando, devorando y pellizcándose el uno al otro en un deseo febril. Empezó a jadear ligeramente, sus latidos del corazón se aceleraron, sintiendo una mezcla de deseo y necesidad en su sangre.

Se acomodó en el sillón, tirando de la manta hasta sus axilas. Por un segundo él podría jurar que olía a pastel de carne. Su boca se hizo agua recordando ese delicioso plato, haciendo que le entrara hambre. *Nadie ha cocinado nunca antes para mí. Ella es la única.* Se relamió los labios como si un resto de la comida aún permaneciera allí, pero sus papilas gustativas no encontraron nada. Se puso de lado, y abrazó una almohada en un intento de recrear una fracción del calor y la suavidad de dormir entrelazado con Meg. Cerró los ojos mientras su mente se quedaba sin fuerzas y el agotamiento finalmente le adormeció.

Ella me ama. Ella es mía. No renunciaré a ella. *Lo vamos a superar no importa cómo.* Necesito tenerla todo el tiempo todos los días. Una sonrisa curvó sus labios mientras se quedaba dormido.

Capítulo Dieciséis

El grupo de periodistas y cámaras bloqueaban la puerta de su edificio no fue una sorpresa para Megan. Se abrió paso entre la multitud, en dirección a la puerta principal. Le lanzaban preguntas sugestivas, desagradables, sin detenerse ni siquiera cuando se cerró en banda diciéndoles "sin comentarios" Los fotógrafos le tomaban instantáneas. Estaba cansada y con ojeras de haber viajado y llorado. Su pelo era un desastre pero a ella no le importaba. *Ahora ya no parezco una prostituta. Tal vez eso sea bueno.*

Briny salió del edificio, le mantuvo la puerta abierta y empujó a dos de los periodistas con su musculoso brazo para que ella pudiera pasar. Vio a Grady detrás del podio del portero, acurrucado en una pequeña manta. El pug se levantó y se balanceó hacia Meg, moviendo la cola frenéticamente, contento de verla de nuevo después de unos días al cuidado de Briny.

Meg se inclinó para rascarle detrás de las orejas al pug, sin importarle los chasquidos de las cámaras que la fotografiaban desde fuera del edificio. *Tal vez Grady se convierta en famoso.* Tomó la correa de la mano de Briny.

"¿Cuánto te debo por haber cuidado de Grady, Briny?"

"Corre a cargo de la casa, señorita."

"No tienes que," pero él levantó su mano para detenerla.

"Gracias." le sonrió ella.

Un reportero se coló en el interior, mientras que Briny estaba hablando con Meg. "Sra. Davis, ¿cuánto le paga Duncan para viajar a Phoenix y tener relaciones sexuales con él? "

Harta, Meg se giró. "¿No creerá realmente que un hombre tan atractivo como Chaz Duncan tenga que pagar a una mujer para acostarse con él, verdad?"

"¡Ah! así que ¿lo hizo gratuitamente?" El reportero escribía en cuaderno de notas.

La cara de Meg se sonrojó mientras que la ira invadía rápidamente su pecho. "¡Muérete!" Le contestó al reportero, lanzándole una mirada de rabia. Antes de que pudiera llevarse el perro, Grady había levantó la pata y orinó en los pantalones del reportero.

Él dio un salto hacia atrás y gritó. "¡Controle a su perro, señora!"

"Lo siento" murmuró, sin evidencias de arrepentimiento en su voz. Entonces, su color volvió a la normalidad y su cara congelada rompió en una gran sonrisa. Briny se rió. Meg tomó la correa, tirando del perro para que se alejara del hombre y escapándose hacia el ascensor antes de que el reportero tuviera la oportunidad de seguirla. Briny agarró al intruso por la parte superior del brazo y lo acompañó hacia la puerta.

Una vez dentro de su apartamento, le puso a Grady agua fresca e hizo una taza de café. Unos minutos más tarde, con el café todavía en la mano, comprobó su correo y se acurrucó en el sofá. El perrito logró saltar al sofá y acurrucarse detrás de sus rodillas dobladas, con la cabeza apoyada en su pierna. En poco tiempo, Meg se quedó dormida con Grady roncando al lado de ella.

El tiempo pasaba muy lentamente para Meg. Sin trabajo á donde acudir, daba vueltas todo el día por el apartamento vacío como una moneda solitaria en una hucha. Tres veces al día, se veía obligada a enfrentarse al mundo cuando sacaba a Grady de paseo. Por las mañanas se colaba en Central Park, a menudo pasando inadvertida por los medios de comunicación debido a la temprana hora. Pero su paseo por la tarde era a veces una operación de sigilo si había periodistas o fotógrafos dando vueltas.

A menudo, no podía esquivarlos por lo que la perseguían, acosándola con preguntas y tomándole fotografías mientras ella mantenía la cabeza baja y la boca cerrada.

"¿Ha echado a perder su educación para convertirse en una prostituta?"

"¿Tiene Duncan alguna petición especial, Sra. Davis?"

"¿Tiene algún otro cliente famoso?"

Era difícil para Megan no contestar cuando en realidad quería decirles a todos que se fueran al infierno pero se obligó a sí misma a no responder. Después de su arrebato inicial de la semana anterior, cuando se vio desvirtuada en un diario, en este momento ceder a las provocaciones del reportero parecía absurdo. Se negó a permitir que el acoso de estos periodistas la hiciera parecer fuera de control. "Cariñito de Harvard Dice Que Ella Se Acostaría Con Chaz Duncan Gratuitamente" fue el titular que resultó de ese pequeño paso en falso. Su teléfono no dejaba de sonar mucho después de ese suceso.

Si no encuentro algo que hacer, me voy a volver loca estando prisionera en mi propia casa. Finalmente llegó la respuesta cuando se sentó, mirando por la ventana, bebiendo una taza de café y acariciando a Grady. *Necesito empezar mi nuevo negocio. ¡Todos los nuevos negocios se inician con un plan de negocios!*

Faltaban sólo tres semanas más para que Chaz finalizara su grabación. Megan se sentó frente a su ordenador e inició un plan de negocios para montar su propia consultoría de asesoramiento financiero. Habían pasado pocos días y su teléfono estaba casi sin actividad, así que dejó de comprobar quien llamaba. Distraída con su trabajo y ligeramente molesta cuando su teléfono sonaba e interrumpía su concentración, contestó sin pensar.

"¿Megan Davis?"

"No hablo con periodistas." Estaba a punto de colgar el teléfono, cuando la voz femenina de la persona que llamaba le llamó la atención.

"No soy periodista. Soy Allie, la agente de Chaz Duncan."

"Ah. ¿Qué puedo hacer por ti?" Meg dejó su taza de café.

"Puedes dejar a Chaz en paz."

La cabeza de Meg se volvió bruscamente hacia atrás como si hubiera recibido una bofetada. "No hemos hablado en una semana, si eso es lo que quieres saber."

"Él está decidido a quedarse contigo, no le importa si le cuesta su carrera."

"No veo en qué te incumbe eso."

"Me incumbe por lo menos el diez por ciento de sus ganancias me incumben. He estado hablando con los productores de *West of the Sun* y no están contentos con toda esta publicidad negativa. Esas películas van dirigidas a niños, Sra. Davis. Y los padres no quieren que sus hijos sigan las películas de un degenerado que va con prostitutas "

"¡No soy una prostituta! ¡Usted es una descarada!" Meg fue a colgar el teléfono.

"¡Espera! Espera. Lo siento. Yo no quería dar a entender que lo eras. Sé que eres su novia y créeme, a mi me haría muy feliz que Chaz hubiera encontrado a alguien que no fueras tú."

Megan escupió.

"Lo que quiero decir es que esto no está saliendo bien. Si lo ama, Sra. Davis, déjelo. Su carrera es todo lo que Chaz posee. Si se queda, puede destruir todo por lo que ha conseguido con tanto esfuerzo. El espectáculo de Broadway ya lo ha perdido. Si pierde esta franquicia, será el final de su carrera como actor "

Megan respiró hondo.

"¿Hola?¿Hola?Todavía está ahí, Sra. Davis? "

"Estoy aquí." dijo tratando de estabilizar el temblor de su voz.

"Debes ser una buena chica si Chaz esta tan enamorado de ti. Es decir, tiene que ser algo más que sexo así que, por favor. Sacrifícate por él. Es decir, si realmente lo amas"

"Si, lo amo." Fue casi como un susurro.

"Bueno. Gracias de antemano. Por hacer lo correcto."

Después de que Allie colgara el teléfono Megan se levantó, paralizada. Se quedó mirando el teléfono durante un momento antes de que un dolor atravesara su cuerpo. *Tiene razón. Si lo amo, debo renunciar a él.*

Se sentó en una silla y miró por la ventana. *Dios, que dolor. Casi no puedo respirar.* Grady se acercó hacia ella y se acurrucó a sus pies. Ella lo miró mientras las lágrimas llenaron sus ojos.

"Es hora de salir, muchacho. Gracias por recordármelo." Y se puso de pie.

Como de costumbre, de camino hacia la puerta, agarró la correa antes de dirigirse hacia el ascensor. En el exterior, sólo había un reportero dando vueltas. *Gracias a Dios. Ahora. Tengo que hacerlo ahora. Es igual que quitarse un vendaje, hará daño, pero sólo será temporal.*

Levantó la vista mientras el hombre se acercaba. "¿Alguna novedad hoy, Sra. Davis?"

Se detuvo mientras Grady hacía sus necesidades en la farola. "Hoy es su día de suerte. Sí. La noticia es que el Sr. Duncan y yo ya no estamos juntos."

"¿Cómo?"

"Lo que oye. Hemos separado nuestros caminos. De hecho, voy a Delaware para ver a mi hermano y reavivar un viejo amor de allí."

"¿Alguno de sus compañeros de equipo?"

"No te gustaría saberlo," ella sonrió coquetamente al reportero que estaba escribiendo a mil por hora.

"¡Espere! ¡Sra. Davis!" Él la llamaba.

Pero Megan simplemente dijo adiós con la mano y siguió su camino. Llevó a Grady de nuevo al edificio y corrió hacia el ascensor. Cuando las puertas se cerraron, se echó a llorar. Una vez a salvo en el interior del apartamento, marcó su teléfono con los dedos temblorosos. Tan pronto como Mark respondió, ella soltó: "Voy para Delaware, Mark."

"Buena idea."

"Dile a Harley Brennan, que el favor que me debe, voy a ir a cobrármelo."

Colgó el teléfono y se dejó caer en el sofá, llorando. Grady se acurrucó en el sofá a su lado y apoyó la cabeza en su pierna.

A la mañana siguiente, Megan comenzó a recoger su ropa después de que el titular apareciera. Se preparaba para tomar el Metroliner de las 12 dirección Delaware, trató de concentrarse en organizar su ropa para el viaje, pero Chaz seguía en su mente. *Si voy a salir con Harley, necesitaré algo atractivo. Uf. No me siento sexy con Harley. Dunc*

La parte más difícil del día era mantener su teléfono apagado. Después de ignorar la primera docena de mensajes de Chaz, apagó el teléfono completamente. El incesante ring la ponía de los nervios, ansiosa y olvidadiza. *¿Condones? No. Además, si cambio de opinión, seguro que Harley tendrá un montón.* La idea de acostarse con Harley le puso la piel de gallina.

A las diez y media ya estaba lista. Echó la comida de Grady en una bolsa de plástico y bajó penosamente las escaleras. Briny la saludó. "Me estoy acostumbrando a tener al pequeño animalito conmigo," dijo mientras Grady saltaba sobre su pierna para ser acariciado. "¿Hay moros en la costa?"

"Si. Pienso que lo consiguió, señorita. Una vez que se han enterado de que usted y el Capitán Spencer, quiero decir, el señor Duncan, han cortado, han desparecido "

"Bien."

"Sin embargo, es mentira, ¿verdad? No ha roto con el Sr. Duncan, ¿verdad? "

"Eso es lo primero que han sacado que es cierto, Briny."

"¡Qué pena! Es un gran hombre." Briny tomó la correa de su mano.

"Sí, lo sé." Megan dejó escapar un gran suspiro. Se inclinó para darle un beso a Grady antes de agarrar de nuevo su maleta. Briny le sostuvo la puerta y se dirigió a la calle para tomar un taxi. Megan entró y alzó la vista al cielo. Se estaban formando nubes para una tormenta de verano. Se arremolinaban y se oscurecían, reflejando su mismo estado de ánimo.

Cuando el tren salía de la estación Penn, empezó a llover. Se relajó en el lujoso asiento mientras que las gotas de lluvia caían sobre la ventana cada vez más y más rápido a medida que el tren incrementaba la velocidad. *Parecen como lágrimas.* Los ojos de Megan estaban secos, vacíos de lágrimas. Ya no podía llorar más. Tengo que afrontarlo en algún momento. *Tengo que decirle la verdad. Nunca amaré a nadie como lo amo a él.*

Se echó hacia atrás y cerró los ojos, permitiendo que las imágenes de los momentos pasados con Chaz se reflejaran en su mente. Se acurrucó en el asiento, recordando la maravillosa sensación de acercarse al cuerpo de Chaz cuando yacían en la cama. Cuando la envolvía con sus brazos protegiéndola, nada malo podría sucederle. Estaba a salvo de preocupaciones, de la ansiedad y del mundo. Intentó apartar esos sentimientos de su cabeza y concentrarse en el amor que compartían. Una sonrisa se deslizó por sus labios mientras se quedaba dormida en un duermevela, medio dormida medio despierta, soñando con los días felices en compañía de Chaz.

Megan se despertó sobresaltada cuando el tren se detuvo en la estación. Se levantó de un salto para tomar su bolso, pero un joven de agradable aspecto ya estaba tirando de él para bajarlo del estante y dárselo. Le dirigió una larga mirada. "No eres tú el "Harvard."

"No. Tenemos un gran parecido. Gracias por su ayuda." Ella le tomó la bolsa y se andó con rapidez por el pasillo. *Oh Dios. Ahora soy famosa infame. Una celebridad. Maldita sea.* Una vez dentro de la estación, suspiró de alivio. Llamada cerrada. Meg miró a su alrededor hasta que los vio, su alto y apuesto hermano, con su brazo alrededor de los hombros de Penny, iba a su encuentro .

Sus ojos comenzaron a picarle y se le cerró la garganta de la emoción cuando vio a Mark. Él siempre había estado ahí, era su talismán. De repente, no podía seguir fingiendo que todo iba bien. Él la vio, abrió los brazos y corrió, chocando contra él. Él la encerró en un gran abrazo mientras ella sollozaba en su pecho.

Algunas personas lo reconocieron pero se detuvieron antes de acercarse a pedirle un autógrafo, respetando su privacidad. Por último, Megan dio un paso atrás, aceptó los pañuelos que Penny le había dado y se sonó la nariz. Mark tomó la maleta, mientras que Penny le pasaba el brazo alrededor de los hombros caminando hacía el aparcamiento.

Mientras Megan viajaba para ver a su hermano y su esposa en busca de consuelo, Chaz estaba trabajando y resistiendo solo en Phoenix. Se paseaba por la habitación de hotel. El silencio de Meg lo volvía loco. Ya había tirado todo lo que era irrompible contra la pared pero su frustración iba creciendo hasta pensó que iba a explotar. *¿Qué estará haciendo? Ella está enamorada de mí, ¿acaso lo ha olvidado? ¿Está pasando de mí? Demonios, todavía estoy enamorado de ella y esto no va a desaparecer.*

Había perdido la concentración tres veces durante el rodaje de hoy y el director empezaba a estar cansado. Había leído el periódico, pero se lo guardó. Aún así, el reparto y el equipo continuaban haciéndole miradas simpáticas a Chaz. *Meg, vuelve a mí. Te necesito. ¿Qué he hecho? ¿Que ha pasado?*

Los acordes de "Si te amara" interrumpieron sus pensamientos. ¡Meg! Se lanzó hacia el teléfono que estaba en el sofá y respondió rápidamente.

"¿Meg?" él estaba sin aliento.

"¿Quién? No, soy Allie."

"Oh. Allie. ¿Qué quieres?" Los hombros de Chaz se desplomaron mientras se estiraba en el sofá y se quitaba los zapatos.

"Agradable saludo para la mujer que ha lanzado tu carrera."

"¿Cuántas veces tengo que decírtelo, Allie? Soy yo el que ha lanzado su propia carrera "

"Lo sé, lo sées broma."

"Conocí al productor después del teatro en Pine Grove, Allie. ¿Tengo que recordártelo?" La irritación era clara en la voz de Chaz. *¡Maldita sea! ¿Nunca dejará de reclamar reconocimiento?*

"Verdad, verdad. Pero yo negocié tu contrato."

"Sí, lo sé. ¿Qué quieres? Este no es un buen momento para charlar."

"Has tenido algunos problemas hoy en la grabación. He hablado con tu productor. Llamo para ver si estás bien."

"¿Has visto el periódico hoy?" Chaz se quitó los calcetines.

"¿Sí? ¿Y?"

"¿Y? Megan me ha dejado y sin decirme por qué. No me contesta las llamadas telefónicas" dijo pasándose la mano por el pelo.

"Pensé que estarías mejor ahora que ella finalmente se ha ido. Caray. Ya sabes esos titulares y toda la atención negativa de los medios de comunicación. Ahora estás a salvo. Los productores no hablarán de tu sustitución. Ufff. Esquivamos la bala grácias a mí."

"Gracias a¿ti?" se enderezó.

"Sí, tuve una pequeña conversación con ella hace unos días. Sólo para proteger tus intereses."

"¿Una conversación? ¿Qué le has dicho?" Chaz se puso de pie mientras la tensión le subía desde la espalda hasta el cuello.

"La verdad. Le he dicho la verdad."

"¿Qué verdad?"

"Que tú estarías mejor sin ella. Estaba destruyendo tu carrera."

"¿Qué has dicho?"

"Le dije que si realmente te amaba, tenía que salir de tu vida."

"¡Oh, Dios mío! ¿Eres la responsable de este desastre?" Gritó por teléfono mientras daba unos pasos.

"¿Qué desastre? He asegurado West of the Sun. Me lo tendrías que agradecer."

"Ya he hablado con los productores. Fueron agradables y comprensivos. No va a haber más titulares. Va a pasar un largo periodo antes de que esta película sea publicada de todos modos. Yo les tranquilicé, les dije la verdad, salieron contentos. ¿Qué has hecho? Has destrozado mi vida." Chaz se puso las manos sobre los ojos mientras las lágrimas se iban formando.

"Bueno, no sé aún así, ahora estás totalmente a salvo y yo también"

"Estás despedida," dijo con un tono tranquilo y frío.

"¿Qué?" Ella abrió la boca al otro lado del teléfono.

"Estás despedida" Chaz apretó la mandíbula.

"No puedes hacer eso."

"Comprueba nuestro contrato. Puedo. Soy. Tengo. Desparece de mi vida, Allie. Lo digo en serio. Sal ahora."

Chaz colgó el teléfono. La ira hervía en su pecho mientras llamaba a Megan otra vez, pero sólo escuchó la grabación diciéndole que su teléfono estaba apagado. La tristeza se apoderó de él y cubrió su cara en sus manos. *Dos semanas más. Sólo me quedan dos semanas más entonces podré volver a Nueva York y tratar de recuperarla si es que no está ya enamorada de algún jugador de fútbol Neanderthal. Cogió su teléfono y le dio a la tecla de rellamada. Dios, espero que no se acueste ó se enamore de él. Meg¡Ay, Dios mío! espero no haber llegado demasiado tarde. Por favor, pollito, coge el teléfono.*

Capítulo Diecisiete

Después de unos días con Mark y Penny, Meg empezó a sonreír de nuevo. Salió a cenar una vez con Harley Brennan. Él era un gran tipo y permitió que los medios de comunicación los fotografiaran juntos a pesar de que la reputación de Meg había tocado fondo. Se rieron al acordarse de los viejos tiempos en Kensington State. Meg estaba contenta porque a pesar de que Harley todavía tenía un brillo en sus ojos al mirarla, no había intentado nada con ella. Sólo de pensar que un hombre que no fuera Chaz la tocara, le puso la piel de gallina. *Tiene que ser o Dunc o el celibato.*

Después de cinco días, hizo las maletas y regresó de nuevo a Nueva York. En el viaje de tren, hizo una lista de las cosas que tenía que hacer para abrir su nuevo despacho y ponerlo en marcha. *Voy a tener la cuenta de Mark de todos modos. Dudo que Chaz me dé la suya probablemente ni siquiera me hable. Humillado públicamente.* Sintió que un escalofrío pasaba por su cuerpo. *Lo siento tanto, cariño.* Una fuerza golpeó su corazón y su respiración se calmó. Puso el bolígrafo sobre la mesa, se echó hacia atrás en el asiento y cerró los ojos. *Dios, Dunc te echo tanto de menos.*

La imagen de su cara sonriente, sus ojos brillando de deseo, sus labios perfectos que se curvaban en una encantadora sonrisa pasaban por su mente. Ella sonreía como respuesta. *Cuando Chaz sonríe, tienes que devolverle la sonrisa.* Sus dedos hormigueaban, anticipándose a la tensión que sentía cuando la tomaba de la mano. Alguien abrió la puerta. La ligera brisa que pasó por su asiento le hizo cosquillas en el cuello, al igual que los labios de Chaz. *Por favor, no me odies.* El bolígrafo se deslizó de su mano mientras se quedaba dormida en un sueño intranquilo, despertando cuando el tren entró en la Estación Penn.

Megan lanzó un gran suspiro cuando vio que no había periodistas o fotógrafos acampando en su puerta. Briny le abrió la puerta del taxi y ella se bajó sonriendo, buscando con sus ojos alguna señal de Grady en el vestíbulo. El perro gordinflón ladró, movió la cola y jadeó al verla. Se arrodilló para acariciar su suave pelaje mientras que él le lamía la cara con una alegría incontenible.

"¿Cómo se ha portado, Briny?"

"No ha dado problemas, señorita. Como siempre."

Megan depositó sesenta dólares en la mano de Briny y tomó la correa. Una vez dentro del apartamento, buscó en el congelador algo para cenar. Sacó un pequeño paquete envuelto en papel de aluminio y luego preparó la comida de Grady. Mientras el perro comía alegremente, desenvolvió el paquete congelado. En el interior había un pequeño resto del pastel de carne que había cocinado para Chaz. Contuvo la respiración y las lágrimas aparecieron antes de que pudiera detenerlas. Apretó el pequeño bulto contra su pecho y luego lo apartó de nuevo ya que estaba frío y le dañaba la piel. *En honor a Chaz.* Se limpió los ojos con la mano y dejó el pastel de carne en la encimera para que se descongelara.

Megan trabajó en su plan de negocio durante la cena. A pesar de que necesitaba introducir más números, tenía la estructura del plan terminada a las ocho y media."Vamos, Grady. Es la hora del paseo, un paseo largo "

Abrochó el arnés al collar del perro, notando que estaba más delgado y luego se dirigió hacia el ascensor. Una vez fuera, fue caminando hacia Central Park. *Necesito un poco de suertebuena suerte. He tenido bastante mala suerte a lo largo de mi vida.* Dio un largo paseo hasta que empezó a anochecer. Grady ladró una o dos veces al ver sombras pero mantuvo el mismo ritmo que ella saltando y haciendo gracias de perro faldero. Ya no sentía el miedo de antaño y quería ver el arco de piedra nuevamente.

Al acercarse a la peculiar estructura, el cielo oscureció. El calor le invadió el cuerpo al recordar las palabras de Chaz cuando le había enseñado ese tranquilo lugar. Grady ladró y Meg se puso rígida cuando vio una figura moviéndose en la sombra. Se detuvo en seco en el medio del camino. *Eh, esto. Es hora de irnos de aquí.* Antes de que pudiera escapar, un hombre salió de las sombras.

"¿Has venido aquí para pedir un deseo?" El hombre se acercó a la farola. Era Chaz.

El corazón le salía por la garganta, le imposibilitaba hablar, teniéndose que limitar a asentir con la cabeza.

"Yo también. La última vez que estuve aquí y pedí un deseo, se cumplió," dijo, acercándose a ella lentamente," obtuve el papel en Broadway y el amor de mi chica, pero ahora he perdido ambas cosas."

"Ambas cosas no," dijo con voz ronca, aclarándose la garganta.

Él arqueó una ceja.

"A mí, no." Ella se lo comía con los ojos, con sus tejanos ajustados y esa camiseta ajustada debajo de una camisa de franela roja a cuadros abierta. Los ojos de él brillaban de deseo, como siempre lo hacían cuando la miraba. El pulso de ella se aceleró y sus labios cosquilleaban.

"Eso no es lo que sale en los periódicos." Chaz se mantuvo a una distancia respetable de ella.

"Los periódicos mienten, deberías saberlo." Una pequeña sonrisa se escapó de sus labios.

Él se rió. "Ah sí, sí, es verdad."

"No me has perdido." Ella se abrazó a sí misma.

"Harley Brennan no estaría de acuerdo con esto."

Dio un paso para acercarse a él."Harley y yo somos viejos amigos"

"¿Tu esperas que me crea que no quiere acostarse contigo?" dijo Chaz acercándose más.

"Harley siempre ha querido acostarse conmigo. Harley quiere acostarse con cualquier cosa que lleve una falda excepto con un escocés." Meg se rió y lo miró a los ojos.

"¿Me estás diciendo que no te has acostado con él?" preguntó Chaz levantó las cejas.

"Por supuesto que no. Me has arruinado."

"No eras virgen cuando nos." Sus ojos buscaban su rostro.

"Quiero decir, me has arruinado para otros hombres. Ya no quiero acostarme con nadie más que contigo." Ella se acercó a él y apoyó las manos en sus antebrazos.

"Yo también siento lo mismo. Entonces, ¿por qué no estamos juntos?"

Al acercarse, pudo oler su loción de afeitado de pino mezclada con su olor masculino. Sus pechos casi se tocaban. "Me niego a arruinar tu carrera y cuando Allie me llamó."

"¡Allie! Sé que te ha llamado. La he despedido." Le apartó un mechón de pelo de la cara y se lo colocó detrás de la oreja.

"¿En serio?" Los ojos de Meg se abrieron.

"Ella te alejó de mí. He hablado con los productores cuando les aseguré que no habría más titulares, no se opusieron."

"Me alegro." Meg levantó la barbilla y Chaz rozó sus labios con los de ella.

"He contratado a otro agente." Dio un paso hacia atrás.

"Ah, ¿si?"

"Una amiga de Quinn. Fran. Me ha conseguido una audición para otro musical de Broadway que se estrenará dentro de diez meses. No es de un gran compositor, pero es una oportunidad en Broadway."

"¿Cuándo es la audición?"

"Mañana."

"¿Es por eso estás aquí?" Grady tiró de la correa y Meg se detuvo para acariciarlo.

Él asintió con la cabeza.

"¿Estas preparado? ¿Qué vas a cantar?"

"'Si te amara',¿qué otra canción podría cantar?"

"Quiero escucharla." Meg encontró una piedra plana y se sentó sobre ella. Grady se dejó caer junto a sus pies.

Chaz se aclaró la garganta y luego calentó la voz. "No estoy seguro de acordarme de todo el texto."

"Excusas, excusas venga, adelante." Ella apoyó la barbilla en su mano, fijando sus ojos en su hermoso rostro .

El la miraba mientras cantaba. Su voz sonaba tan clara como una campana. Esta vez la canción tenía algo más que la última vez que la había escuchado. *Me la está cantando a mí.* Un escalofrío recorrió su columna vertebral veía la mirada de amor en sus ojos oscuros. Cuando terminó la canción, Meg aplaudió y Grady ladró.

"¿Está bien?" La mirada de interrogación en sus ojos hizo sonreír a Meg. *Imagínate a Chaz Duncan inseguro. Difícil de creer.*

"Magnífica. Perfecto. Va a ser pan comido."

"Nada es pan comido en este negocio." Se puso las manos en los bolsillos de los pantalones tejanos.

"Creo en ti." Ella se acercó a él.

"¿Por qué has venido?"

"Estoy montando mi propio negocio y quería saber si la magia que has encontrado aquí me funcionaría a mí."

"Tú no necesitas suertetú tienes cerebro. Estoy seguro de que tendrás éxito."

"¿Después de toda esta publicidad? ¿Le darías tu cuenta a una presunta prostituta?"

"En efecto, lo haría. Ya he informado al viejo Harv que me iba a llevar mi cuenta de Dillon & Weed a otra parte. ¿Me aceptarías? "Él se acercó a ella y le puso las manos en sus hombros.

"Con mucho gusto" Meg abrazó su cintura y lo acercó a ella.

El silencio entre ellos sólo lo rompió el suave ronquido de Grady, que se quedó dormido sobre el césped colindante al camino.

Chaz la agarró aún más fuerte y bajó la cabeza. El beso, tímido al principio, se volvió apasionado cuando ella abrió los labios. Sus manos exploraban la espalda de ella, manteniéndola cerca, con sus pechos apretados contra su duro tórax. El fuego se encendió en sus cuerpos y el calor fluyó por sus venas. Ella lo deseaba y por lo que notó cuando presionaba sus caderas, él también.

"Dunc, por Dios, te he echado de menos," ella respiró.

Él besó su cuello mientras su mano se deslizaba por su tórax hasta su pecho. Ella jadeaba mientras él la acariciaba suavemente. Una repentina y clara voz sorprendió a los amantes, que de un brinco se separaron. Meg se arregló la camiseta mientras que sus ojos intentaban ver la silueta que sujetaba la linterna que los enfocaba. El ronquido de Grady se convirtió en un ladrido de alerta cuando la luz le molestó.

"Esto no es muy seguro por la noche." Un policía del parque vestido de paisano, con una tarjeta de identificación colgada alrededor de su cuello, movió la luz señalando el camino.

"Gracias, oficial ." Chaz asintió y tomó a Megan por el codo, llevándola por un camino que conducía a la salida del parque.

La acompañó a su edificio y permaneció allí. Sam estaba de servicio y entró al interior para que pudieran tener unos momentos privados en la calle oscura y vacía.

"¿Quieres subir?"

"La audición es mañana muy temprano¡porras!"

El deseo brillaba en sus ojos y ella supo que le estaba diciendo la verdad. "Es una pena."

"Volverési la oferta sigue en pie."

En lugar de responderle, ella tiró de él para darle un profundo beso. Grady ladró, haciéndolos reír.

Chaz le deseó buenas noches y bajó por la avenida hasta el apartamento de Quinn. Meg se retiró a su apartamento con una sonrisa en su rostro. Le dio a Grady su porción nocturna antes de desnudarse para meterse en la cama. Tararear "Si te amara" la impulsaba a sentarse en la banqueta del piano. Interpretó la canción varias veces y la cantó sola. Su estado de ánimo se alzaba cada vez que cantaba la canción. Lo último que esperaba era la visita de la policía.

Cuando sonó el timbre, Megan se puso una bata sobre su camisón corto y se dirigió hacia la puerta. Grady se despertó de un sueño profundo, se precipitó hacia la puerta y empezó a ladrar con fuerza. Meg se agachó para acariciarlo. *Sam no ha llamado. ¿Quien puede ser?* Su corazón se encogió por un segundo y pensó que Chaz podría haber cambiado de opinión. Se detuvo para refrescar su lápiz de labios antes de abrir la puerta, justo cuando el timbre sonó por segunda vez.

"¿Megan Davis?" Le preguntó un hombre alto con uniforme de oficial de policía. Ella asintió. Grady comenzó a ladrar de nuevo y Meg le hizo callar.

"Oficial Stark y el es el Oficial Malloy."

"¿Qué ocurre?" Su corazón se aceleró mientras que la adrenalina comenzaba a bombear.

"¿Es usted la hija de Arlen P. Davis?" preguntó el oficial más bajito.

Meg se agarró a la esquina del aparador para no perder el equilibrio. "Sí." Su voz apenas se oía y sintió que su cara se ponía roja.

"Siento comunicarle, Sra. Davis, que los restos de su padre han sido hallados en la parte inferior de Cañón Hope en Sandstone en Colorado."

Una ola de náuseas recorrió el estómago de Megan y la sangre le subió a la cabeza. De repente se mareó y se tambaleó hacia la puerta. El Oficial Malloy la cogió antes de que se cayera. Ayudado por el Oficial Stark, llevaron a Meg semiconsciente al sofá, seguidos de Grady que ladraba furiosamente.

"No nos va a morder, ¿verdad?" preguntó Malloy a Stark.

"¿Cómo quieres que lo sepa? Sra. Davis," dijo Stark, frotándose la mano.

Malloy fue a la cocina a buscar un vaso de agua. Megan se incorporó. "¿Qué ha pasado?"

"Ha tenido un amago de desmayo hace un momento, señora." Malloy le dio el vaso de agua.

"¿Por qué?" Dijo mientras bebía.

El Oficial Stark repitió la información y Meg palideció de nuevo. "No va a desmayarse de nuevo, ¿verdad?" preguntó Malloy. Y el sudor estalló en su frente.

Ella sacudió la cabeza. Grady saltó sobre el sofá, se sentó al lado de ella, mientras que los oficiales lo miraban con recelo. Meg tomó un sorbo de su agua. El Oficial Stark se aclaró la garganta.

"El departamento de policía de Sandstone nos ha notificado que han hallado el carnet de conducir junto a sus restos en el fondo del cañón. Los restos parecen pertenecer a su padre. ¿Tengo entendido que había desaparecido?"

Megan asintió y señaló dos sillas. Los agentes se sentaron y continuaron, "Desaparecido durante un tiempo, ¿verdad?" A la policía de Sandstone le gustaría que usted fuera y lo reclamara lo antes posible."

"Esta es la información de contacto." Malloy le entregó una hoja de papel. "¿Podemos decirles que usted se va poner en breve en contacto con ellos?"

"Les llamaré por la mañana."

"Muy bien. Muchas gracias, señora," dijo Malloy, levantándose.

"¿Está bien? ¿Quiere que llamemos a alguien?" preguntó Stark, al ver la dificultad que Megan tenía para ponerse de pie.

"No. Gracias. Sólo tengo a mi madre y mi hermano."

"Hemos tratado de contactar con su madre, pero no obtuvimos respuesta."

"¿Un martes por la noche? Normalmente va al cine. Se lo diré."

"Muchas gracias, señora," dijo Malloy.

Megan les acompañó a la puerta y luego regresó al sofá. Curiosamente, se sentía calmada. *Siempre pensé que estabas muerto, papá. No habrías faltado a mis graduaciones si no lo hubieras estado.* Sus labios mostraban una triste sonrisa y una gran tristeza llenaba su corazón. *Siempre tuve la esperanza de que estuvieras todavía por aquí, sin embargo, tenías una buena razón.*

Se levantó del sofá y fue a la cocina. Se sirvió un vodka con tónica bien cargado y con la mano temblorosa cogió su teléfono.

Al otro lado de la ciudad mientras Tiffany estaba a punto de cerrar el último número de *Celebs R Us*, el chico de las fotocopias entró corriendo en su despacho. Estaba sin aliento." Ha llamado Joe de la comisaría de policía. Dos agentes acaban de hacer una visita al edificio donde vive Megan Davis. ¿Le devolvemos la llamada?"

"Por supuesto. Averigua a que fueron allí. Y si se trata de la perra de Davis, ofrécele el doble por toda la información bien detallada. Hazlo ahora porque si es una noticia jugosa, voy a retener la portada."

A los quince minutos, el chaval había obtenida la primicia para Tiffany. Le entregó varias páginas de notas garabateadas. Ella revisó y escaneó rápidamente con sus ojos los hechos más pertinentes. Una sonrisa malévola se extendió por su cara."Yo, personalmente, me ocuparé de escribir esta noticia," llamó a su editor asistente."Dile a Hal que pare la impresión sólo unos veinte minutos."

"Como diga," respondió el editor, encogiéndose de hombros.

"¡Chúpate esa, perra!" murmuró Tiffany en voz baja mientras sus dedos volaban sobre el teclado.

Cuando terminó, leyó detenidamente su obra maestra y luego pulsó la tecla *enviar*.

"Ya está, Hal," dijo Tiffany en su intercomunicador. "Cuando lo recibas, dale caña."

Su editor asistente entró en su despacho.

"Ya puedes marcharte," dijo Tiffany.

"Déjame ver." Le dio la vuelta a la pantalla del ordenador para poder leer la historia.

El silbido de Hal le confirmó lo que necesitaba saber. El titular decía, "El Papá de Cariñito de Harvard Encontrado Muerto. ¿Asesinato ó Accidente? "

Capítulo Dieciocho

"Sra. Davis, todas las pruebas han sido realizadas. Puede venir a buscar los restos de su padre."

Dos semanas después de que la policía se lo hubiera notificado, Megan hacía planes para volar a Colorado. El aluvión de periodistas en su edificio mantuvo a Chaz a distancia. Después de haber prometido a sus productores no más titulares, se mostró reacio a entrar en el foco de atención de nuevo con Megan. Ella lo entendió perfectamente, pero aún lo echaba de menos. Hablaban por teléfono y de vez en cuando se veían a través de Skype pero Megan estaba ocupada con la creación de su nueva empresa y Chaz estaba haciendo voz en off. Rara vez tenían tiempo para encontrarse.

La madre de Meg se desentendió del calvario en el que vivía. Desde que Meg le anunció la noticia, Helen Davis se había hundido en una depresión y se negaba a salir de su casa. Meg llevó a su madre al médico, que le prescribió antidepresivos. Le ayudaron, pero Helen se negó a viajar a Colorado con su hija y en el fondo Megan se sintió aliviada.

Mark estaba en medio de la temporada y no podía ir a Colorado. Estaba hecho añicos desde que Meg le anunció la noticia y debido al dolor, se perdió la primera mitad de su siguiente partido. Después de años aborreciendo a su padre por lo que creía que era una deserción, ahora Mark tenía que perdonarlo y llorar por él al mismo tiempo. El corazón de Megan sufría por él. La habían dejado sola para hacer el viaje a Colorado.

Ese miércoles por la mañana, respiró profundamente y se dirigió con su pequeña maleta hacia el ascensor arrastrando a Grady detrás. La tristeza llenaba su corazón. Apoyó su frente en la pared mientras una ola de debilidad le invadía el cuerpo. No pensaba que ibas a volver, papá. Cielos, nunca pensé que te iría a buscarasí. Después de un estremecimiento y una respiración profunda, Meg se apoyó contra la pared y reunió toda la fuerza que le quedaba. Se tragó el nudo que tenía en la garganta, entró en el ascensor y apretó el botón del vestíbulo.

Briny le sonrió mientras ella le entregaba la correa de Grady. "Gracias de nuevo, Briny, por cuidar de él."

"No es ninguna molestia. Me gusta la compañía."

Meg trató de sonreírle, pero no pudo. Las lágrimas le pinchaban la parte posterior de sus ojos y una fría sensación de soledad inundó su cuerpo, haciéndola temblar a pesar de que sólo era octubre.

"Su coche está justo fuera, señorita."

Meg se detuvo.

"Yo no he pedido ningún coche."

"¿Está segura? dijo que la estaba esperando."

Meg frunció las cejas al pasar por la puerta que Briny le mantenía abierta. Se quedó mirando el coche y vio la cara sonriente de Bobby. Tenía la boca abierta, pero estaba en silencio. La puerta trasera se abrió y salió Chaz.

"Su coche, señora," dijo, haciendo un movimiento de entrada con la mano.

"¿Qué haces aquí?" Meg se acercó al coche con pasos inseguros.

"Estoy aquí para llevarte a Colorado."

"Pero tus productorestu promesatu carrera."

"La mujer que amo me necesita. No hay otro lugar donde prefiera estar. Ellos lo entenderány si no lo hacen, ya encontraré otra cosa. No puedo abandonarte ahora, pollito. Tengo que estar aquí contigo." Abrió los brazos y ella voló para abrazarlo. Las lágrimas que había estado conteniendo inundaron sus mejillas. Él apretó sus brazos alrededor de ella. "No podía hacerte pasar por esto sola," susurró.

"Gracias, Dunc. Gracias."

Ella levantó su barbilla y él la besó profundamente, estando todavía parados en frente de su edificio. Una multitud comenzó a formarse. Cuando se separaron, los presentes aplaudieron. Chaz la introdujo rápidamente en el coche y se sentó a su lado. Bobby saltó, cerró la puerta, cargó la maleta en el maletero y regresó al asiento del conductor. Una vez dentro, Bobby se dirigió a la Calle Noventa y Seis para ir por la ciudad hacia el puente Triborough y llegar al aeropuerto de LaGuardia. Chaz se acomodó y metió la mano en el bolsillo del pecho.

Sacó dos tarjetas de embarque.

"Dos asientos en primera clase." Agitó los papeles delante de su nariz.

"Siempre vuelo en clase turista."

"De ahora en adelante, no, " dijo Chaz, con una sonrisa.

"Nunca he volado en primera clase."

"Dado tu estado de ánimo te ayudará, marcará la diferencia. El viaje será un poco más cómodo para ti."

"Gracias." La complacencia la hizo sonrojarse.

Chaz le secó las lágrimas con el pulgar. "Siento mucho lo de tu padre."

Ella asintió y apoyó la cabeza en su hombro. Chaz pasó su brazo alrededor de ella y la atrajo hacia sí. "¿Qué pasa con la prensa?"

"Si vemos que hay, entonces nos ocuparemos de ellos. Ahora, vamos a ser nosotros mismos."

Gran parte del estrés y la tensión que Meg había estado soportando en sus hombros y su espalda se disiparon. Se relajó contra su duro cuerpo y pronto sus ojos se empezaron a cerrar. Chaz besó la parte superior de la cabeza de Megan mientras ella se quedaba dormida.

Bobby se detuvo en la terminal de Delta Airlines, bajó y les abrió la puerta a Chaz y a Meg. Luego depositó el equipaje en la acera. Chaz salió primero, ofreciendo su mano a Meg. Bobby se dio la vuelta y le dio un abrazo.

"Todo irá bien. Dunc cuidará bien de ti," le dijo al oído.

La gente empezó a girarse para mirar y susurrar fuertes de "Chaz Duncan" y "Grady Spencer" se hicieron audibles. Chaz los esquivó hasta la línea de seguridad donde su presencia causó un gran revuelo. Aún no hay periodistas por los alrededores. Meg soltó un suspiro cuando pasaron el control de seguridad sin prensa a la vista. Chaz firmó autógrafos y conversó con sus fans mientras se quitaba los zapatos y el cinturón.

"Oh, quizás se le caigan los pantalones," bromeó una mujer.

"Prepara tu cámara, Mabel, por si acaso," se rió otra.

Chaz logró poner buena cara. Meg estaba en silencio mirando cómo lidiaba con la multitud. Todos parecían quererlo. Estaba orgullosa.

"Oye, ¿es Cariñito de Harvard?" preguntó la primera mujer.

"¿Quién?" preguntó Chaz, fingiendo mirar a su alrededor.

La mujer señaló a Meg y fingió sorpresa.

"¿Señora, me está siguiendo?" Él levantó las cejas hacia Meg con incredulidad.

Ella soltó una risita y se tapó la boca con la mano.

"Ah nos está engañando" Estaba segura de que era ella. Sí, están juntos."

"¿No te parece bonito, Mabel?"

Las dos damas cacareaban, andaban hacia su lugar en la línea de seguridad mientras Chaz y Meg se escapaban. De camino a la puerta, Meg le susurró detrás de su mano. "¡No hay periodistas! ¡Gracias a Dios!"

"Aquí no. Pero estate preparada para encontrarte con ellos en Denver. Hemos alquilado un coche allí que nos conducirá a Sandstone."

"¿No es un viaje largo en coche?"

"Nos llevará más de dos días. De esa manera, tendré la oportunidad de disfrutar de una estancia en un motel contigo." Él movió las cejas, haciéndola reír.

Chaz tenía razón en cuanto a lo de la primera clase. El personal era muy atento y totalmente indiferente con Chaz aunque fuera una celebridad. Megan se sintió un poco inestable después del despegue y Chaz sostuvo su mano mientras la azafata le servía champagne. El zumbido de los motores, combinado con el champagne y la cercanía al hombro de Chaz, la calmaron. Él firmó algunos autógrafos pero después la azafata corrió la cortina cuando Meg se relajó contra él.

A pesar de que el piloto les hiciera una concesión especial y les dejara bajar del avión en primer lugar, había una multitud de periodistas esperándolos en los amplios y modernos pasillos del hermoso aeropuerto de Denver. Chaz apretó a Meg contra él mientras caminaban a un ritmo normal y tiraban del equipaje. Los periodistas les acorralaron a unos cincuenta pies de distancia de la puerta.

"¿Qué hace aquí con él, Sra. Davis? Pensé que lo había dejado."

"¿Cariñito Harvard y Chaz Duncan, juntos de nuevo?" vino otra pregunta.

"¿Ha asesinado a su padre, Sra. Davis?" Esa pregunta la hizo detenerse.

Ella puso su mano sobre el brazo de Chaz y luego se alejo un poco de él.

"Voy a decir esto una y sólo una vez y no voy a responder a ninguna pregunta sobre mi padre. Mi padre practicaba la escalada. Estaba ahí en un viaje con amigos. Ellos volvieron a Nueva York, mientras que mi padre se quedó allí para escalar el Mount Hope, un sueño que siempre había querido realizar.

Se cayó accidentalmente en el barranco Hope y debido a que estaba solo, no fue descubierto hasta hace poco. Nadie ha matado a mi padre. La policía de Sandstone ha encontrado sus restos y a pesar de que la investigación sobre su muerte no ha concluido, están casi seguros de que fue un accidente. Toda mi familia estaba en Nueva York cuando mi padre murió" titubeaba con voz temblorosa.

Chaz la rodeo con sus brazos. Después de respirar dos veces profundamente, Megan continuó. "Murió aquí, solo. Nos alivia saber lo que le ha sucedido pero estamos devastados ya que se han confirmado lo que nos temíamos. Esto es todo lo que tengo que decir."

"¿Y Mark? ¿Su hermano, qué piensa?"

"Se siente igual que yo."

"¿Cómo lo sabe?"

"Es fácil, somos gemelos." Meg consiguió esbozar una sonrisa y los periodistas se rieron.

"¿Y, Chaz? ¿Qué hace aquí con la chica de Harley Brennan?"

"Meg nunca ha sido la chica de Harley. Siempre ha sido mi chica."

"¿Qué está haciendo aquí?"

"Esta es una experiencia traumática para Megan. ¿Dónde debería estar, si no con la mujer que amo para ayudarla a superar esta crisis?"

Los periodistas cuchicheaban mientras él hablaba. Los obturadores de las cámaras se abrían y se cerraban a gran velocidad.

Chaz se inclinó y le susurró al oído, "Vamos a darles algo."

La tomó en sus brazos y la besó apasionadamente. Megan se puso tensa al principio, pero se olvidó rápidamente de las personas que les estaban mirando mientras su lengua bailaba con la de él. Las luces intermitentes los cegaban, pero los amantes no se detuvieron.

Más tarde se separaron, con los ojos brillantes y se enfrentaron de nuevo a los periodistas. Chaz la apretó contra él y extendió su brazo para hacerse camino. "Por favor, vamos a irnos, tenemos un largo viaje que hacer"

La prensa se abrió como el Mar Rojo y los dejó pasar. Otros pasajeros se detuvieron para curiosear y mirar a Chaz. La pareja fue prácticamente corriendo a la zona de alquiler de coches y pronto estaban en su coche y tomaron la carretera. Chaz le dio el mapa a Meg. "Tú me guías y yo conduzco."

Una vez en la carretera, Chaz logró sacar el móvil de su bolsillo y dárselo a Meg. Ella comprobó sus mensajes. "Hay varios mensajes, Dunc."

"Léemelos."

"¿Seguro que no hay ninguno de alguna mujer sexy?" ella arqueó una ceja.

"¿Estas celosa?" Él la miró por un segundo.

"Tienes toda la razón. Eres mío."

Ella sonrió mientras rebuscaba en su teléfono y le leía cada mensaje. Un jadeo de ella le llamo la atención. "¿Qué? ¿Qué es esto?¿Malas noticias?"

"Has conseguido el papel."

"¿Qué?"

"La piezaBroadway *Hustle and Dance*."

"¡Oh ,Dios mío! ¿De verdad? ¿No me estás tomando el pelo?"

El coche se desvió, metiéndose en el carril del lateral. Chaz tiró del volante hacia la izquierda y el coche volvió rápidamente a su carril. Meg contuvo la respiración mientras que el conductor que estaba detrás de ellos les tocaba el claxon. Chaz bajó la ventana y gritó. "¡No todos los días obtienes un musical de Broadway!"

Cuando Megan pudo respirar normalmente de nuevo, volvió la mirada hacia él. Siempre más grande que la vida, ahora brillaba completamente.

"Ahora tengo los dos sueños de mi vida" dijo, con una sonrisa de oreja a oreja.

"¿Eh?" Ella arqueó las cejas y trató de ocultar su sonrisa.

"Una obra de Broadway y la mujer que amo a mi lado ¿me puede ir mejor la vida?"

Chaz permaneció con Meg cuando regresaron a Nueva York. La ayudó con los preparativos del funeral y conoció a su madre, que estaba totalmente encantada con él. Mark le estaba tan agradecido a Chaz por ir con Meg a Colorado que dejó de ser un "pelmazo súper-posesivo" tal como Meg se refería a él y dejó que Chaz se instalara.

Tan pronto como volvieron a casa, comenzaron los ensayos de recitaciones, canto y baile. Entre el entierro de su padre y el lanzamiento de su negocio, Meg apenas tenía tiempo de decirle "hola" y "adiós" a Chaz cuando salían y entraban del apartamento. Aun así, siempre había tiempo para hacer el amor apasionadamente y luego acurrucarse en la oscuridad.

Los planes para la cena de Acción de Gracias se retrasaron cuando al equipo de Mark le fue programado un partido el día de Acción de Gracias. Se pusieron en marcha en su lugar otros planes para una suntuosa comida el sábado.

En una noche excepcional en la que se reunieron antes de las siete, Chaz puso las bebidas y se sentaron juntos en el sofá.

"Tengo una sorpresa." Se inclinó hacia delante.

"¿Eh?" Meg tomó un sorbo de su vodka con tónica.

Chaz tiró un sobre en la mesa. "Una semana de vacaciones en la isla de San Timoteo en el Caribe. Tú y yo, un bungaló en la playa y un buen restaurante a poca distancia. He pedido una semana de descanso. Nos vamos en dos días." Una sonrisa se dibujó en sus labios.

"¡Oh, Dios mío! ¡Dunc!"

"Quiero pasar un poco de tiempo a solas contigo en el sol y la playa. Nunca hemos hecho el amor en la arena." Él se acercó más a ella.

"Suena maravilloso." Sus ojos verdes estaban llenos de felicidad.

Él bajó la cabeza y se detuvo a la altura de la boca de ella. El deseo se apoderó de él, le retiró la chaqueta del traje de los hombros y luego le quitó la camiseta. Encaje rosa ¿estará a juego con la parte inferior? Sus ojos hambrientos se comieron con la vista sus pechos tersos contra su sujetador. Ella le tiró de la corbata mientras él le mordisqueaba su cuello y su brazo serpenteaba por su cuerpo desabrochándole la ropa. "Mucho mejor" dijo él, mirando fijamente.

"Ahora tú."

Se pusieron de pie y se quitaron el resto de la ropa rápidamente. Meg entrelazó sus dedos con los suyos y lo llevó a la habitación. Chaz la levantó y la arrojó sobre la cama, saltando encima de ella.

El viaje en avión al Caribe era un poco más agitado de lo que Meg estaba acostumbrada. En un momento dado, la avioneta se sacudió en zona de interferencias durante unos minutos. Ella tomó la mano de Chaz y la apretó con fuerza.

"¿Nerviosa, pollito?"

Ella asintió.

"Tranquila. No pasa nada." Él puso su otra mano sobre la suya, lo que la ayudó a calmar sus nervios.

Meg dejó escapar un suspiro de alivio cuando el avión aterrizó y se dirigió hacia la puerta. Había un coche esperándoles y quince minutos más, estaban deshaciendo las maletas en un bonito bungaló en la playa. La pequeña construcción tenía un gran porche frontal, una pequeña sala de estar con una pequeña cocina y un amplio dormitorio. Los colores de las paredes y los muebles eran los colores de la isla, turquesa transparente, verde claro, amarillo y el mobiliario en blanco. Unas escaleras llevaban desde la terraza a la playa, tenían el Caribe a unos cincuenta pies de distancia.

Meg estaba encantada. "¿Cómo has encontrado este lugar?"

"Gracias a Quinn."

"No me parece que sea el tipo al que le guste venir a un lugar como este."

"Es mucho más romántico de lo que piensas. Supongo que me tengo que alegrar que no hayas visto ese lado de él."

Se pusieron los trajes de baño rápidamente y corrieron hacia las cálidas y suaves olas. Se salpicaban, nadaban y se mojaban entre sí, lo que les agoto rápidamente. Chaz extendió su toalla en la arena y se tumbaron bajo el sol para secarse.

"Esto es el Paraíso." Meg se incorporó y le entregó un tubo de protección solar.

Puso un poco de la crema blanca en su mano y se la aplicó en la espalda. Sus manos extendieron la crema por sus hombros y espalda. Luego le apartó las tiras de su traje de baño y le aplico la crema en su pecho, sus dedos se arrastraron lentamente hacia abajo hasta llegar a sus senos. Sus manos retiraron sus pechos de su traje de baño. Sus dedos pellizcaban suavemente sus pezones mientras sus labios le mordían el cuello.

"¡Chaz!"

"No hay nadie aquí. Nadie puede vernos."

Ella se acurrucó en su hombro y cerró los ojos. El calor de su masaje llenó su cuerpo. El contacto de sus manos y labios en su piel la excitaba. Le bajó la parte superior del bikini hasta la cintura. Ella gimió y entreabrió un ojo. Un barco, que antes estaba lejos todavía, parecía estar cada vez más cerca. Meg apartó sus manos, levantó la parte superior de su bikini y se dio impulso con sus pies para levantarse.

"Vamos," dijo, extendiendo la mano hacia él. "Vamos a terminar esto dentro."

Megan se estaba secando el pelo con una toalla cuando alguien tocó a la puerta. Se puso su bata, se peinó el cabello húmedo con los dedos y caminó descalza hacia la puerta.

"Un paquete, señorita," dijo un joven bajito con uniforme.

Meg sonrió y cogió el paquete. Se fue rápidamente antes de que le pudiera dar una propina. El sonido del agua de la ducha se detuvo. Un minuto más tarde, Chaz entró en la sala de estar con una toalla envuelta alrededor de su cintura. Cuando alzó la vista, Meg estaba abriendo la caja rectangular.

"¿Qué es eso?" preguntó, frotándose con una segunda toalla su pelo mojado.

"No lo sé. Acaba de llegar."

Saco un vestido de verano blanco con tirantes finos de la caja. "¡Qué bonito!" Mientras desplegaba el vestido, un pequeño paquete cayó al suelo.

Había una nota adjunta, que abrió en primer lugar.

Pensé que te gustaría tener un vestido nuevo y estrenarlo esta noche. También te mando el collar de zafiros de mi abuela. ¡Que te diviertas!

Con amor,
Penny y "El grandullón"

"Qué dulce haberme enviado esto hasta me ha enviado el collar de su abuela. Pero qué extraño."

Había algo más en la caja, un par de sandalias plateadas. Meg comprobó la ropa y todo lo que había era de su talla.

"Póntelo esta noche, pollito."

Ella asintió. Después de ordenar la caja y la envoltura, se puso unas bragas bikini blancas de encaje y encima el vestido. Al deslizarlo le hizo sentir un hormigueo en su cuerpo y se volvió para mirar a Chaz. Él estaba de pie en bóxers, escogiendo que camisa se iba a poner.

"Mmm. ¿Estás mirando fijamente por alguna razón?" Sus ojos brillaban de lujuria.

"Me gusta mirarte ¿es esta una razón suficiente?" Ella se acercó para acariciar su espalda.

El suspiró mientras sus dedos empujaban suavemente sus músculos.

"Igual que tocarte." Ella se acercó más a él y le rozó la espalda con sus labios.

"El sentimiento es mutuo." La camisa cayó de su mano mientras cerraba los ojos.

Meg lo envolvió con los brazos y pasó sus manos por su pecho desnudo. Él gimió cuando extendió sus dedos sobre sus pectorales, acariciándole los músculos.

El estómago de Meg rugió.

"¡A cenar!" Ella deslizó sus manos lentamente hacia abajo y se apartó de su cuerpo.

"Ah, sí, la cena." Chaz abrió los ojos. "Me has hipnotizado con tus manos."

Ella le dio un beso más en su hombro antes de levantarse los tirantes de su vestido y deslizarlo por su cintura. Después de ponerse las sandalias en los pies, se cepilló su pelo moreno. "¿Me puedes abrochar el collar?"

Chaz terminó de abrocharse la camisa antes de tomar la delicada cadena con el colgante de zafiro en su mano. Ella se giró de espaldas a él y él le colocó la cadena alrededor del cuello. Manoseó torpemente el pequeño broche por unos instantes. Un escalofrío le recorrió la espina dorsal por el ligero roce de sus dedos en su cuello. Ella sintió un pequeño temblor en él y se preguntó por que estaba nervioso. Cuando por fin logró abrocharle el collar, ella se dio la vuelta para mirarle de frente.

Al tomar sus pantalones para ponérselos, ella vio en sus ojos un destello de ansiedad. "No hay ninguna razón para estar nervioso. Nadie puede encontrarnos. Nadie sabe que estamos aquí excepto Penny y Mark y ellos no lo dirán. Relájate, Dunc."Él le sonrió mientras se subía la cremallera de los pantalones.

"Es verdad. Esta noche solo estamos tu y yo"

Él la beso suavemente en la nariz y abrió la puerta principal. Caminaron de la mano hacia el restaurante al aire libre. Había una mesa para dos en un rincón oscuro en el exterior. Dos velas encendidas brillaban, además de un pequeño ramo de flores blancas en un florero, le daban a la mesa un aire romántico.

Chaz retiró una silla y Meg se sentó, extendiendo toda la falda del vestido hacia fuera del asiento. Tan pronto como estuvieron sentados, el camarero apareció con una botella de champagne y dos copas.

"Espero que no te importe, ya he elegido la cena."

"Has pensado en todo."

"Has estado trabajando tan duro y bajo tanto estrésQue pensé que te gustaría que me hiciese cargo de ti un poco."

"Has acertado. Mi cerebro está agotado "

Después de que el camarero abriera la botella y llenara las copas, otro camarero trajo dos cócteles de camarones. Chaz propuso un brindis."Por nosotrospara siempre."

Meg chasqueó su copa con la de él cuando un ligero calor le subió por las mejillas. *Para siempreme encantaría casarme con él*

Se comió rápidamente su cóctel de camarones para satisfacer el barullo estomacal que sentía y le pareció tan delicioso que comieron en silencio durante un momento. Meg notó que Chaz evitaba el contacto visual con ella. Primero, jugueteaba nerviosamente con su tenedor, a continuación, doblaba y volvía a doblar su servilleta. Ella frunció el ceño. *¿Qué ocurre?*

Después de que el camarero retirara los platos vacíos, Chaz levantó la mano para llamar al camarero de nuevo. Levantó su mirada a la de ella. Frunció su ceño en una mirada de preocupación mientras agarraba la servilleta y la colocaba sobre la mesa. Como en cámara lenta, Meg notó que el metía su mano en el bolsillo del pantalón; luego se arrodilló en el suelo junto a ella. *No puede serno es posible¿verdad.?*

La cogió de la mano y luego abrió la caja para mostrarle un anillo de diamantes de corte redondo de cuatro quilates. *Oh, Dios míoestá sucediendoestá pasando realmenteNo me lo creo.*

"Meg, te amo con todo mi corazón¿quieres casarte conmigo por favor?"

Miró hacia abajo a su hermoso rostro y por un pequeño momento le pareció como un niño pequeño con sus ojos ansiosos. Ella tomó su cara entre sus manos y lo besó."Voy asíquieroyo también te amo."

Con los dedos temblorosos, Chaz tomó el anillo y se lo puso en el cuarto dedo de la mano izquierda. Con un rápido movimiento, saltó en el aire y gritó, levantando un puño. Los asistentes a la cena le miraron sobresaltados.

"¡Ha dicho que 'sí!'," gritó él.

Una ronda de aplausos avergonzó a Megan y sus mejillas se ruborizaron. Su sonrisa, se extendía de oreja a oreja y hacía juego con la de él. Contempló el anillo con ojos incrédulos. *Los cuentos de hadas no se hacen realidad, ¿o sí?*

Chaz se inclinó y la besó mientras el camarero traía platos cargados de rape y verduras frescas soasadas a la parrilla. Una vez que su nerviosismo había pasado, Chaz saboreó su cena mientras que Meg estaba demasiado excitada como ingerirla. No tocó la comida hasta que Chaz la animó a comer.

"Si vas a casarte conmigo, necesitarás toda la fuerza que puedas tener."

Su cálida sonrisa la animó y se dio cuenta de que estaba más hambrienta de lo que pensaba. Terminaron sus platos y se echaron hacia atrás, satisfechos. Chaz le tomó la mano."Contaba con que dirías que sí, así que hice algoespero que no te enfades."

Ella lo miró y entrecerró los ojos."Tienes esa mirada de culpable. ¿Qué has hecho?"

"Bueno, siendo nuestra situaciónla que esdiferente, pensé, que en lugar de planificar una gran fiesta y tratar de ocultarlo de la prensa" Hizo una pausa para tomar un sorbo de champagne

"Continúa." La mirada de Meg se detuvo sobre su rostro.

"Buenosi estás de acuerdoyo ehme he tomado la libertadpensé que nos ahorraría bastantes dolores de cabeza"

"¿Qué has hecho?"

"He planeado todo para que nos casemos aquí, esta noche, ahora, antes del postre." Confesó sus planes en una frase larga y rápida como el fuego.

"¿Ahora?"

"Aquí. Ahora. Sin prensa, ni fotógrafos, sin tener que escondernos y correr. Nos fugamosnos casamos en este momento. Hay un juez esperando, mira, justo ahí."Chaz señaló a un hombre que estaba de pie cerca de la cocina con un libro en la mano.

"¡Oh, Dios mío, ¿lo dices en serio?"

"Por supuesto. Con algo así, no se bromea. Vamos, Meg. Sé que te estoy robando un largo compromiso, pero piensa en la película de terror que sería tratar de casarnos sin prensa. Hagámoslo ahora. Así, la prensa nos dejará en paz. Vamos a ser un viejo matrimonio, definitivamente ya no seremos noticias de actualidad"

"No te querrás casar conmigo para quitarte a la prensa de encima, ¿verdad?"

"¡Tonta!¡Por supuesto que no! Me voy a casar contigo porque te adoro, no puedo vivir sin ti. Y si lo hacemos ahora, será una ceremonia privada, significativa, en lugar de un circo de tres pistas. Por favor, mi querido pollito."

Sus ojos le suplicaban y su lógica era impecable. *Esto sin duda será una ceremonia más significativa aquí y ahora, sin prensa. Él tiene razón. Y esto es tan romántico.*

"Sí" dijo, en voz baja.

Chaz se levantó e hizo una señal al hombre para que avanzara. Quitó el pequeño ramo del florero, lo secó y luego se lo dio. Ella cogió las flores, pero se quedó boquiabierta.

"¡Espera un minuto!" Ella levantó la mano y Chaz se detuvo en seco.

"¿Qué pasa?"

"Este vestidoel collar de zafirosalgo viejo, algo nuevo, algo prestado y algo azul"

"Si. Penny insistió en seguir la tradición o si no, iba a estropear todo el acto "

"¿Penny y Mark lo sabían?" Meg se dejó caer en su silla.

"Por supuesto. No podía haber hecho esto sin decírselo a ellos. ¡Mark me mataría! "

"¡ En eso, tienes razón!" Meg le sonrió."Habéis organizado todo esto juntos a mis espaldas."

"Yo no lo veo asíes una sorpresa. Ven," dijo, extendiendo su mano.

"Es como una maniobra militar."

"Sólo es cuestión de organización."

Meg puso su pequeña mano con la suya y se acercaron dónde estaba el juez. Chaz entrelazó sus dedos con los de ella y le sonrió.

Quince minutos más tarde, eran marido y mujer.

No pasó mucho tiempo antes de que los medios de comunicación se enteraran de su matrimonio y la isla era un hervidero de periodistas y fotógrafos que les seguían a todas partes. Una mañana, Chaz alquiló un barco, lo cargó con alimentos y salieron a al amanecer, a escondidas para pasar un día en la intimidad.

Encontró una pequeña isla y fondeó en la pequeña playa. Habían logrado huir de la prensa.

"No necesitamos trajes de baño aquí," dijo Chaz mientras se quitaba la camiseta por su cabeza. Meg se ruborizó cuando una sonrisa maliciosa se dibujó en su rostro.

"¿Cómo has encontrado este lugar?" Tímida de repente, se agachó detrás de un arbusto para desnudarse.

"Le di a Martin, el conserje, veinte dólares y me dibujó un mapa. Los paparazzi no nos encontrarán aquí."

Despojado de sus bóxers, Chaz ofreció una mano a Meg mientras protegió sus ojos oscuros del sol con la otra. Ella salió de detrás del arbusto con sólo ropa interior y una sonrisa. Su pelo marrón fluía libremente y rozaba sus hombros.

"Solos. Por fin." La mirada de Chaz se fijó en su pecho durante un momento y luego su mano se cerró sobre la de ella.

"Vamos." Se detuvieron en la estrecha orilla para dejar caer el resto de su ropa.

Con su pequeña mano estrechó la suya, corrieron hacia el agua clara y caliente, haciendo los únicos ruidos de chapoteo en millas y millas. El calor del sol rebotaba en el agua y les calentaba la piel. Chaz cayo hacia atrás en el oleaje tranquilo y Meg se dejó caer encima de él. Sus brazos se trenzaron alrededor de ella, para ponerla a su nivel y su boca reclamaba la de ella posesivamente mientras una mano agarraba la parte posterior de su cabeza.

Se separaban sólo cuando se hundían por debajo de la superficie y tenían que volver a subir para respirar. Dando boqueadas, se echaron a reír. Meg enrolló sus piernas alrededor de la cintura de Chaz y él la llevó a un lugar más profundo, caminando por el agua hasta que les llegó hasta los hombros. Se besaron de nuevo y él pasaba su mano por su trasero desnudo, sujetándola.

"¿Vamos a tener que encontrar siempre un lugar para escondernos nunca estaremos solos?" Ella suspiró enrollando sus brazos alrededor de su cuello.

"Te acostumbrarás, pollito," murmuró entre besos.

Hicieron el amor en la isla antes de almorzar y hablaron de sus planes, que comenzaban por conseguir un apartamento donde vivir. Meg estaba segura de que no tendrían cobertura, pero se sorprendió al escuchar el sonido de un mensaje de texto entrante en el móvil de Chaz.

Se protegieron los ojos del resplandor del sol y leyeron el mensaje junto. Era de Quinn Roberts.

> *¿Cuando vuelves? Annemarie ha dejado a su bebé conmigo. ¡Ayuda!*

"No estará hablando de Annemarie Fremont, la actriz, ¿verdad?"

"Es exactamente a ella a quien se refiere."

FIN

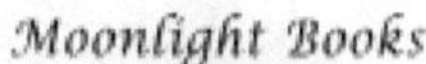

Acerca de la Autora

Jean Joachim es una de las autoras más vendidas de ficción romántica que desde 2012 ha alcanzado con sus libros el Top 100 de la lista de Amazon. Escribe mayoritariamente romance contemporáneo.

The Renovated Heart ganó el premio a la Mejor Novela del Año de Love Romances Café. Lovers & Liars fue finalista en RomCon competencia 2013. Y The Marriage List fue la tercera mejor novela contemporanea en Gulf Coast RWA. To Love or Not to Love empató en segundo lugar en el concurso New England Chapter of Romance Writers of America Reader's Choice de 2014 de Nueva Inglaterra capítulo de escritores románticos del concurso de elección de los Estados Unidos lector. Fue elegida Autora del Año en 2012 por el capítulo de Nueva York City de los APR.

Casada y madre de dos hijos, Jean vive en la ciudad de New York. Temprano por la mañana, la encontrará sentada delante de su ordenador, escribiendo, con una taza de té, a su lado su pug rescatado y un escondite secreto con regaliz negra.

Jean tiene más de 30, novelas e historias cortas publicadas.

Los puedes encontrar aquí: http://www.jeanjoachimbooks.com